노상강도
THE MUGGER

옮긴이 박진세
추리소설 애호가로 현재 출판 기획 일을 하고 있다. 옮긴 책으로 에드 맥베인의 『살의의 쐐기』, 아카이 미히로의 『저물어 가는 여름』이 있다.

THE MUGGER
Text Copyright © 1956 Ed McBain
All rights reserved

Korean translation copyright © 2013 by Finis Africae
Korean translation rights arranged with Curtis Brown Group Limited
through EYA(Eric Yang Agency)

이 책의 한국어판 저작권은 EYA(Eric Yang Agency)를 통해
Curtis Brown Group Limited와 독점 계약한 **피니스 아프리카에**에 있습니다.
저작권법에 의하여 한국 내에서 보호를 받는 저작물이므로
무단전재와 복제를 금합니다.

이 도서의 국립중앙도서관 출판시 도서목록(CIP)은 서지정보유통지원시스템 홈페이지(http://seoji.nl.go.kr)와
국가자료공동목록시스템(http://www.nl.go.kr/kolisnet)에서 이용하실 수 있습니다.
CIP제어번호:CIP2013027080

노상강도

피니스
아프리카에

앤절라와 렌에게

이 소설 속 도시는 모두 상상에 의한 것이다.
등장인물도 장소도 모두 허구다.
다만 경찰 활동은 실제 수사 방법에 기초했다.

† **일러두기**
본문의 모든 주는 옮긴이 주입니다.

1

 도시는 여자일 수밖에 없고 그편이 좋다. 너의 비즈니스 대상은 여자들이니까.

 너는 그녀가 리버헤드와 공원 주변에 적갈색 왕관처럼 떨어지는 가을 낙엽을 피하기 위해 고개를 돌리는 것을 알며 푸른 비단 같은 딕스 강이 그녀의 굴곡진 가슴이라는 것을 안다. 그녀의 배꼽인 베스타운의 항만이 너에게 윙크하고, 너는 볼기처럼 나란한 캄스 포인트와 마제스타에 친밀감을 느낀다. 도시는 여자다. 도시는 너의 여자고, 그녀는 가을이면 그녀의 거리와 그녀의 기계와 그녀의 사람들이 발산하는 탄산가스, 나무 타는 냄새, 사향 냄새, 퀴퀴한 냄새가 섞인 향수를 뿌린다.

 너는 그녀가 깨끗하고 잘 정돈된 잠자리에서 지금 막 깼다는 것을 안다. 너는 그녀의 벌거벗은 거리를 보았고, 아이솔라의 콘크리트 협곡에서 퉁한 속삭임을 들으며 그녀가 활기차게 깨어나는 것을 본다.

너는 그녀가 일을 할 때 입는 옷과 놀 때 입는 옷을 보고, 밤이 되면 정글의 표범처럼 윤이 나고 부드러운 모습을 본다. 그녀의 코트는 항만의 불빛에 반사된 보석으로 반짝반짝 빛난다. 너는 그녀의 관능미, 심술, 애증, 반항, 온화함, 잔인함, 부당함, 상냥함, 신랄함을 안다. 너는 그녀의 모든 기분과 면모를 안다.

그녀는 크고 제멋대로 뻗어 있으며 때때로 더럽기도 하다. 비명을 지를 때도 있고 황홀경에 빠져 신음을 지르기도 한다.

도시는 여자일 수밖에 없고 그편이 좋다. 너의 비즈니스 대상은 여자들이니까.

너는 노상강도다.

캐서린 엘리오는 87분서 형사실의 딱딱한 나무 의자에 앉아 있었다. 긴 창살이 있는 창문을 통해 스페인 동전처럼 뿌연, 가을이 빚어내는 이른 오후의 햇빛이 그녀의 얼굴에 정사각형 패턴의 그림자를 만들었다.

그녀는 얼굴에 그림자가 지지 않았더라도 예쁜 얼굴은 아니었다. 코는 너무 길었고, 바랜 갈색 눈 위에는 정리가 필요한 눈썹이 아치를 그리고 있었다. 입술은 얇고 핏기가 없었으며 턱은 날카롭고 뾰족했다. 누군가가 그녀의 오른쪽 눈을 멍들게 하고 턱을 부어오르게 만들었기 때문에 지금은 전혀 예쁘지 않았다.

"그놈이 느닷없이 튀어나왔어요." 그녀가 말했다. "내내 나를 따라온 건지, 골목에서 튀어나온 건지 정말 모르겠어요. 뭐라고 말하기 어려워요."

키가 193센티미터인 3급 형사 로저 하빌랜드가 여자를 내려다보았다. 하빌랜드는 레슬러 같은 몸집에 보티첼리의 그림에 나오는 천사 같은 얼굴을 하고 있었다. 그는 크고 묵직한 목소리로 말했다. 미스 엘리오의 귀가 잘 안 들려서가 아니라 큰 소리로 말하는 것을 좋아해서였다.

"발소리를 들었습니까?" 그가 큰 소리로 말했다.

"기억나지 않아요."

"엘리오 양, 기억해 보세요."

"그러는 중이에요."

"좋아요, 거리는 어두웠습니까?"

"네."

햄 윌리스는 여자를 보고 하빌랜드를 보았다. 윌리스는 키가 작은 형사였다. 경찰의 최소 합격 기준인 173센티미터의 키에 간신히 도달했다. 어쨌든 그의 기만적인 키와 골격은 그가 선택한 직업에 종사하는 데에 꼭 필요한 효율성에 관해 어떤 해답도 주지 않았다. 반짝반짝 빛나는 웃음기 가득한 그의 눈이 그가 행복한 요정 같다는 오해를 더하게 했다. 화가 났을 때조차 웃는 것처럼 보였다. 이 순간, 그는 화나지 않았다. 솔직히 말하면 지루할 뿐이었다. 그는 같은 이야기나 그 이야기에서 조금 변형된 이야기를 이미 여러 번 들었다. 정확히 말해서 열두 번.

"엘리오 양, 그놈이 언제 당신을 쳤습니까?"

"내 지갑을 뺏은 다음에요."

"뺏기 전이 아니고요?"

"네."

"그놈이 몇 번이나 때렸죠?"

"두 번이오."

"당신한테 어떤 말을 했습니까?"

"네, 그놈이……." 미스 엘리오는 얼굴을 찌푸리고 기억에 열중했다. "비명을 지르지 말라는 경고로 때리는 거라고 했어요."

"어떻게 생각해, 록?" 윌리스가 묻자 하빌랜드가 한숨을 쉬며 어깨를 으쓱하고 고개를 끄덕였다.

하빌랜드의 한숨에 동의하며 윌리스는 잠시 침묵했다. 그리고 물었다. "그놈이 이름을 말하던가요, 엘리오 양?"

"네." 미스 엘리오가 말했다. 눈물이 그녀의 무표정한 눈에서 솟아올랐다. "바보같이 들릴 거라는 걸 알아요. 당신들이 안 믿을 거라는 것도 알아요. 하지만 사실이에요. 지어낸 얘기가 아니에요. 나는…… 나는 이제껏 눈에 멍든 적이 없어요."

하빌랜드가 한숨을 쉬었다. 윌리스는 갑자기 동정적이 되었다. "자, 엘리오 양. 우리는 당신이 한 말을 전부 믿습니다. 당신이 처음이 아니에요. 그러니까, 이번 일로 말이죠. 우리는 지금, 이전에

들은 사실과 당신이 경험한 사실을 연결 지으려고 애쓰는 중입니다." 그는 재킷 가슴주머니에서 손수건을 꺼내 미스 엘리오에게 건넸다. "자, 이걸로 눈물을 닦으세요."

"고마워요." 미스 엘리오가 흐느꼈다. 당혹해하는 하빌랜드가 기사도 정신을 발휘하는 그의 동료를 못 본 체했다. 윌리스가 A&P미국의 슈퍼마켓 회사 점원 같은 매너 있는 태도로 미소를 지었다. 미스 엘리오는 그 미소에 즉각 응답하여 코를 훌쩍이고 눈물을 닦았다. 강도의 행동에 대해서 증언하러 왔다기보다 양파 5백 그램을 사러 장을 보러 나온 느낌이었다.

"자, 그럼. 그놈이 언제 이름을 말했습니까?" 윌리스가 다정하게 물었다.

"저를 때린 다음에요."

"그놈이 뭐라고 했죠?"

"그러니까, 그…… 그놈이 먼저 뭘 했어요."

"뭐라고요?"

"그놈이…… 이런 말이 바보처럼 들릴 거라는 걸 알아요."

윌리스가 안심시키려는 듯 밝게 미소 지었다. 미스 엘리오가 얼굴을 들어 천진난만하게 미소로 화답했고, 하빌랜드는 둘이 사랑에 빠진 게 아닐까 의심했다.

"바보처럼 들리지 않습니다. 말씀하세요."

"그놈이 날 때리고 나서 나에게 으름장을 놨어요. 그러더니 그놈이…… 그놈이 허리를 굽혀 인사했어요." 그녀가 두 형사의 얼굴에 충격과 경악이 떠오를 것을 기대라도 하듯 두 사람을 올려다보았다. 그녀의 시선은 흔들림이 없었고 확고했다. "그가 허리를 굽혀서 인사했어요." 그녀는 미적지근한 반응에 실망이라도 한 것처럼 반복해서 말했다.

"네?" 윌리스가 즉각적으로 물었다.

"그러고 나서 그놈이 말했어요. '클리퍼드가 감사를 전합니다, 마담'."

"음, 그럴 줄 알았습니다."

"음." 하빌랜드가 애매하게 대답했다.

"클리퍼드가 감사를 전합니다." 미스 엘리오가 재차 말했다. "그러고 나서 갔어요."

"얼굴을 봤습니까?" 하빌랜드가 물었다.

"네, 봤어요."

"어떻게 생겼습니까?"

"그러니까……." 미스 엘리오는 생각하기 위해 잠시 말을 멈췄다. "흔하게 생겼어요."

하빌랜드와 윌리스는 참을성 있게 시선을 교환했다. "조금 더 자세하게 말씀해 주시겠습니까?" 윌리스가 웃으며 물었다. "금발이었나요? 검은 머리? 붉은 머리?"

"모자를 쓰고 있었어요."

"눈 색깔은요?"

"선글라스를 쓰고 있었어요."

"밝은 달빛이 눈을 멀게 했군요." 하빌랜드가 빈정거리듯 말했다. "그게 아니면 눈병이 났거나."

"면도를 했던가요? 아니면 콧수염이나 턱수염?"

"네."

"어느 쪽입니까?" 하빌랜드가 물었다.

"나를 공격했던 남자가요."

"제 말은 수염이……."

"오, 깨끗하게 면도했어요."

"코가 길던가요? 짧던가요?"

"음…… 보통이었던 것 같아요."

"입술은 얇던가요? 두껍던가요?"

"보통이었던 것 같아요."

"키는 컸습니까? 작았습니까?"

"보통 키였어요."

"뚱뚱했습니까? 말랐습니까?"

"보통."

윌리스는 더 이상 미소 짓지 않았다. 미스 엘리오는 그의 얼굴을 보고 자신의 미소를 숨겼다.

"어쨌든, 그래요." 그녀가 도전적으로 말했다. "그놈 얼굴에 큰 반점이 있거나 코 위에 점이라도 있지 않은 이상 도와 드릴 게 없어요. 이봐요. 내가 그놈한테 보통 사람이 돼 달라고 부탁한 게 아니에요. 내 지갑을 훔쳐 가 달라고 부탁한 것도 아니고요. 지갑 안에는 돈이 많이 들어 있었단 말이에요."

"저, 우리는 그놈을 체포하기 위해 최선을 다할 겁니다. 당신의 이름과 주소를 알고 있으니 뭔가 나오면 알려 드리겠습니다, 엘리오 양. 만약 그놈을 다시 보면 확실히 알아보시겠습니까?" 하빌랜드가 큰 소리로 물었다.

"물론이에요. 그놈이 나한테서 큰돈을 가져갔어요. 지갑 안에 돈이 많이 들어 있었다고요."

"정확히 지갑 안에 얼마가 들어 있었죠?" 윌리스가 참을성 있게 물었다.

"구 달러 칠십이 센트."

"거기다 희망도 말이죠." 하빌랜드가 위트랍시고 한마디 했다.

"뭐라고요?" 미스 엘리오가 말했다.

"전화 드리겠습니다." 하빌랜드는 그렇게 말하며 그녀의 팔을 잡고 복도와 형사실을 나누는 나무 가로대로 안내했다. 그가 자리로 돌아오니 윌리스가 종이 위에 뭔가를 끼적이고 있었다.

"또 벌거벗은 여자라도 그리는 거야?"

"뭐?"

"자넨 색골이잖아."

"그렇지. 자네가 그렇게 생각할 만큼 내 물건은 충분히 크지. 엘리오 양의 말을 어떻게 생각해?"

"그녀가 지어낸 얘기야."

"제발, 록."

"클리퍼드라는 이름의 노강상도 이야기를 신문에서 읽었겠지. 그녀는 방 두 개짜리 아파트에서 사는 노처녀일 거야. 매일 밤 침대 밑을 검사해 봐도 나오는 건 요강뿐이겠지. 어젯밤에도 요강에 걸려 넘어져 멍이 든 거야. 그리고 약간의 흥분거리를 찾은 거지." 하빌랜드는 숨을 돌렸다. "자네랑 좋은 커플이 될 것 같던데. 결혼하자고 말해 보지그래?"

"화요일 개그인가. 그녀가 강도질당했다는 걸 안 믿는 거야?"

"선글라스 부분은 정말 천재적이었어! 젠장, 거짓말은 하면 할수록 느는 법이야."

"선글라스를 쓰고 있었을지도 모르잖아."

"물론이지. 버뮤다팬츠를 입고 말이야. 내가 말했듯이 그놈은 갑자기 결막염에 걸린 거야." 하빌랜드는 콧방귀를 뀌었다. "'클리퍼드가 감사를 전합니다, 마담'이라니. 신문에 다 나오잖아. 이 도시에서 얼굴에 주먹을 날린 다음 정중하게 인사를 하는 노상강도 클리프에 대해서 들어 보지 못한 사람이 어디 있겠나."

"나는 그녀가 사실을 말한 것 같은데."

"그럼 자네가 보고서를 타이핑해. 자네와 나 사이에서 클리프는 큰 골칫거리가 되기 시작했어."

월리스가 하빌랜드를 노려보았다.

"왜 그래?" 하빌랜드가 소리쳤다.

"자네가 마지막으로 보고서를 쓴 게 언제지?"

"누가 알고 싶대?"

"내가."

"자네가 언제 경찰국장이 됐지?"

"나는 자네의 농땡이 치는 방식이 마음에 안 들어." 윌리스는 타이프라이터를 치우고 책상 서랍에서 보고서 용지 세 장을 꺼냈다.

"누구나 농땡이를 치잖아. 안 그래? 카렐라는 뭐 하고 있지, 농땡이를 안 치고 있다면?"

"그 친구는 신혼여행 중이잖아, 제발."

"그래? 그건 또 무슨 핑계야. 내 생각엔 이 엘리오라는 여자는 미친 여자야. 내 생각엔 이건 신고가 아니야. 내 생각엔 자네가 보고서를 쓰고 싶다면 쓰라고."

"루지 파일을 다시 검토해야 할 것 같다는 생각 안 들어?"

"누구 마음대로?" 하빌랜드가 놀리듯 말했다. "선글라스를 쓰고 버뮤다팬츠를 입은 클리퍼드라는 노상강도 마음대로?"

"우리가 뭔가 놓쳤을지도 몰라. 물론 저 캐비닛이 일 미터는 떨어져 있지만 나는 자네가 무리하는 건 원하지 않아."

"난 그 파일을 다 검토했어. 이 클리퍼드라는 놈이 새로운 여자를 털 때마다 말이야. 저 파일에는 아무것도 없어. 아무것도. 그리고 이 엘리오라는 여자가 우리에게 알려 준 건 아무 도움도 안 돼."

"그럴지도 모르지."

"자넨 몰라." 하빌랜드가 머리를 흔들며 말했다. "왠 줄 알아? 그 강도질이 그 여자가 말한 것처럼 길거리에서 일어난 일이 아니기 때문이야."

"아니라고? 그럼 어디에서 일어난 건데?"
"그 여자 머릿속에서, 친구. 전부 엘리오 양의 머릿속에서 일어난 일이지."

2

 이제 어깨는 전혀 아프지 않았다.
 이상한 일이었다. 어깨에 총을 맞으면 아주 오랫동안 아프다. 그러나 그렇지 않았다. 전혀.
 사실, 버트 클링의 마음대로 할 수 있었다면 87분서의 순찰 경관 일로 돌아갔을 것이다. 하지만 프릭 서장이 분서의 제복 경관들 대장이었고, 프릭 서장은 말했다. "한 주 더 쉬게, 버트. 병원에서 퇴원하라고 하든 말든 난 개의치 않네. 한 주 더 쉬어."
 그래서 버트 클링은 한 주 더 쉬는 중이었지만 그리 기쁘지 않았다. '한 주 더'는 월요일부터 시작했고, 오늘은 화요일이었다. 밖은 상쾌한 가을날처럼 보였다. 클링은 언제나 가을을 좋아했지만 지금 그에게는 부질없는 날씨였다.
 처음 병원에 있었을 때는 그리 나쁘지 않았다. 경찰들이 그를 보러 왔고 몇몇 형사들조차 들렀다. 총에 맞고 나서 그는 분서의 유명 인사가 되었다. 얼마 지나지 않아 새로운 경험은 끝이 났다. 문병 오는 사람도 줄었고, 그는 푹신한 병원 침대에 등을 기대고 회복 기간의 따분함에 적응하기 시작했다.

그가 제일 좋아하는 소일거리는 달력에서 날짜를 지우는 일이 되었다. 간호사에게 추파도 던졌다. 그러나 그런 기분 전환의 즐거움도-어쨌든 그가 환자였던 동안에는- 결국 관중 수준의 즐거움에 지나지 않는다는 것을 깨닫자 곧 질려 버렸다. 그래서 그는 하루하루 날짜를 지웠고, 자신의 일로 돌아가길 고대했다. 격렬하게 느껴질 만큼 그 일을 동경했다.

그럴 때쯤 프릭 서장이 말했다. "한 주 더 쉬게, 버트."

버트는 이렇게 말하고 싶었다. "저, 서장님. 쉴 만큼 쉬었습니다. 저는 황소처럼 튼튼합니다. 믿어 주십시오. 두 구역 순찰도 거뜬합니다."

그러나 그는 프릭의 성격을 잘 알고 있었다. 그가 늙고 우둔한 양반이란 걸 잘 알고 있었기 때문에 클링은 잠자코 있었다. 그는 계속 잠자코 있었다. 너무 잠자코 있어서 피곤할 정도였다. 총을 한 번 더 맞는 편이 나을 지경이었다.

오른쪽 어깨에 총알을 맞게 한 그 일로 돌아가고 싶다는 자신이 이상하게 느껴졌다. 정확히 말하면 일을 하다가 총을 맞은 것은 아니었다. 비번일 때 바에서 나오다가 총에 맞았고, 누군가가 자신을 다른 사람으로 오인하지 않았다면 총에 맞지 않았을 것이다.

그 충격은 뭔가의 냄새를 맡기 위해 여기저기 쑤시고 다니던 새비지라는 이름의 기자 탓이었다. 그 기자는 어떤 10대 갱에게 유도 신문을 퍼부었다. 나중에 그 10대 갱은 새비지를 처치하기 위해 자신의 친구들과 동료들을 불러 모았다.

클링의 불행은 새비지가 한발 앞서 소년을 추궁했던 그 바에서 나섰을 때 시작되었다. 그가 금발 머리인 것도 불행이었다. 하필이면 새비지 역시 금발이었기 때문이다. 클링을 심판하기 위해 안달이 난 꼬마들은 그에게 달려들었고 클링은 뒷주머니에서 리볼버를 뽑았다. 영웅은 그렇게 탄생했다.

클링은 어깨를 으쓱했다.

어깨는 그가 어깨를 으쓱했을 때조차 아프지 않았다. 그런데 왜 순찰을 나갈 수도 있는 마당에 이 빌어먹을 병실에 앉아 있어야 하는가?

그는 자리에서 일어나 창가로 가 거리를 내려다보았다. 여자들이 강풍에 밀려 올라가는 치마를 끌어 내리느라 애를 먹고 있었다. 클링은 구경했다.

그는 여자가 좋았다. 모든 여자가 좋았다. 순찰을 돌면 여자를 볼 수 있었다. 순찰을 돌 때면 언제나 즐거웠다. 그는 스물네 살이었고 한국전의 베테랑 용사였다. 그는 그곳에서 봤던 여자들을 기억했지만 그가 미국에서 여자를 볼 때 느꼈던 즐거움을 그곳 여자들과 연관 지어 느낄 수 없었다.

그는 진흙탕 속에서 웅크리고 있던 여자들을 보았다. 그들의 수

척한 뺨과 그들의 눈에서 네이팜탄의 불빛이 비치는 것을 보았다. 그들의 눈은 귀를 찢는 소리를 내는 제트 폭격기에 대한 두려움으로 커져 있었다. 그는 헐렁한 누비옷을 걸친 앙상하게 마른 몸을 보았고 가슴을 드러내고 아기에게 젖을 물리는 여자들을 보았다. 가슴은 숙성해야 했고 자양분으로 가득 찼어야 했다. 그들의 가슴은 주름이 지고 말라 있었다. 말라비틀어진 포도나무에 매달린 시든 포도처럼.

그는 먹을거리를 찾기 위해 돌무더기 잔해를 헤집는 어린 여자와 나이 든 여자를 보았고, 무표정하게 구걸하는 얼굴과 공허한 눈을 지금도 기억할 수 있었다.

그리고 지금, 그는 여자들을 보고 있었다. 힘이 넘치는 다리와 탄탄한 가슴, 통통하게 살진 엉덩이를 보고 좋은 기분을 느꼈다. 아마 그는 미쳤을지도 모른다. 하지만 튼튼하고 하얀 치아와 햇볕에 그을린 얼굴과 바랜 머리칼에는 그의 마음을 들뜨게 하는 뭔가가 있었다. 왜 그런지는 몰라도 그들을 보면서 그는 강해졌다는 느낌이 들었고, 아마 그가 미쳐서 그랬겠지만, 이전에는 결코, 그가 한국에서 보았던 모습들과 지금 보고 있는 모습들을 연관 지어서 생각해 본 적이 없었다.

노크 소리가 그를 놀라게 했다. 그는 창가에서 몸을 돌리며 말했다. "누구십니까?"

"나야." 목소리가 대답했다. "피터."

"누구?"

"피터. 피터 벨."

피터 벨이 누구더라? 그는 어리둥절했다. 어깨를 으쓱하고는 옷장으로 향한 그는 맨 위 서랍을 열고 넥타이핀이 담긴 상자 옆에 놓인 38구경을 꺼내 들었다. 총을 몸에 붙이고 문으로 다가가 문을 살짝 열었다. 문을 활짝 열기도 전에 총에 맞을 수도 있다. 밖에 있는 남자가 자신의 이름을 이미 밝혔을지라도.

"버트? 피터 벨이야. 문 열어."

"누군지 모르겠는데." 클링이 나무 문을 쪼개며 날아올 총탄에 대비하며 주의 깊게 어두운 복도를 살펴보았다.

"나를 모르겠어? 어이, 친구. 피터라니까. 어이, 날 기억 못하겠어? 우리 어렸을 때를? 리버헤드에서 놀았잖아. 나라고. 피터 벨."

클링은 문을 조금 더 열었다. 복도에 서 있는 남자는 많이 돼 봐야 스물일곱 정도였다. 근육질 몸에 키가 큰 사내로 갈색 가죽 재킷을 입고 요팅캡을 쓰고 있었다. 어스름 속에서 클링은 사내의 모습을 명확히 알아볼 수 없었지만 얼굴이 친숙했고 총을 쥐고 있는 자신이 조금 바보같이 느껴지기 시작했다. 그는 문을 활짝 열었다.

"들어와."

피터 벨이 방 안으로 들어왔다. 총을 보자마자 그의 눈이 휘둥그레졌다. "어이! 어이, 젠장, 버트. 왜 그래?"

총을 느슨하게 쥔 클링은 방 한가운데에서 자신의 앞에 서 있는 사내를 마침내 알아보고 이런 상황이 대단히 우스꽝스럽다고 느껴졌다. 그가 멋쩍게 웃었다. "총을 청소하는 중이었어."

"이제 날 알아보겠어?" 클링은 벨이 묻는 투에서 자신의 거짓말이 먹혀들지 않았다는 뚜렷한 인상을 받았다.

"그래. 잘 지냈어, 피터?"

"오, 그냥 그래. 불평할 순 없지." 그가 손을 내밀자 클링은 그 손을 잡고 방의 환한 불빛 아래에서 더욱 주의 깊게 그의 얼굴을 살펴보았다. 벨은 코만 빼면 미남일 수도 있었다. 사실, 다른 점은 기억하고 있어도 세심해 보이는 갈색 눈 사이에 어울리지 않게 돌출한 크고 우락부락한 코만은 클링의 기억에 없었다. 피터 벨. 클링은 확실히 기억났다. 어린 시절 그는 대단히 멋있는 소년이었다. 아마 어른이 되면서 코가 커졌으리라. 클링이 벨을 마지막으로 본 것은 그가 리버헤드의 다른 동네로 이사를 갔을 때인 15년 전이었다. 피터의 코는 그 15년 동안 커진 것 같았다. 자신이 그 융기된 부분을 뚫어지게 바라보고 있다는 것을 불쑥 자각하고 불편한 마음이 커지고 있을 때 벨이 말했다.

"대단한 코 아니야, 응? 어이쿠, 멋진 코고말고! 이게 코야, 고무 호스야?"

말이 끊기자 클링은 열려 있던 옷장 서랍에 리볼버를 넣었다.

"왜 왔는지 궁금할 거야."

클링은 사실, 바로 그게 궁금했다. 그가 옷장에서 몸을 돌리며 말했다. "음, 아니. 옛 친구는 종종……." 거짓말이 익숙지 않아 그는 말을 멈췄다. 그는 피터를 친구라고 생각하지 않았다. 그는 15년 동안 그를 친구라고 생각한 적이 없었고, 소년이었던 시절에도 그랬다. 그들은 특별히 가까웠던 적이 없었다.

"네가 어디서 총을 맞았는지 신문에서 봤어. 난 신문을 열심히 읽거든. 매일 여섯 종류의 신문을 사지. 어때? 이 도시에 여섯 종의 신문이 있다는 걸 네가 모른다는 것에 내기를 걸어도 좋아. 난 그걸 전부 읽지. 처음부터 끝까지. 절대 하나도 놓치는 법이 없다고."

클링은 뭐라고 말해야 할지 몰라서 웃었다.

"맞아." 벨은 말을 이었다. "몰리와 나는 네가 총에 맞았다는 기사를 보고 정말 깜짝 놀랐어. 기사를 보고 나서 얼마 안 있다가 포레스트 가에서 네 어머니를 우연히 뵈었지. 예상한 거지만 어머니는 당신과 네 아버지가 그것 때문에 무척 속상하다고 하시더라."

"뭐, 그냥 어깨를 다쳤을 뿐이야."

"그냥 스친 거야, 응?" 벨이 활짝 웃으며 말했다. "하여튼 알아줘야 해, 녀석."

"포레스트 가라고 했지. 옛 동네로 다시 이사 온 거야?"

"응? 오, 아니야, 아니야. 나는 지금 택시 기사야. 내 택시지. 주로 아이솔라에서 영업을 하지만 리버헤드로 가기도 해. 그래서 포레스트 가로 갔던 거고, 거기서 네 엄마와 마주친 거야. 그래. 그렇게 된 거지."

클링은 다시 벨을 쳐다보았고, 요팅캡은 단순히 그의 직업을 나타내는 모자라는 것을 깨달았다.

"영웅 경찰이 퇴원한다는 기사를 읽었어. 집 주소를 알려줘. 이제 노인네하고는 같이 안 살지, 응?"

"그래. 한국에서 돌아온 뒤부터······."

"내가 놓친 전쟁이지. 고막이 터져서 말이야. 웃기지 않아? 징집에서 제외된 진짜 이유는 코 때문인 게 분명해." 그가 코를 만졌다. "어쨌든 신문에서는 네 상관이 너에게 한 주 더 쉬라고 명령했다더군." 벨이 미소 지었다. 그의 이는 매우 하얬고 매우 가지런했다. 그의 턱 끝은 움푹 패어 있었는데 누구나 부러워하는 그런 턱이었다. 클링은 코가 아쉽다고 생각했다. "유명 인사가 된 기분이 어때? 다음번에는 말이야. 텔레비전 쇼에 나오겠군. 셰익스피어에 대한 질문 같은 거에 답을 하면서 말이야."

"음······." 클링은 힘없이 대답했다. 그는 벨이 어서 가 주길 바라기 시작했다. 그는 방해받고 싶지 않았고 이런 상황이 성가셨다.

"그래. 역시 넌 알아줘야 해, 녀석." 이 말을 끝으로 방 안에 침묵이 내려앉았다.

클링은 지루해질 만큼 그 침묵을 유지했다. "뭐 마실 거라도 줄까······ 아니면 다른 거라도?" 클링이 말했다.

"됐어."

침묵을 돌려받았다.

벨이 코를 다시 만졌다. "내가 여기에 온 이유가 있어." 그가 마침내 말을 꺼냈다.

"그래?" 클링이 지체 없이 대답했다.

"솔직히 말해서, 좀 곤란한 상황이야. 하지만 몰리가······." 벨이 말을 멈췄다. "너도 알겠지만 난 결혼했어."

"몰랐는데."

"그래. 몰리. 멋진 여자지. 애가 둘이고 배 속에도 하나 있어."

"멋지군." 클링이 말했다. 점점 거북한 느낌이 들었다.

"음, 단도직입적으로 말하는 게 좋겠지, 응? 몰리한테는 동생이 있어. 좋은 아이지. 이름은 지니야. 열일곱 살이고. 그 애는 우리와 함께 살고 있어. 몰리의 어머니가 돌아가시고 난 다음부터. 이제 이 년쯤 됐나. 그럴 거야. 그래." 벨이 말을 멈췄다.

"그렇군." 벨의 결혼 생활이 자신과 무슨 상관인지 궁금해하며 클링이 말했다.

"아주 예쁜 아이야. 그래. 까놓고 말하지. 그 애를 보면 다리가 풀릴 정도야. 사실 그 애는 몰리가 그 애 나이였을 때와 똑같아. 몰리는 지금도 여전해. 임신을 했는데도 말이야."

"무슨 말인지 모르겠는데, 피터."

"저, 그 애는 만나고 있어."

"만나다니?"

"뭐, 어쨌든 그건 몰리의 생각이야." 벨은 갑자기 불편해 보였다. "알겠나, 몰리는 그 애가 동네 녀석이든 누구와든 데이트하는 걸 본 적은 없어. 그리고 몰리는 그 애가 외출하는 걸 알아. 그래서 몰리는 그 애가 나쁜 애들과 어울릴까 봐 두려워하고 있어. 무슨 말인지 알겠어? 지니가 그렇게 예쁘지 않다면 별일 아니겠지. 하지만 그 애는 예뻐. 내 말은, 이봐, 버트. 다 털어놓을게. 그 애는 내 처제고 끝내주는 애야. 그 애보다 더 성숙한 여자들을 모두 능가한다고. 진짜야. 그 애는 정말 끝내줘."

"오케이."

"그런데 지니는 우리한테 아무것도 말하지 않아. 우리는 얼굴이 파랗게 되도록 그 아이한테 말했지만 그 애한테서 아무런 말도 듣지 못했어. 몰리가 사립 탐정을 써서 그 아이 뒤를 캐 보자는 아이디어를 냈지. 그 애가 어디를 가는지, 무슨 짓을 하는지 말이야. 버트, 내가 버는 돈으로는 사립 탐정을 쓸 형편이 안 돼. 더욱이, 나는 그 애가 나쁜 짓을 할 거라고는 생각하지 않아."

"나더러 그 아이를 조사해 보라는 말인가?" 불현듯 무슨 말인지 이해한 버트가 물었다.

"아니, 아니. 그런 게 아니야. 젠장, 내가 십오 년 만에 그런 부탁을 하러 왔겠어? 아니야, 버트. 아니야."

"그럼 뭐지?"

"네가 그 아이와 대화를 해 보면 좋겠어. 그러면, 몰리가 기뻐할 거야. 이봐, 버트. 여자가 아이를 배면 바보 같은 생각을 하게 마련이야. 피클에 아이스크림_{임신을 하면 이상한 음식을 찾는다는 뜻}, 알지? 그래, 그런 것과 같은 거야. 몰리는 지니가 비행 청소년이나 그 비슷한 거라는 정신 나간 생각을 하고 있어."

"나더러 그 아이와 이야기해 보라고?" 클링은 어이가 없었다. "나는 그 애를 알지도 못해. 내가 이야기한다고 해서 그게 무슨 도움이······."

"넌 경찰이잖아. 몰리는 법과 질서를 존중한다고. 내가 경찰을 데려오면 몰리는 기뻐할 거야."

"젠장, 나는 신참에 지나지 않아."

"그렇겠지. 하지만 그건 중요하지 않아. 몰리는 제복만 봐도 좋아할 거야. 게다가 너는 진짜 지니를 도울 수 있을지도 모르잖아. 그걸 누가 알겠어? 내 말은 그 아이가 어떤 거친 애들과 어울린다면 말이야."

"안 돼. 난 못 해, 피터. 미안하지만……."

"넌 앞으로 일주일이나 시간이 있잖아. 할 일도 없고 말이지. 이봐, 버트. 나는 신문을 읽는다니까. 네가 순찰 업무를 해야 한다고 알고 있었다면 쉬는 시간을 포기하고 짬을 내 달라고 했겠어? 버트, 한 번만 봐줘."

"안 돼, 피터. 난 그 애한테 무슨 말을 해야 할지 모를 거야. 난…… 안 돼."

"제발, 버트. 나를 봐서 한 번만 봐줘. 옛정을 생각해서 말이야. 어때?"

"안 돼."

"너한테 기회일 수도 있어. 그 아이는 똘마니들이랑 어울리고 있는 거야. 그럼 어떻게 하지? 경찰이 범죄를 막아야 하는 거 아니야? 그걸 미연에 방지해야 하는 거 아니냐고? 너한테 크게 실망했어, 버트."

"미안해."

"오케이, 오케이. 악감정은 없어." 벨은 갈 것처럼 몸을 일으키며 말했다. "어쨌든 마음이 바뀔지도 모르니까 주소를 두고 갈게." 그는 주머니에서 지갑을 꺼내더니 종이 한 장을 꺼냈다.

"그럴 일은 없……."

"바뀔 수도 있으니까. 자, 여기에." 피터 벨은 가죽 재킷 주머니에서 몽당연필을 꺼내 종이 위에 끼적이기 시작했다. "드 위트 가 블록 중간쯤에 있는 큰 집이야. 금세 찾을 거야. 혹시 마음이 바뀌면 내일 저녁쯤 들러. 지니에게 아홉 시까지는 집에 있으라고 할게. 알았지?"

"마음이 바뀌지 않을 거야."

"만약 바뀌면. 고마웠어, 버트. 내일 밤이야. 수요일. 오케이? 여기, 주소." 그는 버트에게 종이를 건넸다. "전화번호도 적었어. 집을 못 찾을 수도 있으니까. 지갑에 잘 넣어 둬."

클링은 쪽지를 받았다. 벨이 유심히 지켜보고 있어서 쪽지를 지갑 안에 넣었다.

"네가 오면 좋겠어." 벨은 말을 마치고 문으로 향했다. "어쨌든 내 말을 들어 줘서 고마워. 다시 보게 돼서 반가웠어, 버트."

"그래."

"그럼, 안녕." 피터 벨은 등 뒤로 문을 닫았다. 방이 갑자기 조용해졌다.

클링은 창가로 가서 벨이 건물에서 나가는 모습을 보았다. 그는 벨이 녹황색 택시에 올라 도로변에서 사라질 때까지 지켜보았다. 택시는 소화전 옆에 주차해 있었다.

3

 토요일 밤을 찬양하는 노래는 아주 많다.
 그 노래들은 토요일 밤이 특히 외롭다는 발상을 고취시킨다. 신화는 미국 문화의 일부가 되어 왔고 모든 이가 신화에 익숙하다. 여섯 살에서 예순 살 사이의 사람을 잡고 "일주일 중 가장 외로운 밤은 언제냐?"고 물어보시라. 그러면 사람들은 "토요일."이라고 대답할 것이다.
 그러니까, 화요일은 해당되지 않는다.
 화요일은 언론 홍보나 판매 촉진에 도움이 되지 않으며, 따라서 아무도 화요일을 찬양하는 노래를 쓰지 않는다. 하지만 많은 사람들에게 토요일 밤과 화요일 밤은 다르지 않다. 외로움의 정도는 측정할 수 없다. 토요일 밤에 무인도에 홀로 있는 남자와 화요일 밤에 가장 크고 가장 요란한 나이트클럽에서 짝사랑에 빠진 여자 중 누가 더 외롭겠는가? 외로움은 달력을 존중하지 않는다. 토요일이나 화요일, 금요일, 목요일은 모두 똑같고 모두 음울하다.

9월 12일 화요일 밤, 검은색 머큐리 세단은 도시에서 가장 외로운 거리 중 한 곳에 주차해 있었고, 앞좌석에 앉아 있는 두 남자는 세계에서 가장 외로운 일 중 하나를 하고 있었다.

LA 경찰들은 이 일을 '말뚝 박기잠복근무라는 뜻'라고 부른다. 두 남자가 일하는 이 도시에서는 '뿌리 내리기'로 알려져 있었다.

뿌리 내리기는 잠과 외로움에 대한 확실한 내성과 많은 참을성을 요구한다.

머큐리 세단에 앉아 있는 두 남자 가운데 2급 형사 마이어 마이어는 옆에 앉은 남자보다 참을성이 더 많았다. 사실, 그는 도시 전체에서는 아니더라도 최소한 87분서 내에서는 가장 참을성이 많은 경찰이었다. 마이어의 아버지는 스스로 매우 재미있는 사람이라고 생각하는 사람이었다. 그의 아버지 이름은 맥스였다. 마이어가 태어났을 때, 맥스는 자신의 아들에게 마이어라는 이름을 붙여 주었다. 꼬마의 이름이 마이어 마이어라면 포복절도할 만하다고 생각했다. 일단 유대인으로 태어나면 참을성이 매우 많아야 한다. 익살맞은 아버지가 마이어 마이어 같은 이름을 붙인다면 초자연적인 참을성이 있어야 한다. 그는 참을성이 많았다. 참을성에 헌신하며 사는 삶에는 종종 부담이 따르고, 세간에서 말하듯 언젠가는 한꺼번에 폭발할지도 모른다. 서른일곱의 나이에도 불구하고 마이어 마이어의 머리는 당구공 같은 대머리였다.

3급 형사 템플은 잠에 빠져 있었다. 마이어는 템플이 잠에서 깨면 언제든지 말할 준비가 되어 있었다. 템플은 거인이었고, 마이어는 덩치가 큰 사람은 더 많은 잠이 필요할 거라고 생각했다.

"헤이!"

조지 템플의 텁수룩한 눈썹이 이마 쪽으로 뻗쳐 있었다. "무슨 일이야?"

"아무것도 아니야. 자기 이름이 클리퍼드라고 한 강도를 어떻게 생각하나?"

"그런 놈은 쏴 버려야 해." 템플은 그렇게 말하며 몸을 돌려 속마음을 꿰뚫어 보는 듯한 마이어의 연푸른 눈을 마주했다.

"내 생각도 그래." 마이어가 웃으며 말했다. "이제 깼나?"

"안 잤어." 조지 템플이 사타구니를 긁었다. "지난 삼 일 동안 이놈의 가려움증 때문에 미치겠어. 사람들 앞에서 거기를 긁을 수도 없고."

"피부병이군."

"비슷한 거야. 젠장, 미치겠어." 그는 잠시 사이를 두었다. "마누라는 그게 옮을까 봐 내 근처에 오지도 않아."

"그녀가 자네한테 옮겼는지도 모르지."

템플이 하품을 했다. "그런 생각은 안 해 봤는데 그럴지도 모르겠군." 그가 다시 긁었다.

"내가 노상강도였다면," 마이어는 템플을 깨어 있게 할 수 있는 유일한 방법은 그에게 말을 거는 것이라고 생각하면서 말을 이었다. "클리퍼드 같은 이름은 고르지 않았을 거야."

"클리퍼드는 호모처럼 들려." 템플이 동의했다.

"노상강도에 어울리는 이름은 스티브지."

"자네 말을 카렐라가 듣지 않았으면 좋겠군."

"클리퍼드라. 모르겠는걸. 진짜 이름 같아?"

"그럴지도 모르지. 왜 신경을 써, 그놈의 진짜 이름이 아닌 것 같아서?"

"바로 그거야."

"어쨌든 그놈은 사이코야. 어떤 놈이 자기가 턴 사람한테 절하면서 고맙다고 하겠어? 그놈은 미치광이야."

"신문 헤드라인에 대한 얘기 알아?" 우스갯소리를 좋아하는 마이어가 물었다.

"아니, 뭔데?"

"어떤 미친놈이 정신병원에서 탈출한 다음 오 킬로미터를 달려서 이웃집 여자를 강간했어. 그때 신문의 헤드라인이 뭐였는지 알아?"

"아니, 헤드라인이 뭐였는데?"

마이어가 자신의 손바닥에 헤드라인을 크게 적었다.

"**너트**속어로 미친놈!

볼트달아나다라는 의미도 있다 **앤드 스크루**속어로 섹스하다!"

"자네가 하는 농담을 듣고 있자면 가끔은 난 자네가 이 염병할 잠복근무를 즐기는 것 같다는 생각이 들어."

"그럼, 난 잠복근무를 사랑하네."

"어쨌든, 사이코패스든 아니든 그놈은 벌써 열세 명이나 털었어. 오늘 오후에 경찰서에 왔던 아가씨에 대해서 윌리스가 말한 거 들었어?"

마이어가 손목시계를 흘끗 쳐다보며 정정했다. "어제 오후야. 그래, 그 친구한테 들었지. 이제 열셋은 클리프의 불길한 숫자가 될 거야, 안 그래?"

"그래, 그럴지도 모르지. 난 노상강도가 싫어. 왠지 알아? 그놈들을 보면 울화가 치밀어." 그가 긁적이며 말했다. "난 신사적인 강도가 좋아."

"예를 들면?"

"예를 들면 살인자. 살인자는 내가 보기에 노상강도보다 클래스가 높아."

"클리프한테 기회를 줘 보게. 그놈은 준비 중이야."

두 남자는 침묵에 빠졌다. 마이어의 마음속에서 어떤 생각이 떠오른 것 같았다. 마침내 그가 입을 열었다. "어떤 사건에 대해서 신문 기사를 죽 읽었는데 말이야. 분서들 중 한 군데에서 일어난 사건이야. 삼십삼 분서일 거야."

"그게 뭔데?"

"어떤 녀석이 주변을 배회하면서 고양이를 훔치고 있어."

"그래? 고양이를?"

"그래." 템플에게 가까이 다가가면서 마이어 마이어가 말했다. "집고양이 말이야. 지난주까지 들어온 신고가 열여덟 건이야. 듣고 있나, 응?"

"그럼."

"난 그 기사를 그동안 죽 읽고 있었네. 상황이 어떻게 돌아가는지 알려 주지." 그는 푸른 눈을 반짝거리며 템플을 응시했다. 마이어는 참을성이 아주 많은 사람이었다. 고양이 도둑에 대해서 템플에게 말한다는 것은 그가 생각해 놓은 범행 동기가 있다는 뜻이었다. 마이어는 템플이 갑자기 똑바로 허리를 펴고 앉았을 때도 그를 쳐다보고 있었다.

"뭐야?"

"쉬이!" 템플이 말했다.

그들은 귀를 기울였다. 어두운 거리 저쪽에서부터 여자의 구두 굽이 또각거리며 보도 위를 걷는 소리가 계속 들려왔다. 그들을 둘러싼 도시는 밤이 되어 문을 닫아 놓은 대성당처럼 고요했다. 구두 굽이 내는 날카로운 소리가 정적을 깨뜨렸다. 그들은 정적 속에 앉아 기다리며 감시했다.

여자는 차를 보지 않고 스쳐 지나갔다. 30대 초반의 나이에 키가 큰 긴 금발의 그녀는 고개를 쳐들고 발걸음을 서둘렀다. 차를 지나친 그녀의 하이힐 소리는 점점 멀어졌고, 남자들은 여전히 침묵 속에서 귀를 기울였다.

일정한 간격을 두고 두 번째 구두 굽 소리가 그들에게 다가왔다. 가볍고 잰 여자의 발소리가 아니다. 이번 것은 묵직했다. 남자의 발자국 소리였다.

"클리퍼드?" 템플이 말했다.

"어쩌면."

그들은 기다렸다. 발자국 소리가 점점 가까이 다가왔다. 그들은 백미러 속에서 점점 커지는 남자를 보았다. 잠시 후 템플과 마이어는 동시에 차문을 열고 나왔다.

남자가 멈춰섰다. 그의 눈 안에 공포가 스쳤다.

"뭐……." 그가 말했다. "뭐요? 강도요?"

마이어가 차 뒤를 돌아 남자 옆으로 다가섰고, 템플은 이미 그 사내의 앞길을 가로막았다.

"클리퍼드?" 템플이 물었다.

"뭐라……?"

"클리퍼드."

"아니오." 사내는 머리를 격하게 흔들며 말했다. "사람 잘못 봤소. 이봐요, 나는……."

"경찰이다." 템플이 플래시로 배지를 비추며 간결하게 말했다.

"겨, 겨, 경찰? 내가 뭘 어쨌게?"

"어디 가는 거지?" 마이어가 물었다.

"집이오. 나는 막 극장에서 나왔소."

"극장에서 나오기에는 좀 늦은 시간 아닌가?"

"뭐? 오, 그래요. 우리는 바에 들렀소."

"사는 데가 어디야?"

"바로 아래 거리요." 남자는 당황해하며 공포에 질린 채 손가락으로 가리켜 보였다.

"이름이 뭔가?"

"프랭키가 내 이름이오." 그가 잠시 말을 멈췄다. "누구에게든 물어봐요."

"프랭키 뭐야?"

"오로글리오. g가 하나."

"왜 저 여자를 따라가지?" 마이어가 다그쳤다.

"뭐요? 여자? 당신 미쳤소?"

"여자를 따라가고 있었잖아!" 템플이 말했다. "왜?"

"내가?" 오로글리오가 양 손으로 자신의 가슴을 가리켰다. "내가? 헤이, 이봐요. 당신들 실수하는 거야, 이 양반들아. 그렇고말고. 사람을 잘못 짚었어."

"금발 머리가 지금 막 이 길로 지나갔어." 템플이 말했다. "그리고 당신이 그 여자 뒤를 쫓았잖아. 쫓아간 게 아니라면……,"

"금발? 오, 맙소사."

"그래, 금발." 템플의 목소리가 커졌다. "자, 어떻게 생각하시나, 선생?"

"푸른색 코트를 입고?" 오로글리오가 물었다. "연푸른색? 당신이 말하는 사람이 그 사람이오?"

"우리가 말하는 사람이지." 템플이 말했다.

"오, 맙소사." 오로글리오가 말했다.

"어떻게 생각하느냐고?" 템플이 소리쳤다.

"내 아내요!"

"뭐라고?"

"내 아내요, 내 아내. 콘체타." 이제 오로글리오는 머리를 걷잡을 수 없을 만큼 내젓고 있었다. "내 아내 콘체타란 말이오. 그녀는 금발이 아니라 염색한 거요."

"이봐요, 선생."

"맹세해요. 함께 쇼를 보러 갔소. 그러고 나서 맥주를 몇 잔 마셨지. 그리고 바에서 싸웠소. 그래서 아내 혼자 가 버린 거요. 늘 그러지. 미친년."

"진짜요?" 마이어가 말했다.

"크리스티나 이모의 머리를 두고 맹세하겠소. 아내는 폭발하더니 나가 버렸소. 난 사오 분 정도 기다렸다가 쫓아간 거요. 그게 전부요. 맙소사. 난 어떤 금발도 쫓아가지 않았소."

템플이 마이어를 쳐다보았다.

"내가 우리 집까지 모셔다 드리지." 오로글리오가 그렇게 말하며 앞장섰다. "소개해 드릴 테니. 그녀는 내 아내요! 이봐요. 원하는 게 뭐요? 내 마누라라고!"

"이 사람 아내가 맞아." 마이어가 템플을 돌아보며 체념하듯 말했다. "차로 돌아가, 조지. 내가 확인해 보지."

오로글리오가 한숨을 쉬었다. "젠장, 웃기지 않소?" 그가 안도하며 말했다. "내가 내 마누라를 따라간다고 범죄자로 몰리니 말이오. 웃기는군."

"더 웃기는 상황도 있습니다." 마이어가 말했다.

"그래요? 어떤?"

"그 여자가 다른 사람의 아내라면 말입니다."

어둠이라는 망토를 쓰고 골목의 어둠 속에 서 있는 그는 자신의 얕은 숨소리와 불룩한 배를 내밀고 잠에 빠진 거대한 도시의 웅얼거림을 들을 수 있었다. 아파트의 몇몇 창이 불을 밝히고 있었다. 눈도 깜빡이지 않는 노란 불빛은 밤을 지키는 보초처럼 어둠을 찌르고 있었다. 그가 서 있는 곳은 어두웠고, 어둠은 그에게 친구가 되어 주었다. 그들은 어깨동무를 하고 서 있었다. 어둠 속에서 기다리며 주시하는 그의 눈만이 빛나고 있었다.

그는 그 여자가 거리를 가로지르기 오래전부터 주시했다.

그녀는 고무 굽에 고무창을 댄 플랫을 신었기 때문에 아무런 소리도 내지 않았지만 그는 그 여자의 존재를 즉시 알아챘고, 빌딩의 검댕이 벽에 기댄 채 몸을 긴장시키고 기다리며 그 여자를 관찰했다. 그 여자가 부주의하게 지갑을 들고 가는 모습을 보면서.

여자는 어떤 운동이라도 한 것처럼 보였다.

맥주 통에 달린 것 같은 다리. 여성스러운 여자가 더 좋았다. 그 여자는 하이힐을 신지 않았고 통통 튀듯 걸었다. 아마 아침 식사 전에 10킬로미터를 걷는 부류의 여자일 것이다. 그녀가 가까이 다가왔고 그녀의 발걸음은 여전히 포고스틱_{스카이콩콩} 같은 놀이 기구을 탄 것처럼 가벼웠고 이를 잡는 덩치 큰 개코원숭이처럼 웃고 있었다. 빙고 게임을 했거나 포커 판에서 방금 횡재를 하고 돌아가는 길일지도 모르고 저 통통 튀는 백에는 돈이 가득 차 있을지도 모른다.

그가 다가갔다.

그는 그녀가 비명을 지르기 전에 뒤에서 팔로 목을 감싸고 그녀를 컴컴한 골목 입구로 끌어당겼다. 그리고 팔을 풀고 돌려세운 뒤 커다란 손으로 스웨터 앞자락을 거머쥐고 건물 벽으로 밀어붙였다.

"조용히 해." 그는 낮은 목소리로 말하며 그녀의 얼굴을 보았다. 그녀는 진녹색 눈을 가늘게 뜨고 그를 바라보았다. 코가 컸고 피부가 거칠었다.

"뭘 원해요?" 그녀가 거친 목소리로 물었다.

"지갑. 빨리."

"왜 선글라스를 쓰고 있죠?"

"지갑 내놓으라고!"

그가 지갑으로 손을 뻗치자 그녀가 몸을 뺐다. 그의 손이 스웨터를 단단히 움켜잡고 그녀를 벽에서 떼어 냈다가 다시 벽으로 세게 밀쳤다.

"지갑!"

"안 돼!"

그가 왼 주먹으로 그녀의 입을 쳤다. 여자의 머리가 뒤로 꺾였다.

그녀는 멍한 상태로 머리를 흔들었다.

"이봐. 내 말 잘 들어. 나는 너를 다치게 하고 싶지 않아. 알겠어? 이건 경고일 뿐이야. 이제 나한테 지갑을 주고 내가 간 다음에는 쳐다보지도 마. 알았어? 찍소리도 내지 말라고!"

여자는 천천히 손등으로 입을 문지르고 어둠 속에서 손등에 묻은 피를 보더니 낮은 목소리로 앙칼지게 말했다. "다시는 내 몸에 손대지 마, 이 쓰레기야!"

그가 주먹을 쳐들자 그녀가 갑자기 그를 찼고 그는 고통으로 몸을 구부렸다. 그 순간 그녀는 두툼한 주먹을 그의 얼굴에 휘둘렀고, 한동안 주먹세례가 이어졌다.

"이 망할……," 그는 그녀의 팔을 잡고 벽으로 떠밀고 나서 두 차례 때렸다. 그녀의 어리석고 추한 얼굴에 주먹이 파고드는 것을 느끼며. 그녀는 벽에 기대어 신음 소리를 내더니 그의 발밑 콘크리트 바닥으로 쓰러졌다.

그는 그녀를 지켜보며 숨을 고르더니 선글라스를 추켜올리고 어깨 너머로 거리를 훑어보았다. 아무도 보이지 않았다. 그는 허둥지둥 허리를 굽혀 떨어진 지갑을 주웠다.

여자는 움직이지 않았다.

그가 다시 그녀를 쳐다보며 의아해했다. 젠장, 왜 그렇게 어리석게 굴었지? 이런 일이 일어나지 않길 바랐다. 그는 다시 몸을 구부리고 여자의 가슴 위에 머리를 댔다. 그녀의 가슴은 근육질 남자의 가슴처럼 단단했지만 숨은 쉬고 있었다. 만족스럽게 몸을 일으킨 남자의 얼굴에 엷은 미소가 스쳤다.

   그는 여자를 바라보며 지갑을 든 손을 허리에 대고 정중히 절하며 말했다. "클리퍼드가 감사를 전합니다, 마담."

   그리고 밤의 어둠 속으로 사라졌다.

4

 87분서 형사반의 형사들은 때때로 다양한 끄나풀을 쓰는 것에 대해서는 동의했지만 여러 끄나풀 중에서 누가 더 나은지에 대해서는 대개 의견이 갈렸다. 노처녀가 여자에게 키스를 하든 말든 그것은 '취향의 문제'였다. 어떤 형사에게는 매우 도움이 되는 끄나풀이 다른 형사에게는 독이 될 수도 있었다.

 형사들은 많은 끄나풀 중에서 대개 대니 김프를 가장 믿을 만한 끄나풀이라고 인정했다. 하지만 대니를 끄나풀로 삼는 형사들조차 다른 동료가 또 다른 끄나풀을 쓴 결과가 더 좋았을 때도 있었다는 것을 알고 있었다. 모든 형사가 범죄 세계에서 얻은 정보에 의존한다는 것은 반박할 수 없는 사실이었다. 그것은 단순히 누구를 선호하느냐의 문제였다.

핼 윌리스는 팻츠 도너라는 사내를 선호했다.

사실, 보상이 따르는 팻츠 도너의 지원으로 다루기 힘든 많은 범죄자들을 엄중 단속할 수 있었다. 그리고 의문의 여지 없이 공손히 절하는 노상강도 클리퍼드는 다루기 힘든 범죄자가 되어 가는 중이었다.

도너를 쓰는 데 오직 한 가지 문제가 있었는데 그것은 그가 증기탕을 좋아한다는 것이었다. 윌리스는 마른 사나이였다. 그는 도너에게 질문을 하러 갈 때마다 몸무게가 1, 2킬로그램씩 빠지는 것을 좋아하지 않았다.

반면, 도너는 뚱보fat가 아니었다. 뚱뚱보fats였다. 그리고 그를 보지 못한 사람들을 위해 말해 두자면 팻츠는 팻의 복수형이다. 그는 비만이었다. 그는 어마어마하게 뚱뚱했다. 그는 산더미 같았다.

팻츠는 마치 자신과 윌리스 주위의 증기를 모두 빨아들일 것처럼 그의 몸 구석구석에 늘어져 겹쳐 있는 살을 떨며, 사타구니에 타월을 걸치고 앉아 있었다. 그의 몸은 창백했다. 병적으로 보일 만큼 하얬다. 핼 윌리스는 그가 과거에 마약중독자였을 거라고 의심했지만 마약 소지죄로 훌륭한 끄나풀을 집어넣는 일은 바보 같은 짓이었다.

도너는 거대한 흰 부처처럼 증기를 빨아들이며 앉아 있었고, 윌리스는 땀을 흘리며 그를 바라보았다.

"클리퍼드라고?" 도너가 물었다. 그의 목소리는 깊고 음침하게 울렸다. 마치 죽음이 그의 조용한 파트너인 양.

"클리퍼드." 윌리스는 짧게 자른 머리칼 사이에서 배어난 땀이 목덜미와 좁은 어깨를 거쳐 벌거벗은 등을 가로지르는 것을 느끼며 말했다. 더워서 입 안이 말랐다. 그는 만족해하는 거대한 야채 같은 도너를 바라보고 모든 풍보를 저주하며 말했다. "클리퍼드. 그놈에 대해서 들어 봤겠지. 신문이란 신문에는 죄 나오잖아."

"난 신문을 열심히 읽지 않아요. 만화만 읽지."

"좋아. 그놈은 퍽치기야. 털기 전에 피해자를 때리지. 그 다음에 허리를 굽혀 인사하고 '클리퍼드가 감사를 전합니다, 마담'이라고 말해."

"이 친구가 두들기는 상대는 영계뿐이에요?"

"지금까지는."

"누군지 모르겠는데, 형사님." 도너가 머리를 흔들며 말하자 주위의 타일 벽으로 땀이 튀었다. "클리퍼드라. 처음 듣는 이름인데. 설명 좀 해 봐요."

"선글라스를 썼어. 어쨌든 마지막 두 건에서는."

"색안경$^{cheaters\ 사기꾼이라는\ 뜻도\ 있다}$? 잽싸게 돈을 갖고 튄다. 도둑고양이인가?"

"뭐?"

"클리퍼드^{Clifford}, 영계^{chicks}, 색안경^{cheaters}이라. 모두 C로 시작하는군. 풋내기^{cookie}예요?"

"몰라."

"C. 더 해 볼까요?" 도너가 말했다. "클리퍼드, 영계……."

"난 처음부터 눈치채고 있었어."

도너가 어깨를 으쓱했다. 증기탕은 점점 더워지는 것 같았다. 증기는 악마가 숨겨 둔 무기처럼 피어올랐다. 증기탕은 열기를 품은 증기와 물기를 머금은 무거운 담요를 둘러쓰고 윌리스의 숨을 조였다. 그는 깊은 한숨을 쉬었다.

"클리퍼드라." 도너가 되뇌었다. "별명이에요?"

"몰라."

"형사님, 난 몇몇 노상강도들을 꿰고 있는데 내가 아는 놈 중에 클리퍼드라는 이름이 붙은 놈은 없어요. 장난삼아 여자들을 위협하고 다니는 놈이라면 그건 또 다른 문제예요. 클리퍼드라. 배가 고파서 고른 이름 같은데."

"놈은 열네 명의 여자를 때려 눕혔어. 그놈은 더 이상 배가 고프지 않아."

"강간도 했어요?"

"아니."

"이 클리퍼드라는 도둑고양이가 여자에게는 관심이 없다고? 호모예요?"

"몰라."

"가장 큰 피해액은?"

"오십사 달러가 최고야. 대개는 하찮은 금액이지."

"삼류구먼."

"일류 강도는 알아?"

"힐이라는 놈이 있는데 껌 따위는 훔치지 않죠. 난 옛날부터 일류 퍽치기를 많이 알아 왔어요." 도너는 사타구니에 놓인 타월을 뒤적이며 대리석으로 된 의자에 등을 기댔다. 윌리스는 땀투성이 손으로 얼굴에서 땀을 떨어냈다.

"이봐, 자넨 밖에서 일해 본 적 없지?"

"밖이라는 게 무슨 말이에요?"

"공기가 있는 데서 말이야."

"오, 물론 있죠. 올여름에 난 밖에서 오래 있었다고요, 형사님. 멋진 여름이었잖아요?"

윌리스는 최고 온도의 기록을 경신하고 도시의 기능을 마비시켰던 지난여름을 생각했다. "그래, 대단했지. 그건 그렇고 이 건에 대해서 말이야, 팻츠? 나한테 뭐 줄 거 없어?"

"형사님이 말하는 게 그거라면 아는 게 없어요. 새로운 놈이거나 조용히 사는 놈이겠죠."

"이 도시에 새로운 놈이 많나?"

"새로운 놈은 우글우글하죠, 형사님. 어쨌든 노상강도라고 할 만한 놈이 떠오르지 않는군요. 솔직히 말해서 퍽치기 놈들은 잘 몰라요. 요즘은 잘 몰라요. 클리퍼드는 애예요?"

"피해자들이 얘기해 준 것밖에 몰라."

"늙은 놈이에요?"

"이십 대야."

"거칠 나이지. 정확히 애는 아니군. 그렇다고 어른도 아니고."

"그놈은 어른처럼 패. 어젯밤에도 한 사람을 병원으로 보냈어."

"있잖아요. 내가 수소문해 볼게요. 여기저기서 주워듣고 연락하면 되겠죠, 경찰 나리?"

"언제?"

"바로."

"바로가 얼마나 바로야?"

"얼마나 바로 연락해야 해요?" 도너가 가운뎃손가락으로 코를 문지르며 말했다. "단서를 찾는 겁니까, 대타를 찾는 겁니까?"

"단서로 하지."

"좋아요. 냄새를 맡아 보죠. 오늘이 무슨 요일이에요?"

"수요일."

"수요일이라." 도너는 윌리스가 한 말을 되받아 말하더니 덧붙였다. "수요일은 좋은 날이죠. 되도록 오늘 밤에 연락할게요."

"전화할 거면 형사실에서 기다릴게. 아니면 난 네 시에 집으로 갈 거야."

"전화할게요." 도너가 약속했다.

"오케이." 윌리스는 대답하고 허리의 타월을 단단히 조이더니 탕 밖으로 향했다.

"헤이, 뭐 잊은 거 없어요?" 도너가 소리쳤다.

핼 윌리스가 돌아보며 말했다. "내가 여기 갖고 들어 온 건 타월 뿐이야."

"그래요. 하지만 난 여기 매일 와요, 형사님. 아시다시피 이 일은 비용이 들어요."

"정보를 갖다 주면 치를 거야. 내가 여태까지 얻은 거라곤 뜨거운 증기뿐이야."

버트 클링은 자신이 여기에 왜 와 있는지 궁금했다.

고가역高架驛의 계단을 내려오자 곧 익숙한 광경이 눈앞에 펼쳐졌다. 이 주변은 그가 예전에 살던 곳은 아니었지만 10대 시절에 자주 놀던 장소였다. 그는 가슴속에서 아련한 향수를 느끼고 놀란 참이었다.

그가 고가역에서 아래를 내려다보았더라면 길게 펼쳐진 캐넌 로를 따라 쇳소리를 내고 불꽃을 튀기며 북쪽으로 향하는 엘 기차의 기찻길을 볼 수 있었을 것이고, 높은 하늘을 배경으로 명멸하는 대관람차의 불빛도 볼 수 있었을 것이다. 대관람차는 날씨가 궂든 좋든 매년 4월과 9월에 열리는 축제에서 인기를 끌었는데 저소득층 주택단지 바로 맞은편 공터에 서 있었다. 그는 어린 시절 그 축제에 자주 갔고, 자신의 옛 동네를 잘 아는 만큼 리버헤드의 이 지역도 잘 알고 있었다. 특이하게도 두 지역 모두 이탈리아인, 유대인, 아일랜드인, 그리고 흑인이 섞여 있었다. 누군가가 리버헤드에 용광로를 갖다 놓았고 다른 누군가는 그 용광로의 가스를 끄는 것을 잊었다.

이 지역에서 인종적, 혹은 종교적 갈등은 없었으나 버트 클링은 그들이 하나가 될 수 있을지도 의심스러웠다. 그는 1935년도에 다이아몬드백에서 일어났던 인종 폭동을 기억했다. 그 폭동이 리버헤드에서도 일어났다면 이 지역 사람들의 대응 방식은 어땠을지 궁금했다. 그것은 분명히 이상하리만치 역설적이었다. 다이아몬드백의 백인과 흑인들이 서로의 목을 치는 동안 리버헤드의 백인과 흑인들은 그 폭동이 자신들의 지역까지 번지지 않게 해 달라고 함께 기도했다.

그는 그때 어린아이였을 뿐이지만 아버지가 했던 말을 여전히 기억할 수 있었다. "네가 만일 이런 똥 같은 일을 보고 배운다면 일주일 동안 앉지도 못하게 혼내 줄 테다, 버트. 그렇게 되면 걷기만 해도 다행일 거야."

폭동은 퍼지지 않았다.

그는 지금 이 동네의 친숙한 상점을 정신없이 바라보며 그 거리를 걷고 있었다. 치즈 가게, 유대인 정육점, 페인트 가게, 대형 A&P, 빵집, 그리고 거리 모퉁이에 있는 샘의 캔디 가게. 맙소사, 샘네 가게에서 얼마나 많은 아이스크림선디_{설탕을 넣고 조린 과일이나 초콜릿을 얹은 아이스크림}를 먹었던가? 그는 그 가게에 들러서 '안녕하세요.'라고 말하고 싶은 충동이 들었지만 카운터 너머에는 낯선 사람이 있었다. 작은 키에 머리가 벗어진 남자로 전혀 샘과 닮지 않았고, 속 편했던 소년 시절 이래 많은 것들이 바뀌었다는, 고통스러울 만큼 명료한 사실을 깨달았다. 그 사실이 고통스러울 만큼 정신을 번쩍 들게 했고, 왜 자신이 리버헤드에 왔는지, 왜 드 위트 가에 있는 피터 벨의 집을 향해 걷고 있는지 의아했다. 그 생각을 쉰 번째 하는 중이었다. 어린 소녀에게 조언을 하려고? 열일곱 살짜리 아이에게 무슨 말을 할 수 있을까? 다리를 좀 모으지 그러니, 얘야?

클링은 넓은 어깨를 으쓱했다. 그는 키가 큰 사람이었고, 오늘 밤에는 짙푸른 정장을 입고 있었는데 금발 머리가 어두운 옷과 대비되어 거의 황금빛처럼 보였다. 그는 드 위트 가로 접어들자 남쪽 방면으로 향했다. 그러고 나서 피터가 준 주소 메모를 보기 위해 지갑으로 손을 뻗쳤다. 거리 위쪽으로 올라가자 그물망 펜스가 둘러쳐진 노란 벽돌의 중학교 건물이 보였다. 거리 양편으로는 대개 목재 구조의 개인 주택이 늘어서 있었는데 드문드문 벽돌집이 끼여 있어서 단조롭지 않았다. 거리의 양쪽 경계석 가까이에 서 있는 수령이 오래된 나무의 가지들이 격렬하게 포옹하듯 아치를 만들어 거리는 가을 잎으로 만든 대성당 같은 모습이었다. 드 위트 가는 매우 조용하고 매우 평화로웠다. 배수로 근처에 모아 놓은 낙엽 더미 옆에서 한 손에는 갈퀴를 들고 한 손은 허리에 걸친 한 사내가 발밑에서 연기를 피우고 있는 작은 불꽃을 심각하게 바라보고 있었다. 낙엽 타는 냄새가 좋았다. 그는 그 냄새를 폐 안 깊숙이 빨아들였다. 이곳은 복잡한 87분서의 관할구역과는 많이 달랐다. 북적거리는 공동주택, 더러운 콘크리트 손가락으로 하늘을 찌르는 검댕이투성이 건물뿐인 빈민가와는 많이 달랐다. 이곳의 나무들은 87분서 관할구역의 남쪽을 에워싸고 있는 그로버 공원에서 본 나무들과 같은 종류였다. 하지만 이곳의 큼직한 나무들 뒤편에는 숨어서 도사리고 있는 범죄자는 없을 게 분명했다. 그것이 다른 점이었다.

버트 클링이 자신의 발소리를 들으며 깊어 가는 황혼 속을 걷는 와중에 갑자기 가로등이 불을 밝혔다. 그리고 아주 이상하게도 자신이 이곳에 왔다는 사실이 기뻤다.

그는 벨의 집을 발견했다. 그가 말한 그대로 블록 한가운데에 있는 큰 집이었다. 미늘판과 벽돌 구조로 된, 두 가구가 살 수 있도록 설계된 집으로 미늘판은 흰 칠이 되어 있었다. 타이어 자국이 난 콘크리트 진입로가 집 뒤의 흰 칠이 된 차고를 향해 경사를 이루고 있었고, 계단이 현관문을 향해 나 있었다. 클링은 다시 주소를 확인한 다음 계단을 올라 문설주에 붙어 있는 초인종을 눌렀다. 1초 후에 초인종이 울리고 이중문의 문손잡이를 돌리는 것 같은 작은 소리가 들리더니 안쪽 문이 열렸다. 작은 현관 앞에 서 있던 그는 즉시 바깥쪽 문이 열리는 것을 보았다. 그리고 피터가 활짝 웃으며 그를 맞았다.

"버트, 왔군! 맙소사, 이렇게 고마울 데가."

클링이 끄덕이며 미소 지었다. 벨이 그의 손을 움켜잡았다.

"들어와. 들어오라고." 그의 목소리가 낮아졌다. "지니가 아직 집에 있어. 자네를 내 경찰 친구라고 소개할 거야. 그리고 몰리와 나는 슬쩍 빠질게. 괜찮지?"

"좋아." 클링이 대답했다. 벨이 그를 집 안으로 이끌었다. 집 안에서는 요리 중인 음식 냄새가 났다. 구미를 돋우는 그 냄새는 클링을 더욱 향수에 빠져들게 했다. 살짝 쌀쌀한 바깥에 있다가 들어온 집은 따뜻하고 안락했다.

벨이 문을 닫으며 소리쳤다. "몰리!"

들어와 보니 기차간식 아파트처럼 지어진 집이었다. 각 방이 다른 방과 연결되어 있어서 끝에 있는 방으로 가려면 집 안에 있는 모든 방을 거쳐야 했다. 현관문을 열고 들어선 곳은 의심할 여지 없이 싸구려 가구 매장들에서 '거실용 가구 세트'라고 선전하는 안락의자 두 개와 소파가 놓인 작은 거실이었다. 소파의 뒷벽에는 거울이, 안락의자 뒤에는 싸구려 액자 안에 든 풍경화가 걸려 있었고, 필수 가전제품인 텔레비전은 방의 한쪽 구석에, 창문 아래의 다른 쪽 구석은 라디에이터가 차지하고 있었다.

"앉아, 버트." 벨이 말했다. "몰리!" 그가 다시 소리쳤다.

"갈게." 집의 다른 쪽 끝에서 목소리가 외쳤다. 버트가 추측한 그 끝은 주방이었다.

"아내는 설거지 중이야." 벨이 설명했다. "곧 올 거야. 앉아, 버트." 클링은 안락의자에 앉았다. 벨이 우아한 집주인 행세를 하며 그의 곁에 앉았다. "뭐 좀 줄까? 맥주? 담배? 뭐라도?"

"내가 마지막으로 마셨던 게 맥주야. 그리고 바로 총에 맞았지."

"저런, 여기선 아무도 널 쏠 수 없어. 자, 한잔하자고. 냉장고에 찬 게 있을 거야."

"괜찮아." 클링이 점잖게 말했다.

몰리가 행주로 손을 닦으며 거실로 들어왔다.

"당신이 버트군요. 피터한테서 들었어요."

그녀는 마지막으로 오른손을 훔치고 클링이 서 있는 곳으로 다가와 손을 내밀었다. 클링은 그녀의 손을 정중하게 잡았다. 벨은 그녀에 대해 말했었다. "몰리는 임신했는데도 예뻐." 클링이 그 말에 굳이 반대할 이유는 없었지만 솔직하게 말해서 몰리 벨은 매력적이지 않았다. 전에는 예뻤을지 모르지만 그런 날은 영원히 돌아오지 않을 것이다. 출산을 앞둔 엄마의 불룩한 배를 감안한다고 해도 클링에게는 색 바랜 금발과 푸른 눈만이 눈에 띌 뿐이었다. 눈은 매우 피곤해 보였고, 눈가에는 주름이 자글자글했으며 윤기 없는 머리칼은 우울해 보였다. 그녀의 미소도 도움이 되지 않았다. 환한 미소 때문에 생기 없는 얼굴이 더욱 강조될 뿐이었다. 그는 약간 충격을 받았다. 부분적으로는 벨의 과도한 칭찬 때문이었고, 부분적으로는 그녀의 나이가 스물네댓 이상은 되지 않은 게 틀림없다는 사실을 깨달았기 때문이었다.

"안녕하세요, 벨 부인?"

"오, 몰리라고 부르세요." 몰리에게는 따뜻한 구석이 있었고, 클링은 그녀가 무척 마음에 든다는 사실을 깨달았으며 자신이 실망하지 않을 수 없게끔 그녀를 과대 포장한 벨이 약간 싫어졌다.

"맥주 갖다 줄게, 버트."

"아니야, 정말로 나는……."

"그러지 말고, 한잔하자고." 벨이 그의 말을 무시하고 주방 쪽으로 가며 말했다.

그가 주방으로 가자 몰리가 말했다. "당신이 와서 아주 기뻐요, 버트. 당신이 지니에게 한마디 해 주면 큰 도움이 될 거예요."

"글쎄요. 노력해 보죠. 그녀는 어디 있죠?"

"방에요." 몰리가 이 집의 다른 쪽 끝을 향해 머릿짓을 해 보였다. "방문을 잠그고요." 그녀가 머리를 흔들었다. "그 애는 아주 낯선 사람처럼 행동해요. 나도 전에는 열일곱이었지만 그렇게 행동하지는 않았는데 말이에요, 버트. 그 애는 문제가 있어요."

클링은 별다른 말 없이 고개를 끄덕였다.

몰리가 무릎 위에 손을 포개고 발을 모으며 앉았다. "내가 열일곱 살 때는 즐거움을 추구하는 소녀였어요." 몰리가 지난날을 그리워하듯 말했다. "피터에게 물어봐요. 하지만 지니는…… 모르겠어요. 그 애는 비밀이 많아요. 비밀이, 버트." 그녀가 다시 머리를 저었다. "나는 그 애한테 언니이자 어머니가 되려고 노력했어요. 하지만 그 애는 나한테 말하려고 하지 않아요. 우리 사이에는 벽이 있어요. 전에는 없었던 뭔가가요. 나는 그걸 이해할 수 없어요. 가끔은 그 애가 나를…… 나를 미워한다는 생각이 들어요. 이제 와서 왜 나를 미워할까요? 내가 그 애한테 어떤 짓도 한 게 없는데요. 어떤 짓도요." 몰리는 잠시 말을 멈추더니 크게 한숨을 쉬었다.

"그래도," 클링이 예의 바르게 말했다. "당신은 그 애가 어떤 사람인지 알잖아요."

"그래요. 알죠. 나는 이제 스물넷인데 그 애 나이에 무슨 생각을 하는지 오래전에 잊었어요, 버트. 나도 내가 나이보다 더 들어 보인다는 걸 알아요. 하지만 두 아이를 기른다는 것은 사람을 지치게 해요. 그리고 하나가 더 들어섰어요. 힘들어요. 게다가 지니도 신경 써야 하고요. 그게 여자를 지치게 하죠. 하지만 나도 열일곱이던 때가 있었고, 그렇게 오래전이 아니에요. 그때를 기억할 수 있죠. 지니는 바르게 행동하지 않아요. 뭔가가 그녀를 힘들게 하고 있어요, 버트. 신문에서 십 대 갱에 대한 것들을 많이 읽었어요. 무서워요. 그 애는 나쁜 친구들과 어울리는 것 같아요. 그 애한테 나쁜 짓을 시키는 거예요. 그게 그 애를 힘들게 하는 걸 거예요. 모르겠어요. 당신이라면 알아낼 수 있겠죠."

"글쎄요, 노력해 보겠습니다."

"고마워요. 피터에게 사립 탐정을 고용하자고 했지만 그이는 그럴 여유가 없다고 했어요. 물론 그이의 말이 맞아요. 그이가 벌어 오는 돈으로 간신히 먹고사는 정도니까요." 그녀가 다시 한숨을 쉬었다. "하지만 가장 큰 문제는 지니예요. 지니가 뭣 때문에 이러는지 알 수만 있다면. 그 애는 이러지 않았어요, 버트. 그게 단지……모르겠어요……. 일 년쯤 전인 것 같아요. 갑자기 어른스러워졌어요. 그리고 정말 갑작스럽게 지니는…… 지니는 나와 멀어졌어요."

벨이 맥주와 글라스를 가지고 거실로 돌아왔다.

"자기도 한잔할래?"

"아니, 조심해야 돼." 그녀가 클링을 향했다. "의사가 몸무게가 많이 늘었다고 했어."

벨이 클링의 잔에 맥주를 따르고 그에게 잔을 건네며 말했다. "병에 더 남아 있어. 여기 테이블 위에 놔둘게."

"고마워." 그가 잔을 들어 보이며 말했다. "그럼, 태어날 아기를 위하여."

"고마워요." 몰리가 웃으며 말했다.

"몰리가 또 임신을 해서 난 다시 태어난 것 같아. 멋진 일이지."

"오, 피터." 몰리가 여전히 웃으며 말했다.

"내가 하는 일은 그냥 숨만 쉬는 거야. 그러면 몰리는 임신을 하고. 이 사람이 내 정액을 병원에 가져갔는데 의사가 모든 중국 여자를 임신시킬 수 있을 만큼 정자가 많다고 했대. 어때?"

"음." 클링이 약간 어색해하며 말했다.

"오, 이이가 이래요." 그녀가 비꼬듯 말했다. "어쨌든 그것들을 갖고 다녀야 하는 사람은 나예요."

"이 사람이 지니에 대해서 얘기 좀 해 줬어?"

"응."

"내가 몇 분 내로 그 애를 데려올게." 그는 손목시계를 보았다. "곧 택시를 가져와서 몰리를 극장에 내려 줄 거야. 그러면 자네와 지니가 조용히 얘기할 수 있겠지. 어쨌든 파출부가 올 때까지는."

"택시 일은 밤새도록 하는 거야?" 클링이 말할 거리를 찾으려는 듯이 말했다.

"일주일에 서너 번은. 그날 벌이가 얼마나 되는가에 따라 달라. 내 택시고, 내가 사장이니까."

"그렇군." 클링은 그렇게 말하고 맥주를 한 모금 마셨다. 벨이 말한 것처럼 차지 않았다. 그는 벨이 미리 앞질러 하는 말에 대해서 진지하게 의심하기 시작했고, 모호하게 회의적인 마음으로 지니와의 만남을 고대했다.

"그 애를 데려올게."

클링이 끄덕였다. 몰리는 소파 끝에 앉아 긴장하고 있었다. 벨이 거실에서 나갔다. 클링은 그가 닫힌 문을 노크하는 소리를 들었고, 그러고 나서 그가 하는 말을 들었다. "지니? 지니?"

클링이 알아듣기 어려울 만큼 나지막한 대답이 있었다. 그러고 나서 벨이 말했다. "네가 만났으면 하는 내 친구가 왔어. 멋진 친구야. 나와 보지 않을래?"

알아듣기 어려울 만큼 나지막한 대답은 없었다. 클링은 문의 잠금장치를 여는 소리와 문을 여는 소리를 들었고, 어린 여자가 말하는 소리를 들었다. "누군데요?"

"내 친구. 얼른 나와, 지니."

클링은 방을 따라 걷는 발소리를 듣고 급히 맥주를 한 잔 마셨다. 그가 고개를 들자 벨이 거실로 통하는 복도에 서 있었다. 여자 아이는 그의 옆에 서 있었고, 클링은 더 이상 그의 진실성을 의심하지 않았다.

그 아이는 몰리보다 약간 더 컸다. 금발 머리를 짧게 잘랐는데 클링이 이제껏 보아 온 금발 중 가장 멋진 금발이었다. 잘 익은 옥수수처럼 거의 노란색에 가까웠고, 클링은 그녀가 그 머리에 전혀 손을 대지 않았다는 것을 즉시 알 수 있었다. 머리칼은 그녀의 얼굴만큼이나 자연스러웠으며 살짝 휜 코와 크고 맑은 푸른 눈의 얼굴은 완벽한 타원형이었다. 그녀의 눈썹은 운명의 여신이 어떤 색으로 할지 결정을 내리지 못한 것처럼 새까맸고, 그 아래 푸른 눈 위에서 아치를 그렸다. 무엇보다 그 노란 머리칼이 눈에 띄게 아름다웠다. 도톰한 입술에는 연주황빛 립스틱이 칠해져 있었다. 그리고 그녀의 입은 미소 짓고 있지 않았다.

그녀는 검은색 스트레이트 스커트와 팔꿈치까지 소매를 걷은 푸른 스웨터를 입고 있었다. 호리호리했지만 멋진 엉덩이와 스웨터를 꽉 채운 단단하고 풍만한 가슴이 놀라울 만큼 조화를 이룬 몸매였다. 다리 또한 훌륭했다. 허벅지는 보기 좋게 살이 올랐고 종아리는 아름다운 곡선을 이루었다. 그녀가 신고 있는 로퍼만으로는 날것 그대로인 다리의 화려함을 감출 수 없었다.

그녀는 여자였다. 그것도 아름다운 여자였다.

피터 벨은 거짓말을 하지 않았다. 그의 처제는 다리가 풀릴 정도였다.

"지니, 이쪽은 버트. 버트, 자네가 만나 줬으면 하는 내 처제, 지니 페이지."

클링이 자리에서 일어나며 말했다. "안녕."

"안녕하세요." 지니가 답례했다. 그녀는 벨 곁에 선 채 움직이지 않았다.

"버트는 경찰이야. 아마 너도 이 친구에 관한 신문 기사를 읽었을 거야. 시내에 있는 바 안에서 총을 맞았지."

"바 밖이야." 클링이 정정했다.

"아, 그렇지. 지니, 언니와 나는 이제 나가 봐야 해. 버트는 여기 있을 거야. 그래야 네가 버트와 얘기하는 데 불편하지 않겠지. 파출부가 올 때까지는 말이야. 안 그래?"

"어디 가는데요?"

"몰리를 극장에 데려다 주고 택시를 몰 거야."

"오." 지니는 미심쩍다는 듯이 클링을 쳐다보며 말했다.

"그럼 됐지?" 벨이 물었다.

"네."

"앞치마를 벗고 머리를 빗어야겠어." 클링은 그렇게 말하며 자리에서 일어나는 몰리를 보았다. 그는 이제 그녀와 지니가 닮았다는 것을 알 수 있었고, 몰리 역시 한때는 꽤 매력적인 여자였다는 사실 또한 믿을 수 있었다. 하지만 결혼과 엄마 역할, 집안일과 걱정이 그녀에게서 아름다움을 앗아갔다. 그녀가 정말 과거에 예뻤다면 이제는 그녀의 동생과 상대가 되지 않았다. 그녀는 거실에서 나가 클링이 욕실이라고 추측하는 방으로 들어갔다.

"멋진 밤이군." 클링이 어색하게 입을 뗐다.

"그래요?" 지니가 물었다.

"그래."

"몰리! 서둘러!" 벨이 소리쳤다.

"다했어." 그녀가 욕실에서 대답했다.

"내 말은 가을치고는 온화하다고." 클링이 말했다. 지니는 대꾸하지 않았다.

잠시 후 욕실에서 나온 몰리의 머리는 단정했고 입술에는 립스틱이 칠해져 있었다. 그녀가 코트를 입으며 말했다. "나가게 되면 너무 늦지 마, 지니."

"걱정 마."

"그럼, 갈게. 만나서 반가웠어요, 버트. 전화주실 거죠?"

"네, 그러겠습니다."

벨이 현관문 손잡이에 손을 올려놓고 잠시 멈췄다.

"너만 믿어, 버트. 안녕." 그와 몰리가 집 밖으로 나가며 문을 닫았다. 클링은 바깥문이 큰 소리를 내며 닫히는 것을 들었다. 거실은 쥐 죽은 듯 고요했다. 밖에서 차가 출발하는 소리가 들렸다. 벨의 택시일 거라고 생각했다.

"이건 누구 아이디어예요?" 지니가 물었다.

"무슨 말인지 모르겠는데."

"아저씨가 집에 온 거 말이에요, 언니?"

"아니. 피터는 내 오랜 친구야."

"그래요?"

"그래."

"몇 살이에요?"

"스물넷."

"언니가 우리가 만나게 하려고 힘썼나요?"

"뭐라고?"

"몰리 말이에요. 언니가 뭔가 꾸미고 있는 거죠?"

"무슨 말인지 모르겠는데."

지니가 차분하게 그를 쳐다보았다. 그녀의 눈은 매우 파랬다. 그는 그녀의 얼굴을 쳐다보자마자 그녀의 아름다움에 압도당했다.
"아저씨는 어리숙한 척을 하는 만큼 바보가 아니죠?"
"어리숙한 척하지 않았는데."
"나는 몰리가 아저씨와 나를 만나게 하려고 수를 쓴 건지 묻고 있는 거예요."
클링이 미소 지었다. "아니, 언니가 그런 것 같지 않은데."
"나는 언니가 능히 그러고도 남을 거라고 봐요."
"내가 보기에 넌 언니를 아주 많이 싫어하지는 않는구나."
지니는 갑자기 경계하는 것 같았다. "언니랑 문제 없어요."
"그런데?"
"그런데가 아니라 언니는 좋아요."
"그럼 왜 언니한테 화가 났지?"
"왜냐하면 피터는 고함이나 지르는 경찰을 찾아가지 않았을 테니까요. 그러니까 언니의 생각이 틀림없어요."
"난 여기 친구로서 있는 거야. 경찰로서가 아니라."
"네, 왜 안 그렇겠어요. 아저씨는 맥주나 드세요. 난 파출부가 오자마자 나갈 거예요."
"데이트하러?" 클링이 별 뜻 없이 물었다.
"누가 알고 싶대요?"
"내가."
"상관 마세요."

"직업은 못 속이나 봐."

"그렇겠죠."

"열일곱 살처럼 보이지 않는데."

잠시 지니는 입술을 깨물고 있었다. "나는 열일곱보다 많아요." 그녀가 대답했다. "훨씬 많아요, 클링 씨."

"버트." 그가 정정해 주었다. "뭐가 문제지, 지니? 내가 온 이래 한 번도 웃지 않는구나."

"아무 일도 없는 게 문제예요."

"학교 문제?"

"아니요."

"남자 친구?"

그녀가 머뭇거렸다. "아니요."

"아하, 열일곱 살의 문제는 대개 남자 친구지."

"남자 친구 없어요."

"없다고. 그럼 뭐지? 짝사랑?"

"그만둬요!" 지니가 사납게 말했다. "아저씨가 상관할 바 아니에요. 아저씨는 남의 사생활에 대해서 꼬치꼬치 캐물을 권리가 없다고요."

"미안해. 난 도우려고 그런 거야. 아무런 문제가 없단 말이지?"

"없어요."

"법적인 문제도."

"없어요. 있다고 해도 경찰에게는 말하지 않을 거예요."

"내가 친구라는 걸 잊었어?"

"그렇죠. 친구죠."

"너는 정말 예뻐, 지니."

"그런 말 많이 들었어요."

"예쁜 여자들은 자기도 모르는 사이에 나쁜 친구들과 어울리게 돼 있어. 예쁜 여자들은……."

"아름다운 멜로디 같은 거죠." 지니가 결론을 내렸다. "나는 나쁜 친구들과 어울리지 않아요. 난 괜찮아요. 난 건전하고 평범한 십 대니까 날 내버려 둬요."

"데이트는 많이 하니?"

"할 만큼 해요."

"사귀는 사람은 있어?"

"없어요."

"마음에 두고 있는 사람은?"

"아저씨는 데이트 많이 해요?"

"아니."

"사귀는 사람은요?"

"없어." 클링이 웃으며 대답했다.

"마음에 두고 있는 사람은요?"

"없는데."

"왜요? 영웅 경찰은 인기가 많을 거라고 생각했는데요."

"부끄럼을 많이 타니까."

"난 분명 인기가 많을 거라고 생각했는데. 우리는 십 분 전만 해도 모르는 사이였는데 지금은 내 연애 생활에 대해서 토론하고 있어요. 다음은 뭘 물을 거죠? 내 브라 사이즈?" 클링의 눈길이 자신도 모르게 그녀의 스웨터 위로 떨어졌다. "궁금증을 해결해 드리죠." 지니가 딱딱거렸다. "구십오, C컵이에요."

"그럴 것 같았어."

"좋아요. 아저씨가 경찰이라는 걸 자꾸 잊어버리네요. 경찰은 관찰력이 뛰어나지 않나요? 아저씨는 훈장을 받은 형사죠?"

"나는 순찰 경관이야." 클링이 차분하게 말했다.

"아저씨처럼 똑똑한 사람이 겨우 순찰 경관이라고요?"

"도대체 뭐가 못마땅한 거지?" 클링의 목소리가 갑작스럽게 커지며 물었다.

"없어요. 아저씨는 뭐가 못마땅하죠?"

"너 같은 애는 처음이야. 살 만한 집에서 편안히 지내면서 어느 여자들이나 부러워할 외모에다 마치……,"

"나는 리버헤드 최고의 미인이에요. 몰랐어요? 남자애들은 나를 만나려고 기를 쓰고……,"

"……마치 넌 공동주택에서 사는 육십 먹은 노인 같아. 도대체 뭐가 못마땅한 거지?"

"아무것도요. 날 심문하기 위해 이 집에 찾아온 경찰이 싫을 뿐이에요."

"네 언니와 형부는 네가 도움이 필요하다고 느꼈어." 클링이 지친 듯이 말했다. "왜인지는 나도 몰라. 내가 보기에 너는 호랑이 굴에 들어가도 상처 하나 없이 나올 애처럼 보이기도 하고 다듬지 않은 다이아몬드처럼 무방비 상태로 보이기도 해."

"고맙군요."

클링은 자리에서 일어났다. "미모를 잘 유지하길 바란다." 그가 말했다. "서른다섯쯤에는 그 미모가 사라질 수도 있을 테니." 그가 현관문으로 향했다.

"버트." 그녀가 불렀다.

그가 몸을 돌리자 그녀가 거실에서 그를 물끄러미 바라보고 있었다. "미안해요." 그녀가 말했다. "난 보통은 나쁜 년은 아니에요."

"무슨 말이지?"

"별말 아니에요. 혼자 해결해야 할 일이에요. 그게 다예요." 그녀는 소심하게 웃었다. "다 잘될 거예요."

"좋아. 골치 아픈 문제를 내버려 두지 마. 누구나 문제가 있어. 특히 열일곱의 나이에는."

"알아요." 그녀가 여전히 웃으며 말했다.

"아이스크림 먹으러 가지 않겠어? 걱정은 떨쳐 버리고."

"고맙지만 괜찮아요." 그녀는 대답하고 손목시계를 보았다. "약속이 있어요."

"오, 그래. 오케이. 좋은 시간이 되길 바랄게, 지니." 그는 친밀한 눈으로 그녀를 바라보았다. "넌 아름다운 아가씨야. 즐거운 삶을 살아야 해."

"알아요."

"만일 도움이 필요하면-내가 도울 수 있는 일이라면- 팔십칠 분서로 전화해서 나를 찾으면 돼." 그가 미소 지었다. "거기가 내가 근무하는 곳이야."

"알았어요. 고마워요."

"같이 나갈래?"

"아니요. 파출부를 기다려야 해요."

클링이 손가락으로 딱 소리를 냈다. "그렇지." 그리고 잠시 사이를 두었다. "괜찮다면 내가 같이 기다려……."

"안 그러는 편이 좋겠어요. 어쨌든 고마워요."

"오케이." 클링이 대답하며 한 번 더 그녀를 보았다. 고민에 싸인 얼굴이었다. 심각한 고민. 그는 뭔가 더 많은 이야기가 필요하다는 것을 알았지만 어떻게 이야기해야 할지 몰랐다. "잘 지내." 그가 그럭저럭 인사를 마쳤다.

"그럴게요. 고마워요."

"그래." 클링은 대답하며 현관문을 열고 밖으로 나갔다. 그의 등 뒤로 지니 페이지가 문을 잠갔다.

5

 윌리스는 야근을 좋아하지 않았다. 초과 근무 수당 없는 야근을 좋아하는 사람은 없다. 윌리스는 3급 형사였고 5,230달러의 연봉을 받았다. 시급이나, 한 해에 그가 해결한 사건의 수에 따라 돈을 받지 않았다. 그가 받는 5,230달러의 연봉은 그가 일에 얼마나 많은 시간을 쏟아붓든 상관없이 같은 금액이었다. 그래서 그는 수요일 밤에 팻츠 도너에게서 전화가 오지 않아 약간 짜증이 난 상태였고, 형사실을 서성이며 전화가 울릴 때마다 전화기를 들었기 때문에 근무 교대하러 온 형사들에게 성가신 존재가 되었다. 그는 마이어가 템플에게 33분서에서 발생한 고양이 도난 사건에 대해 이야기를 하는 것을 잠시 듣고 있었다. 그 이야기는 그에게 흥미를 불러일으키지 못했고, 벽에 걸린 큰 시계를 계속 힐끗거리며 전화가 오기를 기다리다 도너가 그날 밤에는 전화하지 않을 것을 확신하고 9시에 경찰서를 나섰다.

다음 날 아침 7시 45분에 그가 출근했을 때 당직 경사가 메모를 건넸다. 전날 밤 11시 15분에 도너에게서 전화가 왔었다는 메모였다. 도너는 가능한 한 빨리 전화를 부탁한다며 메모지에 전화번호를 남겨 놓았다. 윌리스는 당직 데스크를 지나쳐 직사각형 안에 손가락 그림이 지시하는 형사실을 향해 오른쪽 철 계단을 올랐다. 창살이 달린 창문을 통해 희끄무레한 아침 햇살이 비치는 정사각형의 층계참을 돌아 2층으로 향하는 열여섯 개의 계단을 올랐다.

그는 복도 맨 끝에 있는 라커 룸이라고 쓰인 문을 지나 남자 화장실, 서무과를 통과하여 나무 칸막이를 통해 형사실로 들어갔다. 근무 차트에 사인을 하고 한쪽 책상에서 커피를 마시고 있는 하빌랜드와 심슨에게 아침 인사를 한 다음 자신의 책상으로 가서 전화기를 들었다. 우중충한 잿빛의 아침이었고 천장에 걸린 형광등이 먼지가 낀 듯한 빛을 형사실에 던지고 있었다. 그는 다이얼을 돌리며 번스의 사무실을 바라보았다. 반장의 사무실 문은 열려 있었는데, 그것은 그가 아직 출근하지 않았다는 뜻이었다. 번스는 보통 자신의 방에 들어가면 문을 닫았다.

"단서라도 찾았어, 햄?" 하빌랜드가 소리쳤다.

"그래." 윌리스가 대답했다. 전화기에서 목소리가 말했다. "여보세요?" 잠이 덜 깬 목소리였지만 도너의 목소리라는 것을 알 수 있었다.

"팻츠, 윌리스야. 어젯밤에 전화했었어?"

"뭐?"

"팔십칠 분서의 윌리스 형사라고."

"오, 안녕하쇼, 형사님. 몇 시예요?"

"여덟 시쯤."

"당신네 형사들은 잠도 안 잡니까?"

"뭐 알아낸 거 있어?"

"스키피 랜돌프라는 놈 알아요?"

"전혀. 누군데?"

"최근에 시카고에서 온 놈인데 이 동네에서도 분명히 전과 기록이 있을 거예요. 강도짓을 하는 놈이에요."

"확실해?"

"확실해요. 만나고 싶어요?"

"그럴걸."

"오늘 밤에 주사위 도박판이 열려요. 랜돌프는 거기 갈 겁니다. 가면 만날 수 있을 거예요."

"어딘데?"

"내가 안내할게요." 도너는 그렇게 말하고 잠시 사이를 두었다. "증기탕 요금, 알죠?"

"먼저 그놈부터 확인해 보고. 만나 볼 필요가 없을지도 모르잖아. 주사위 도박장에 오는 거 확실해?"

"두말하면 잔소리죠, 형사님."

"나중에 다시 전화할게. 이 번호로 전화하면 돼?"

"열한 시까지는. 그 후에는 목욕탕에 있을 거예요."

윌리스는 자신이 메모장에 쓴 이름을 보았다. "스키피^{skippy}몰래 빠져나 간다는 뜻 랜돌프라. 자기 이름이야?"

"랜돌프는. 스키피는 확실하지 않아요."

"그놈이 강도짓을 하고 다닌다는 건 확실하다며?"

"말해 뭘 해요."

"오케이, 다시 전화할게." 윌리스는 수화기를 놓고 잠시 생각하더니 범죄정보감식과의 다이얼을 돌렸다. 서무과 경관 중 한 명인 미스콜로가 형사실로 들어오며 말했다. "어이, 핼. 커피 마실래?"

"좋고말고." 윌리스는 그렇게 대답하고 자신이 원하는 신원조회 자료를 말했다.

범죄정보감식과는 시내 중심가에 있는 경찰본부에 있었다. 범죄정보감식과의 존재 이유는 모든 범죄에 대한 정보를 수집하고 정리하여 목록으로 만드는 데 있었으며 24시간 개방되었다. 신원조회 정보부서는 지문 파일, 범죄 색인 파일, 지명수배자 파일, 부랑자 파일, 가석방자 파일, 출소자 파일, 도박꾼, 강간범, 노상강도, 특정 범죄를 포함한 모든 종류의 범죄 파일을 보존했다. 그 파일에는 8만 장 이상의 범죄자들 사진이 부착되어 있었다. 그리고 기소된 모든 사람과 유죄 판결을 받은 사람들은 법에 따라 사진을 찍고 지문을 뜨게 되어 있었기 때문에 파일은 끊임없이 늘어났고 끊임없이 업데이트되었다. 정보과는 연간 약 20만6천 세트의 지문을 분류하여 저장해 왔고, 전국 각 부서로부터 약 25만 명의 범죄자 기록에 대한 요구에 응답해 왔다. 윌리스의 요구는 꽤 간단한 것이었고, 신원조회 부서는 1시간 내로 그에게 소포를 배달했다. 윌리스가 봉투에서 처음 꺼낸 복사물은 랜돌프의 지문 카드였다.

윌리스는 재빨리 그것을 훑어보았다. 지문은 이번 건에서는 별 가치가 없었다. 그는 봉투에 손을 뻗어 다음 복사물을 꺼냈다. 랜돌프의 지문 카드 뒷장을 복사한 복사물이었다.

윌리스는 다른 복사물을 살펴보았다. 카드에는 랜돌프가 베일리섬에서 8개월을 복역하고 1950년 5월 2일 모범수로 가석방됐다고 명시되어 있었다. 그는 보호관찰관에게, 해병대에서 제대하자마자 돌아간 도시이자 자신의 고향인 시카고로 돌아가고 싶다고 말했다. 요청은 승인되었고, 그는 1950년 6월 5일에 시카고로 떠났다. 랜돌프의 기록이 송부된 시카고 보호관찰관의 보고에 따르면 그는 분명히 가석방 규정을 위반하지 않았다.

윌리스는 자료를 훌훌 넘겨 랜돌프의 해병대 기록을 찾아냈다. 그는 진주만공격 다음 날인 12월 8일에 입대했다. 당시 그는 스물넷에 가까운 스물세 살로, 상병으로 진급한 뒤 이오지마와 오키나와 상륙작전에 참전하여 일본군 54명을 죽였다. 1945년 6월 17일에 메자도 6차 공습 중 다리에 부상을 입었고 치료를 받기 위해 진주만으로 후송되었다. 회복 후에는 샌프란시스코로 보내졌고, 거기서 명예 제대했다.

5 노상강도 73

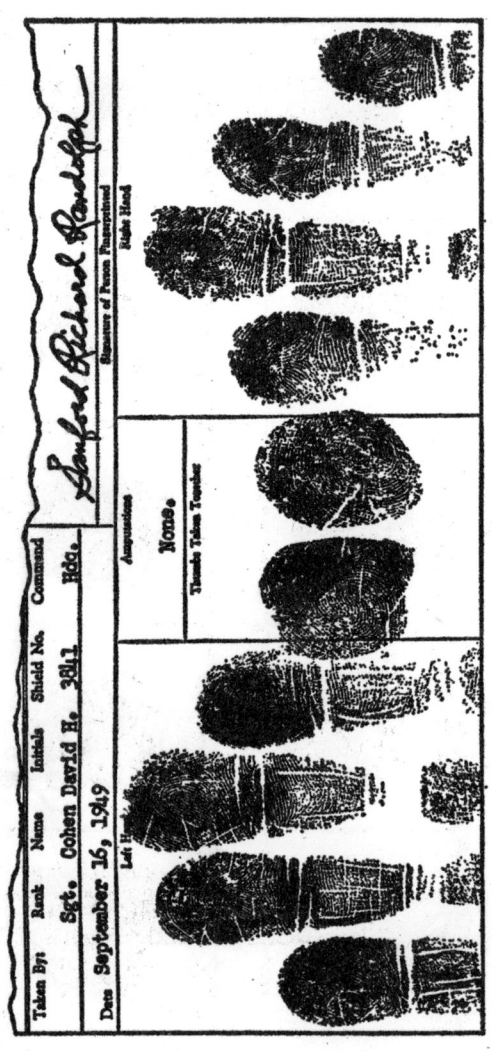

신원조회

성명: 샌퍼드 리처드 랜돌프
신원조회 번호: M381904
별명: '스키피' '스킵' '스키퍼' '스커퍼스' 랜돌프
인종: 백인
주소: 캄스포인트 헌터 로 29번지
생년월일: 1918년 1월 12일 나이: 31
출생지: 일리노이주 시카고
신장: 178센티미터 체중: 74킬로그램 머리색: 갈색 눈색깔: 파란색
안색: 창백 직업: 트럭 운전자
흉터 및 문신: 왼쪽 관자놀이에 칼자국 1센티미터. 오른쪽 이두박근에 하트 안에 '엄마'. 오른쪽 팔뚝에 닻. 왼쪽 팔뚝에 해병대 문장과 '영원히 충성 Semper Fidelis 미해병대표어'. 왼쪽 다리에 총상.
체포자: 피터 디 라비오 2급 형사
형사번호: 37-1046-1949
체포 일시: 1949년 9월 15일 체포 장소: 아이솔라 남 74번가
기소 내용: 강도 미수, 폭행
범행 개요: 53세 남자를 폭행하고 지갑을 요구. 디 라비오 형사가 순찰 중 희생자를 건물 벽에 밀어붙이고 있는 랜돌프를 체포.
전과: 없음.
기소: 1949년 9월 16일 형사 법원.
판결: 형법 242조에 의거 2급 폭행. 베일리 섬에 위치한 구치소에서 1년 형.

그리고 4년 후, 그는 쉰세 살 먹은 남자를 위협하여 지갑을 뺏으려고 했다.

그리고 지금, 도너의 말에 따르면, 그는 도시로 돌아와 다시 강도 짓을 시작하고 있었다.

윌리스는 시계를 보고 나서 도너에게 전화했다.

"여보세요?" 도너가 말했다.

"오늘 밤에 있을 주사위 도박 말이야." 윌리스가 말했다. "갈 준비 해."

문제의 주사위 도박은 유동적인 행사였고, 이 특별한 목요일 밤에는 리버 고속도로 근처에 있는 창고에서 열렸다. 윌리스는 이 특별한 행사에 맞게 말머리가 그려진 스포츠 셔츠를 입고 스포츠 재킷을 걸쳤다. 윌리스가 도너를 만났을 때, 그는 도너를 거의 알아보지 못했다. 증기탕에서 증기를 빨아들인, 덜렁거리는 흰색 군살덩이를 어떻게든 다크블루 수트에 욱여넣은 도너의 위상은 대단했고, 심지어 거물처럼 보이기까지 했다. 도너는 그렇게 차려입었어도 여전히 거대하게 보였지만 지금은 전설 속의 거인처럼 제왕 같은 면모를 보였다. 그는 윌리스와 한 손에서 다른 손으로 10달러짜리 지폐가 전해지는 의식 같은 악수를 하고 나서 주사위 도박과 스키피 랜돌프가 있는 창고로 향했다.

쪽문을 지키고 있던 삐쩍 마른 사내는 도너의 기척을 알아차렸지만, 도너가 헬 윌리스를 "윌리 해리스, 오랜 친구야."라고 소개할 때까지 잠자코 있었다. 그는 그들을 창고 안으로 들어가게 해 주었다. 1층은 방 한구석에 형광등이 매달려 있을 뿐 어두웠다. 도박꾼들은 형광등 아래에 모여 있었다. 창고의 나머지 곳은 대개 냉장고와 레인지 같은 물건들로 꽉 차 있었다.

"순찰 경관과 창고 경비원은 친하게 지내요." 도너가 설명했다.

"여기서는 아무도 우리를 귀찮게 하지 않을 겁니다." 방을 가로지르며 걷는 그들의 발소리가 콘크리트 바닥에 시끄럽게 울렸다. "녹색 재킷을 입고 있는 놈이 랜돌프예요." 도너가 말했다. "소개해 드릴까요? 알아서 할래요?"

"알아서 할게." 윌리스가 말했다. "일이 꼬인다고 해도 너한테 불똥이 튀게 하지는 않을 거야. 너는 가치 있는 끄나풀이니까."

"이미 늦었어요." 도너가 말했다. "내가 당신을 저 문으로 끌어들였으니까. 안 그래요?"

"물론이지. 하지만 내가 똑똑한 경찰이니까 널 끄나풀로 쓰는 거 아니겠어."

"됐어요." 도너가 말했다. 그러고 나서—그의 진심 어린 칭찬이 아부처럼 들리지 않도록 낮은 목소리로— 덧붙였다. "당신은 머리가 잘 도는 경찰이지."

윌리스가 그의 말을 들었다고 하더라도 아무런 내색을 하지 않았을 것이다. 그들은 형광등 아래 담요를 펼쳐 놓은 곳으로 걸어갔다. 도너가 노름꾼들이 둥그렇게 모여 있는 곳으로 다가가자 윌리스는 그의 맞은편으로 가서 랜돌프 옆에 섰다. 터틀넥 스웨터를 입은 키 작은 사내가 주사위를 굴리고 있었다.

"저 친구 몇 점이오?" 윌리스가 랜돌프에게 물었다.

랜돌프가 윌리스를 내려다보았다. 그는 갈색 머리와 푸른 눈의 키가 큰 사내였다. 관자놀이의 칼자국이 그의 온화한 얼굴을 위협적으로 만들었다. "육 점주사위 게임은 두 개의 주사위를 굴려 그 수의 합계가 6이고, 다시 6

이 나오면 주사위를 굴린 사람이 이긴다. 하지만 7이 나오면 상대방이 이긴다. 또 가장 먼저 7과 11이 나오면 굴리는 사람이 이긴다." 그가 말했다.

"저 친구 타짜요?"

"운이 좋은 거요."

터틀넥 스웨터를 입은 사내가 주사위를 집어서 다시 굴렸다.

"제발 육 나와라." 원 저편에서 누군가가 말했다.

"집어치워." 또 다른 누군가가 경고하듯 말했다. 윌리스는 머릿수를 셌다. 자신과 도너를 포함하여 이 게임에는 일곱 명의 사내가 있었다. 주사위가 데구루루 구르더니 멈췄다.

"육." 터틀넥 스웨터를 입은 남자가 말했다. 그는 25달러만 남기고 담요 위에 있던 대부분의 지폐를 집어 들었다. 그가 주사위를 다시 집으며 말했다. "이십오 달러 걸라고."

"걸지." 거슬리는 목소리의 덩치 큰 남자가 말했다. 그는 10달러 두 장과 5달러 한 장을 담요 위에 던졌다. 터틀넥 사내가 주사위를 굴렸다.

"제발 칠." 그가 말했다.

윌리스는 지켜보았다. 주사위는 한 번 튀고 나서 멈춰섰다.

"리틀 조*주사위 두 개를 던져서 합계 4가 나오는 것*." 터틀넥 사내가 말했다.

"사는 안 돼. 이 대 일로 저쪽에 걸지." 윌리스가 말하며 10달러를 내밀었다.

맞은편에 있는 남자가 "걸어."라고 말하더니 그에게 5달러를 건넸다. 터틀넥 사내가 다시 굴렸다.

"그렇게 만만한 패가 아니야." 랜돌프가 월리스에게 속삭였다.

"운이 좋은 거라며."

"저 친구가 주사위를 굴리면 굴릴수록 판이 뜨거워지고 있어. 저 친구를 잘 봐."

터틀넥 사내가 굴린 주사위는 6과 5가 나왔다. 맞은편에 있던 남자가 월리스에게 말했다. "오 달러 더 걸 텐가?"

"걸지." 월리스가 말하며 10달러를 쥐여 주자 그 남자가 5달러를 건넸다. 터틀넥 사내가 주사위를 굴렸다. 다음에 던졌을 때 4가 나왔다. 월리스는 맞은편 사내에게 15달러의 두 배인 30달러를 건넸다. 터틀넥 사내는 담요 위에 50달러를 남겨 놓았다.

"내가 그거의 반을 걸지." 거슬리는 목소리의 사내가 말했다.

"나머지 반은 내가 걸지." 월리스가 말했다.

그들은 자신들의 돈을 터틀넥의 돈 위에 떨어뜨렸다.

"미쳤군." 랜돌프가 말했다.

"난 돈을 걸려고 온 거야." 월리스가 대답했다. "뜨개질을 하고 싶었다면 집에 있었겠지."

터틀넥 사내는 처음에 7을 굴렸다.

"빌어먹을." 거슬리는 목소리가 말했다.

"백 달러로 가지." 터틀넥 사내가 빙글거리며 대답했다.

"걸어." 월리스가 그에게 말했다. 도너가 원 저편에서 의아스럽다는 듯이 쳐다보았다. 거슬리는 목소리 사내의 눈썹이 이마 위로 당겨졌다.

"우리는 재미 삼아 하는 거라고."

"뜨개질 모임인가, 주사위 도박인가?" 핼 윌리스가 말했다. "굴리라고."

터틀넥 사내는 8을 굴렸다.

"다음에 팔이 나오지 않는다는 것에 육 대 오로 걸지." 윌리스가 말했지만 판을 둘러싼 남자들이 침묵을 지켰다. "좋아. 팔 대 오로." 6대 5가 적절한 베팅이었다.

"걸어." 거슬리는 목소리의 사내가 윌리스에게 5달러를 건네며 말했다.

"굴려." 윌리스가 말했다.

터틀넥 사내가 주사위를 굴렸다.

"박스카^{두 주사위의 합이 12점일 때 이르는 용어.}." 랜돌프가 그렇게 말하고 잠시 윌리스를 바라보았다. "팔이 나오지 않는 쪽에 나도 걸어."

"같은 베팅인가?"

"그래."

"좋아." 그가 랜돌프에게 자신의 5달러를 건넸다.

"이 친구는 점점 끗발이 붙는 것 같군." 윌리스가 랜돌프에게 미소를 지어 보이며 말했다.

"이만큼 땄으면 이제 잃을 때도 됐어."

터틀넥 사내는 8을 굴렸다. 거슬리는 목소리의 사내가 윌리스와 랜돌프의 돈을 모아 갔다. 원 저편에서 매부리코 사내가 한숨을 쉬었다.

"이백으로." 터틀넥 사내가 말했다.

"너무 센 거 아니야?" 매부리코 사내가 물었다.

"세다고 생각하면 집에 가서 잠이나 자시지." 스키피 랜돌프가 대답했다.

"누가 이백을 걸 거지?" 터틀넥 사내가 말했다.

"내가 그중에 오십을 걸지." 매부리코가 한숨을 쉬며 말했다.

"백오십 남았어." 터틀넥 사내가 말했다. "없어?"

"자, 백." 윌리스가 그렇게 말하며 담요 위에 지폐를 던졌다.

"나머지 오십은 내가 걸지." 랜돌프가 그렇게 말하며 윌리스가 던진 자리에 돈을 던졌다. "잘 던져 봐."

"대단한 승부가 되겠는데." 윌리스의 오른쪽에 서 있는 둥글넓적한 얼굴의 사내가 말했다. "대단한 배짱이군."

터틀넥 사내가 주사위를 굴렸다. 주사위가 담요를 가로지르며 튀겼다. 주사위 하나가 멈췄다. 2였다. 두 번째 주사위가 소리를 내며 갑작스럽게 멈췄다. 5였다.

"칠이군." 터틀넥 사내가 웃으며 말했다.

"타짜군." 둥글넓적한 얼굴의 사내가 말했다.

"타짜 중의 타짜야." 매부리코 사내가 중얼거렸다.

"걸어." 거슬리는 목소리의 사내가 끼어들었다.

"사백으로 하지."

"이봐." 매부리코가 말했다. "우리를 집으로 보낼 작정이야?"

윌리스가 원의 저편을 바라보았다. 매부리코 사내는 총을 휴대하고 있었다. 재킷 안에 총의 형태가 분명히 드러나 보였다. 그리고 윌리스가 틀리지 않았다면 터틀넥 사내와 거슬리는 목소리의 사내 역시 마찬가지였다.

"그중 이백을 걸지." 윌리스가 말했다.

"나머지 이백을 걸 사람?" 터틀넥 사내가 물었다.

"가끔은 숨도 좀 돌려야지." 랜돌프가 말했다. "좋아. 걸어." 그가 담요 위에 2백 달러를 놓았다.

"굴려." 윌리스가 말했다. "먼저 흔들고."

"주사위야, 부탁한다." 터틀넥은 그렇게 말하고 주사위를 굴렸다. 11이 나왔다.

"이봐, 오늘 밤은 착착 붙는군그래. 모두 걸지." 그가 말했다. "걸겠나?"

"쉬엄쉬엄하지그래, 형씨." 윌리스가 불쑥 말했다.

"팔백 어때." 터틀넥 사내가 대답했다.

"주사위 좀 봅시다." 윌리스가 말했다.

"뭐라고!"

"주사위 좀 보자고 말했어. 특별한 재주가 있는 주사위 같군."

"그 재주는 손안에 있지, 형씨." 터틀넥 사내가 말했다. "걸 거요, 말 거요?"

"주사위를 보기 전엔 안 걸어."

"그러면 걸지 마쇼." 터틀넥 사내가 건조하게 대답했다. "걸 사람 있나?"

"저 친구에게 주사위를 보여 줘." 랜돌프가 말했다. 윌리스가 그를 쳐다보았다. 해병대 출신의 이 사내는 마지막 판에서 2백 달러를 잃었다. 윌리스는 이 주사위가 사기라는 것을 암시했고 이제 랜돌프는 그것을 보길 원했다.

"이 주사위들은 아무 문제 없어." 터틀넥 사내가 말했다.

거슬리는 목소리의 사내가 윌리스를 이상하다는 듯이 응시했다. "그 주사위는 깨끗해, 낯선 양반." 그가 끼어들었다. "우리는 정직한 게임을 하고 있어."

"그렇게 보이지 않는데." 윌리스가 말했다. "증명해 보시지."

"게임을 하고 싶지 않으면 그만하라고." 매부리코가 말했다.

"난 여기 와서 다섯 장을 잃었어." 윌리스가 딱딱거렸다. "주사위를 조사할 권리가 있지. 봐도 돼, 안 돼?"

"자네가 이 친구를 데리고 왔나, 팻츠?" 거슬리는 목소리의 사내가 물었다.

"그래." 도너는 그렇게 대답하며 땀을 흘리기 시작했다.

"어디서 굴러먹던 친구야?"

"바에서 만났지." 윌리스가 무의식적으로 도너를 무시하며 말했다. "내가 이 친구에게 놀 거리를 찾는다고 했지. 사기 주사위 놀이를 포함해서 말이야."

"주사위는 정직하다고 말한 것 같은데."

"그럼 보여 주지그래."

"당신 차례가 되면 주사위를 충분히 연구할 수 있어." 터틀넥 사내가 말했다. "지금은 내 차례야."

"내가 보기 전엔 아무도 굴릴 수 없어." 윌리스가 딱딱거렸다.

"작은 친구가 말은 꽤나 거창하군." 거슬리는 목소리의 사내가 말했다.

"해보자는 건가." 윌리스가 조용히 대답했다.

거슬리는 목소리의 사내는 윌리스가 무장을 했는지 살피듯 그를 훑어보더니 그가 무장을 하지 않았다고 판단하고 말했다. "여기서 꺼져. 삐쩍 마른 친구. 두 동강을 내기 전에."

"해보라고. 덩치만 큰 친구!" 윌리스가 소리쳤다.

거슬리는 목소리의 사내는 윌리스를 잠시 죽일 듯이 노려보더니 그 앞에서 셀 수 없이 많은 사람들이 했던 것과 똑같은 실수를 저질렀다. 윌리스의 겉모습만으로는 그가 어떤 운동을 해 왔는지 알 도리가 없었다. 그가 유도의 전문가라는 것이나 그가 손가락 하나만 까딱해도 상대방의 등뼈를 부러뜨릴 수 있다는 사실을 알 턱이 없었다. 거슬리는 목소리의 사내는 그가 깡마른 애송이에 지나지 않는다고 생각했고, 윌리스를 벌레처럼 으깨 놓기 위해 원을 가로질러 달려들었다.

완곡히 표현하자면 그는 그 다음 자신에게 일어난 일에 대해 다소 놀랐다.

윌리스는 거슬리는 목소리 사내의 얼굴이나 손을 보지 않았다. 윌리스는 그가 앞을 향해 달려들 때 그의 오른발을 보았다. 그는 갑자기 오른쪽 무릎을 꿇고 거슬리는 목소리 사내의 왼발목을 움켜쥐었다.

"헤이, 이게 무슨……." 거슬리는 목소리의 사내가 소리치기 시작했지만 그게 그가 한 말의 전부였다. 월리스는 발목을 잡아당겨 위로 쳐들었다. 동시에 월리스는 오른손 손바닥으로 거슬리는 목소리 사내의 배를 밀쳤다. 거슬리는 목소리의 사내는 상대가 무릎을 꿇는 것을 봤다고 생각한 순간 그의 발목이 단단히 잡혔다는 것을 느꼈고, 배에 충격이 전해지며 밀쳐지는 것을 느꼈다. 그는 자신이 발목치기를 당했다는 것을 몰랐다. 그는 단지 자신이 갑자기 뒤로 넘어졌다는 사실만 알았고, 콘크리트 바닥에 등이 부딪혔을 때 바람이 이는 것을 느꼈다. 그는 머리를 흔들고 고함을 지르며 벌떡 일어났다.

월리스는 그의 맞은편에서 빙글거리며 서 있었다.

"오케이. 똑똑한 친구." 거슬리는 목소리의 사내가 말했다. "그래, 이 영리한 꼬마 새끼야." 그리고 그는 다시 앞으로 돌진했다.

월리스는 털끝 하나 움직이지 않았다. 그는 차분히 웃으며 균형을 잡고 기다렸다. 그리고 갑자기 움직였다.

그는 거슬리는 목소리 사내의 왼쪽 팔꿈치를 오른손으로 거머쥐고 팔꿈치를 위로 꺾은 다음 머뭇거리지 않고 그의 왼팔을 위로 잡아챈 뒤 왼손을 사내의 겨드랑이에 넣었다. 월리스는 자신의 왼쪽 어깨 너머로 사내의 팔을 넘기고 오른쪽으로 돌며 팔꿈치를 압박하면서 팔에 힘을 가했다.

그가 갑자기 앞으로 몸을 구부리자 사내의 발이 땅에서 떨어졌다. 그 순간 윌리스가 그를 잡아챘고, 거슬리는 목소리의 사내는 자신이 윌리스의 어깨 너머로 넘어가고 있다는 사실을 깨달았다. 자신을 기다리고 있는 곳은 콘크리트 바닥이었다.

사려 깊게도 윌리스는 그의 팔이 부러지는 것을 원하지는 않았기 때문에 그를 바닥에 메다꽂기 전에 팔꿈치를 놓아 주었다. 거슬리는 목소리의 사내는 머리를 흔들고 멍한 상태로 있었다. 일어나려고 하다가 다시 주저앉더니 계속 머리를 흔들었다. 원 저편에서 매부리코 사내가 열린 재킷 안으로 손을 집어넣었다.

"거기, 꼼짝 마!" 어느 목소리가 말했다.

윌리스는 돌아보았다. 랜돌프가 45구경을 손에 쥐고 주위를 겨누고 있었다. "고맙네." 윌리스가 말했다.

"저 팔백 달러를 챙기게." 랜돌프가 대답했다. "난 사기 도박은 좋아하지 않거든."

"어이, 그건 내 돈이야." 터틀넥 사내가 소리쳤다.

"우리 돈이었지." 랜돌프가 대꾸했다.

윌리스가 돈을 주워 주머니에 넣었다. "좋아." 랜돌프가 말했다. 그들은 쪽문을 향해 움직이기 시작했다. 랜돌프는 여전히 45구경을 쥔 채 원에서 뒷걸음쳤다. 윌리스를 안으로 들여보냈던 삐쩍 마른 사내의 표정은 혼란스러워 보였지만 아무 말도 하지 않았다. 대부분의 사람은 45구경과 마주하면 말이 없어진다. 윌리스와 랜돌프는 거리로 달려 나왔다. 랜돌프는 총을 주머니에 넣고 길모퉁이에서 택시를 잡았다.

"커피 한잔하겠나?" 랜돌프가 물었다.

"좋지."

랜돌프가 손을 내밀었다. "스키피 랜돌프일세."

윌리스가 손을 잡았다. "윌리 해리스야."

"유도는 어디서 배웠나?"

"해병대에서."

"그럴 줄 알았어. 나도 군대에 갔다 왔지."

"정말인가?" 윌리스가 놀란 척하며 물었다.

"육 사단에 있었네." 랜돌프가 자랑스럽게 말했다.

"나는 삼 사단에 있었어." 윌리스가 말했다.

"이오지마?"

"그래."

"나는 이오지마랑 오키나와 두 군데에 있었네. 이오지마 상륙작전 때 우리 부대는 오 사단에 배치됐었지."

"혼났겠군."

"그래. 하지만 지금도 나는 군대에 있었을 때가 그립네. 오키나와에서 부상을 당했지만 말이야."

"나는 운이 좋았지." 윌리스는 두드릴 만한 데가 없나 찾다가 주먹으로 머리를 두들기며 말했다.

"이만하면 저놈들한테서 충분히 멀리 떨어졌겠지?"

"그래."

"아무 데나 세워 주쇼." 랜돌프가 택시 기사에게 말했다. 택시 기사가 길모퉁이에 차를 대자 랜돌프가 그에게 돈을 주었다. 그들은 보도에 내려섰고 랜돌프는 거리를 살펴보았다. "저기에 커피숍이 있군." 그가 손으로 가리키며 말했다.

윌리스는 주머니에서 8백 달러를 꺼냈다. "반은 자네 거야." 그가 랜돌프에게 건네며 말했다.

"그 주사위가 너무 튄다고 생각했지." 랜돌프가 돈을 받으며 말했다.

"맞아." 윌리스가 무미건조하게 대답했다. 그들은 커피숍의 문을 열고 구석에 있는 테이블로 가서 커피와 꽈배기 도넛을 주문했다. 주문한 음식이 왔을 때 그들은 잠시 아무 말 없이 앉아 있었다.

"커피 맛 좋은데." 랜돌프가 말했다.

"그렇군." 윌리스가 동의했다.

"이 동네 토박이인가?"

"그래. 자네는?"

"원래는 시카고야." 랜돌프가 말했다. "제대하고 이 동네를 떠돌았지. 사 년 동안 여기 있었어."

"언제 제대했는데?"

"사십오 년에." 스키피 랜돌프가 말했다. "오십 년에 시카고로 돌아갔지."

"사십구 년에 무슨 일이 있었나?"

"이런저런 일이 있었지." 스키피 랜돌프가 윌리스의 눈치를 보며 말했다.

"누구나 그렇지 않나?" 윌리스가 차분하게 말했다. "무슨 짓을 했는데?"

"늙은 얼간이를 털었어."

"뭣 때문에 돌아왔지?"

"자네는 무슨 짓을 했는데?" 랜돌프가 물었다.

"오, 별일 아니야."

"아니긴. 뭔데?"

"알아서 뭐하게?"

"궁금해서 그래."

"강간." 윌리스가 잘라 말했다.

"헤이." 랜돌프가 눈썹을 추켜올리며 말했다.

"그런 게 아니야. 어떤 여자랑 어울렸는데 나랑 잘 생각도 없으면서 애달게 만들더군. 그래서 어느 날 밤……."

"무슨 말인지 알겠군."

"그래?" 윌리스가 별다른 억양 없이 물었다.

"물론이지. 자네는 내가 늙은이나 터는 걸 좋아한다고 생각하나? 나는 그냥 돈이 필요했을 뿐이야. 그게 다야."

"이제 그 돈으로 뭘 할 건가?"

"잘 지내야지."

"뭘 하면서?"

랜돌프가 머뭇거렸다. "난 트럭 운전사야."

"그래?"

"그래."

"고용살이하는 거야?"

"지금은 관뒀어."

"찾는 일이 있어?"

"적은 돈이라도 꾸준히 들어오는 뭔가를 좀 해 보려고." 그가 말을 멈췄다. "일거리를 찾고 있나?"

"그럴지도."

"남자 둘이면 잘할 수 있지."

"뭘?"

"알 텐데."

"나는 스무고개를 좋아하지 않아." 윌리스가 대꾸했다. "뭔가 계획이 있다면 들어 보지."

"퍽치기."

"노인네를 상대로?"

"늙은이, 젊은이, 뭐가 달라?"

"길거리에서 터는 걸로는 돈을 많이 벌 수 없어."

"괜찮은 동네가 있어."

"모르겠네." 윌리스가 말했다. "노인네를 두들기는 생각은 별로야." 잠시 말을 멈췄다. "그리고 여자도."

"여자라는 건 누구를 말하는 거야? 난 여자는 상대 안 해. 여자랑 엮이면 피곤하거든."

"그래?"

"물론이지. 음, 맙소사. 알면서 그래? 여자를 건드리면 폭행뿐만 아니라 강간 미수로도 걸려. 여자 몸에는 손도 못 대 본 주제에."

"그래?" 윌리스가 다소 실망스러워하며 말했다.

"물론이지. 나는 아예 거들떠보지도 않아. 게다가 여자들은 대개 돈을 많이 갖고 다니지도 않아."

"나도 알아."

"그래서 어떻게 생각해? 자네는 유도를 잘하고 나도 잘하고. 우리 둘이면 이 도시를 털 수도 있어."

"모르겠네." 윌리스는 이제 랜돌프가 자신이 찾는 놈이 아니라고 확신했지만 그가 어떤 강도짓을 할지 더 듣고 싶었다. "어떻게 할 건지 자세히 말해 봐."

두 남자가 도시의 한편에서 이야기를 나누고 있는 동안 도시의 다른 한편 덤불숲 안에서는 여자가 땅에 얼굴을 묻고 엎어져 있었다. 덤불숲은 흙과 돌투성이의 작은 벼랑 같은, 급격히 경사진 곳에 있었다. 벼랑은 덤불숲을 향해 경사가 져 있었고 덤불숲 너머에는 강이 있었으며 그 너머로는 이웃한 주州로 뻗은 다리의 기둥이 길게 이어져 있었다.

엎드려 있는 여자 때문에 주변의 덤불이 누워 있었다.

스타킹은 그녀가 덤불 안으로 끌려 내려왔을 때 찢겼고, 스커트는 엉덩이가 보일 정도로 말려 올라가 있었다. 젊음이 넘치는 멋진 다리였지만 그중 한쪽 다리는 이상한 각도로 비틀려 있었다. 덤불

안에 엎드려 있는 여자의 몸은 전혀 성적인 감흥을 불러일으키지 못했다.

여자의 얼굴은 피투성이였다. 엉망이 된 얼굴에서 흐른 피는 덤불의 딱딱한 나뭇가지를 적시고 땅으로 흘러내렸다. 바싹 마른 가을의 흙이 게걸스럽게 그 피를 빨아들였다. 한쪽 팔이 그녀의 통통한 젖가슴 앞으로 포개져 덤불의 날카로운 잔가지를 누르고 있었다. 다른 팔은 그녀의 옆에 느슨하게 매달려 있었으며 손은 펴진 상태였다.

그녀의 펴진 손에서 얼마 떨어지지 않은, 피가 번진 끝 가장자리에 선글라스가 있었다. 선글라스의 한쪽 렌즈는 산산이 부서져 있었다.

무겁고 단단한 무언가로 반복해서 내리쳐진, 연노랑에 가까운 그녀의 금발은 피로 물들어 있었다.

여자는 숨을 쉬고 있지 않았다. 그녀는 작은 벼랑 끝에 있는 덤불 안에 엎드려 있었으며 그녀의 피가 땅을 적시고 있었다. 다시는 숨을 쉴 수 없으리라.

여자의 이름은 지니 페이지였다.

6

번스 경위는 종이 위에 프린트된 내용을 들여다보았다.

쉽게 말해서 이 보고의 내용은 누군가가 죽었다는 뜻이다. 시신이 시체 안치소로 옮겨지고 나서 엉망이 된 얼굴과 부서진 두개골을 아마도 매우 주의 깊게 조사한 어떤 멍청한 인턴이 사망 원인으로 '뇌진탕으로 보임'이라는 놀랄 말한 결론을 도출해 냈을 것이다. 번스는 왜 자신의 책상 위에 상세한 보고서가 없는지 이해했지만 그렇다고 하더라도 그 사실에 화가 났다. 그는 한밤중에 쏘다니는 사람들을 예상할 수 없었고-시체는 분명 꼭두새벽에 시체 안치소로 이송되었을 것이다- 사인으로 독살 여부를 가늠해 보았다. 아니, 물론 그건 아니다. 아무도 오전 9시 이전에는 일을 시작하려 들지 않고 아무도 오후 5시 이후에는 일을 하려고 들지 않는다. 멋진

경찰 보고

날짜: 9월 15일

87분서 피터 번스 경위
검시관 앞
제목: 지나 리타 페이지 사망 건

상기 사망 건과 관련하여 아래 항목들에 대해 정보를 기입하시오.
사체는 9월 14일 아이솔라 해밀턴 다리 하단에서 발견

부검여부 부검 전
부검담당자 성 조앤 병원, 버트럼 넬슨 부검시관
날짜: 9월 14일   장소: 지방 시체 안치소
사망원인: 뇌진탕으로 보임 (주의: 검시관의 정보 요청 전 피상적인 조사에 따름).
화학 분석 결과: 검사 전
사망자 신원 확인: 피터 벨 부인
주소: 리버헤드 드 위트 가 412번지
관계: 언니
사체 인수자 (이름과 주소):

인수자가 없을 시 사체 안치 장소 동일 사체는 시체 안치소에 있음.
부검은 현재 진행 중. 사체는 부검 후 벨 부인이 수습 예정.
최종 부검 보고서 제출 예정.

매장 허가 번호
기타 요구 정보

아서 N. 버거 MD
수석 검시관

나라다. 짧은 노동은 누구나 환영한다.

물론 이 소녀를 죽인 친구를 제외하고.

그는 약간의 초과 노동을 개의치 않았다. 그놈만은 아니었다.

열일곱 살. 번스는 생각했다. **맙소사, 내 아들도 열일곱이다!**

그는 자신의 사무실 문을 향해 걸었다. 그는 키가 작은 남자였고, 거대한 화강암 덩어리에서 떨어져 나온 것처럼 보이는 머리를 이고 있는 다부진 체격의 사람이었다. 끊임없이 주시하는 그의 작고 푸른 눈은 언제나 기민해 보였다. 그는 살해당하는 사람들을 좋아하지 않았으며 머리가 으깨진 어린 처녀를 좋아하지 않았다. 그는 문을 열었다.

"헬!" 그가 소리쳤다.

윌리스가 자신의 책상에서 그를 쳐다보았다.

"나 좀 보겠나?" 그는 문가에서 떠나 사무실 안을 서성이기 시작했다. 윌리스가 방 안으로 들어와 뒷짐을 진 채 말없이 섰다.

"이 선글라스에 대해서는 아직 알아낸 게 없나?" 번스가 여전히 서성이며 물었다.

"없습니다, 반장님. 깨진 렌즈에 선명한 엄지손가락 지문이 있었습니다만 지문 하나로는 어림도 없을 것 같습니다."

"자네 친구는 어떤가? 어젯밤에 자네가 데려온 친구 말이야?"

"랜돌프요. 그 친구는 제가 경찰인 것을 알고 불같이 화가 난 상태입니다. 어쨌든 그 친구가 법정에 설 일은 없을 것 같습니다. 지금 변호사를 대 달라고 난리도 아닙니다."

"나는 지금 엄지손가락 지문에 대해서 얘기하고 있네."

"그놈과는 일치하지 않았습니다, 반장님."

"그 지문이 그 여자아이의 지문이라고 생각하나?"

"아닙니다, 반장님. 그것은 이미 확인했습니다."

"그럼 랜돌프는 우리가 찾는 놈이 아니군."

"아닙니다, 반장님."

"어쨌든 나도 그놈은 아닐 거라고 생각했네. 이 아이는 아마 랜돌프가 자네와 있는 동안에 살해됐을 거야."

"그렇습니다, 반장님."

"딱하게 됐군." 번스가 말했다. "딱하게 됐어." 그는 다시 서성이기 시작했다. "북부 살인반에서는 어떻게 하고 있지?"

"수사 중입니다. 모든 성범죄자들을 잡아들이고 있습니다."

"그 친구들을 도울 수 있겠군. 우리 파일을 검토해 보고 형사 한두 명을 지원해 주겠나?" 그는 잠시 사이를 두었다. "우리가 찾는 놈이 한 짓 같나?"

"선글라스를 보면 그럴 수도 있습니다, 반장님."

"그럼 클리퍼드란 놈은 끝내 넘지 말아야 할 선을 넘은 게로구먼. 개자식."

"그럴 가능성이 있습니다, 반장님."

"내 이름은 피트일세." 번스가 말했다. "왜 그렇게 딱딱한가?"

"그게 아니라, 반장님. 아이디어가 하나 있습니다."

"이 건에 대해서 말인가?"

"네, 반장님. 만약 우리가 찾는 펀치기가 그랬다면 말입니다, 반장님."

"피트!" 번스가 으르렁거렸다.

"피트, 이 개자식이 도시를 공포로 몰아넣고 있습니다. 오늘 아침 신문 보셨잖습니까? 열일곱 살짜리 여자애가 얼굴이 피투성이가 되도록 두들겨 맞았습니다! 우리 관할에서 말입니다, 피트. 그래요, 끔찍한 구역이죠. 악취가 풍기는 곳입니다. 그리고 사람들은 앞으로도 계속해서 악취가 풍길 거라고 생각하죠. 그게 정말 분통 터집니다, 피트. 젠장, 그게 저를 화나게 만든다고요."

"그렇게 나쁜 구역은 아니야." 번스가 반사적으로 말했다.

"아, 피트." 윌리스가 한숨을 쉬며 말했다.

"맞아. 악취를 풍기지. 하지만 우리는 최선을 다하고 있네. 사람들이 이 동네에서 뭘 기대하겠나? 스노브 힐Snob Hill 샌프란시스코의 부유층 및 유명 인사의 저택이 위치한 노브힐(Nob Hill)이라는 곳에서 유래한 명칭으로 부유층 속물을 뜻한다?"

"아니요. 하지만 우리는 그들을 보호할 의무가 있습니다, 피트."

"왜 아니겠나? 일 년에 삼백하고도 육십오 일, 빌어먹을 매년이지. 여기서는 신문이 좋아할 일들만 일어나네. 이 염병할 펀치기 놈……."

"그게 우리가 그놈을 잡아야 할 이유입니다. 북부 살인반은 이 건을 놓고 영원히 탁상공론만 할 겁니다. 또 다른 시체가 나오겠죠. 살인반은 일단 시체를 봐야 하니까요. 이 소동 속에서 희생자가 더 나올 것 같습니까?"

"그 친구들은 열심히 하고 있네."

"압니다. 안다고요." 윌리스가 참을성 있게 말했다. "하지만 제 아이디어가 그 친구들을 도울 수 있을 겁니다."

"좋아, 말해 봐."

금요일 오후, 거실에는 적막이 흘렀다. 몰리 벨은 눈물이 말라 버려서 더 이상 흘릴 눈물이 남아 있지 않았고, 그래서 말없이 앉아 있었다. 남편은 그녀의 맞은편에 앉아 있었고, 버트 클링은 자신이 왜 여기에 왔는지 궁금해하며 문가에 거북하게 서 있었다. 그는 이 거실을 나서던 수요일 밤, 뒤에서 자신을 부르던 지니 페이지를 똑똑히 기억할 수 있었다. 믿을 수 없을 만큼 아름다운 그녀의 이면에는 문제와 걱정이 아로새겨져 있었다. 그리고 지금 그녀는 죽었다. 그리고 이상하게도, 그는 그 죽음에 다소 책임을 느꼈다.

"그 애가 자네에게 뭐라던가?" 벨이 물었다.

"별말 없었어." 클링이 대답했다. "그 애는 뭔가 문제가 있는 것처럼 보였어. ……뭔가…… 그 애 또래의 아이치고는 아주 냉소적이었네. 모르겠군." 그가 머리를 흔들었다.

"그 애한테 어떤 문제가 있다는 걸 알고 있었어요." 몰리가 말했다. 그녀의 목소리는 매우 낮아서 거의 들리지 않았다. 그녀는 무릎에 놓여 있던, 이제는 말라 버린 손수건을 움켜쥐었다. 그 손수건을 적실 눈물은 더 이상 남아 있지 않았다.

"경찰은 펀치기의 소행으로 생각하는 것 같아, 여보." 벨이 부드럽게 말했다.

"나도 경찰이 어떻게 생각하는지 알아."

"여보, 당신 기분이 어떤지 알지만……."

"그 애는 아이솔라에서 뭘 하고 있었던 거지? 누가 그 애를 해밀턴 다리 근처의 인적 없는 곳으로 데려간 거지? 그 애는 거기에 혼자 간 걸까, 피터?"

"그런 것 같아."

"왜 그 애는 거기에 혼자 갔지? 왜 열일곱 살짜리 여자애가 그렇게 적막한 곳에 간 걸까?"

"나도 몰라." 벨이 말했다. "여보, 제발, 마음을 가라앉혀. 경찰이 그놈을 잡을 거야. 경찰이 반드시……."

"누굴 잡는다고?" 몰리가 말했다. "강도를? 하지만 누가 그 애를 거기로 데려갔는지 경찰이 조사할까? 피터, 아이솔라의 해밀턴 다리까지 지니를 데려간 놈을 말이야. 왜 그 애는 리버헤드에서 거기까지 간 걸까?"

벨이 다시 머리를 내저었다. "몰라, 여보. 알 수 없어."

"우리가 그놈을 잡을 거예요, 몰리." 클링이 말했다. "북부 살인반과 우리 분서의 형사반이 이 사건에 매달리고 있습니다. 걱정 말아요."

"경찰이 그놈을 잡으면 내 동생이 살아 돌아올까요?"

클링은 새 생명을 품고 어깨를 늘어뜨린 채 죽음을 애도하며 의자에 앉아 있는, 스물넷에 이미 늙어 버린 여자를 바라보았다. 그들은 오랫동안 침묵을 지켰다. 마침내 클링이 가야겠다고 말하자 몰리가 상냥한 말투로 커피를 권했다. 그는 사양하며 그녀에게 감사를 표했다. 그러고 나서 벨과 악수한 뒤 오후 햇살이 내비치는 리버헤드의 거리로 나갔다.

중학교 건물에서 아이들이 거리로 우르르 쏟아져 나오고 있었다. 클링은 걸으면서 학생들을 바라보았다. 티 없이 깨끗한 얼굴의 아이들. 소란을 떠는 소년들과 예쁜 소녀들이 쫓고 쫓기며 소리치고 서로를 알아 간다.

지니 페이지도 이 아이들과 크게 나이 차이가 나지 않았다.

그는 천천히 걸음을 옮겼다.

공기가 차가웠다. 그가 바라는 겨울이 다가오고 있었다. 그는 가을을 사랑했기 때문에 그것은 이상한 바람이었다. 가을은 죽음의 계절이기 때문이라고 생각했다. 여름은 휴식을 위해 조용히 떠난다. 잎사귀가 죽고, 하루하루가 죽는다······.

여자가 죽는다.

그는 생각을 떨치려고 머리를 흔들었다. 중학교 건물 반대편 길모퉁이에 핫도그 카트가 있었다. 콧수염을 기른 노점상이 흰 앞치마를 두르고 환하게 웃으며 포크를 들고 김이 모락모락 피어오르는 프랑크푸르트소시지 냄비에서 소시지를 꺼내 그 위에 사우어크라우트(양배추를 절여 만든 독일식 김치)를 얹은 뒤 머스터드소스를 뿌린 먹음직스러운 핫도그를 카트 앞에 서 있던, 많아 봐야 열넷 이상은 안 될 것 같은 소녀에게 건넨다.

값을 치르고 핫도그를 한입 베어 무는 소녀의 얼굴에는 아무것도 섞이지 않은 순수한 기쁨이 있었다. 클링은 그 소녀를 보면서 걸음을 옮겼다.

강아지 한 마리가 보도에서 튀어나온 고무공을 쫓아 뛰놀더니 배수로 안으로 쏜살같이 달려갔다. 타이어가 찢어질 듯한 소리를 내며 차 한 대가 미끄러지듯이 멈췄고, 차에 탄 사람이 머리를 내젓다가 행복해하는 강아지를 보고 무심결에 미소를 지었다.

오렌지색, 붉은색, 노란색, 적갈색, 갈색, 연한 금빛의 낙엽들이 떨어져, 사각거리는 낙엽 더미를 만들며 보도를 감쌌다. 그는 발걸음을 옮길 때마다 발아래에 밟히는 낙엽들의 사각거리는 소리를 들으며 상쾌한 공기를 마셨다. 그리고 생각했다. **이건 공정하지 않아. 그 아이는 죽기엔 너무 이르다.**

그가 큰길가에 이르자 찬바람이 불어왔다. 고가역을 향해 걷기 시작했을 때 재킷 틈새로 거센 바람이 들어와 골수를 어루만졌다.

이제 그의 뒤 저 멀리에서 들리는 중학생 아이들의 목소리도 드위트 가에서 최고조에 이르다가 불기 시작한 바람의 나지막한 비명 속에 사라졌다.

비가 올 것 같았다.

바람은 그의 주위를 감싸며 으르렁거렸다. 바람은 복잡하게 얽힌 비밀 장소를 이야기하고 죽음을 이야기했다. 그리고 그는 갑자기, 전에 없는 추위를 느끼고 따뜻한 코트 깃의 위안을 바랐다. 한기가 갑자기 그의 척추를 타고 올라와 죽은 물고기처럼 목덜미에 내려앉

앉기 때문이다.

  그는 역을 향해 걸었고 역의 계단을 올랐다. 그리고 자신도 모르게 지니 페이지를 생각했다.

7

여자는 다리를 꼬고 있었다.

그녀는 87분서 2층에 있는 경위의 방에서 윌리스와 번스의 맞은편에 앉아 있었다. 멋진 다리였다. 스커트가 무릎 아래에 그림자를 만들었다. 윌리스는 이 멋진 다리에 신경이 쓰였다. 검은색 하이힐을 신은 티 하나 없이 매끄럽고 탄력 있는 다리, 끝으로 갈수록 가늘어지는 날씬한 발목.

그녀의 머리는 멋진 붉은색이었다. 붉은 머리는 눈에 띈다. 아일랜드계 작은 코와 녹색 눈. 예쁜 얼굴이었다. 그녀는 진지한 태도로 조용히 두 남자의 말을 듣고 있었다. 그녀의 얼굴과 눈은 지적으로 보였다. 그녀가 이따금 숨을 들이쉴 때마다 수수한 정장 위로 가슴의 경사진 곡선이 드러났다.

여자의 연봉은 5,555달러였고, 여자의 지갑에는 38구경이 들어 있었다.

여자는 2급 형사였고, 이름은 아일린 버크였다. 그녀의 작은 코와 마찬가지로, 이름을 들으면 바로 아일랜드계라는 것을 알 수 있었다.

"자네가 원하지 않으면 안 해도 돼." 번스가 말했다.

"흥미롭게 들리는데요." 아일린이 대답했다.

"핼…… 윌리스가 내내 자네 뒤를 바짝 붙어 다닐 걸세. 자네가 이해한 것처럼 말이야. 하지만 무슨 일이 발생했을 때 자네를 반드시 보호해 준다는 보장은 할 수 없네."

"알겠습니다, 경위님."

"게다가 클리퍼드가 신사는 아닐걸." 윌리스가 말했다. "그놈은 사람을 때리고 죽이는 놈이야. 우리 생각은 그래. 이 일은 소풍과는 달라."

"그놈이 총을 갖고 다니는 것 같지는 않지만 마지막 범행에서는 무언가를 사용했네. 그게 주먹만은 아니지. 그래서 자네도 알다시피, 미스 버크……"

"반장님과 내가 하고 싶은 말은," 윌리스가 말했다. "이 임무를 맡기는 데에는 어떤 강요도 없다는 뜻이야. 이 임무를 거부한다고 해도 전적으로 이해해."

"그래서 하라는 거야, 말라는 거야?" 아일린이 물었다.

"반장님과 나는 잘 생각해 보고 대답해 달라는 거지. 우리는 당신을 무방비 상태로 내보낼 생각이야. 우리는……."

"백 안에 총을 넣어 갈 거니까 무방비 상태는 아니야."

"어쨌든 우리는 이 임무를 맡기기 전에 당신에게 사실을 말해 줘야 한다고 생각했……,"

"우리 아버지는 경찰이었어. 사람들은 아버지를 버크 아저씨라고 불렀지. 아버지 구역은 헤이즈 홀이었어. 1938년에 플립 다니엘슨이라는 탈옥수가 프라임 가와 북 삼십 번가 모퉁이에 있는 아파트를 점거했어. 경찰들이 그곳을 급습했을 때 아버지도 있었지. 다니엘슨은 톰슨 기관총을 들고 있었고, 그놈이 쏜 첫 발이 아버지의 배를 맞혔어. 아버지는 그날 밤 고통스럽게 돌아가셨어. 치료하기 어려운 부위에 총을 맞았거든." 아일린은 잠시 말을 멈췄다. "난 이 일을 할 거야."

번스가 미소 지으며 말했다. "그럴 것 같았네."

"이 계획에는 우리 둘뿐이야?" 아일린이 월리스에게 물었다.

"처음에는. 어떻게 진행할지는 아직 몰라. 내가 바짝 따라붙어 다니지는 못할 거야. 그러면 클리퍼드가 눈치를 챌 테니까. 그리고 너무 멀리 떨어져 있으면 내가 있을 이유가 없을 테고."

"그놈이 미끼를 물까?"

"몰라. 그놈은 우리 구역 내에서 범죄를 계속 저지르면서 잘 빠져나가고 있어. 이번 살인 사건으로 그놈이 겁먹지 않았다면 자기가 하던 패턴을 바꾸지 않을 거야. 그리고 피해자들의 말에 따르면 그놈은 특별한 계획 없이 일을 하는 것 같아. 그냥 희생자를 기다렸다가 덮치는 거지."

"알았어."

"그래서 반장님과 나는 늦은 밤 혼자서 거리를 걷고 있는 매력적인 여자를 그놈에게 미끼로 던지기로 한 거야."

"그래." 아일린은 윌리스의 칭찬을 흘려들었다. 이 도시에는 4백만의 매력적인 여자가 있었고, 자신이 최고 미인은 아니라는 사실을 알고 있었다. "강간도 했어?" 그녀가 물었다.

윌리스가 번스를 힐끗 쳐다보았다. "확실하진 않지만 피해자 중에 강간을 당한 사람은 없었어."

"어떤 옷을 입어야 할지 판단하려고 물은 거야."

"그럼, 모자는 쓰지 마." 윌리스가 말했다. "그건 확실해. 그놈이 멀리서도 빨간 머리를 알아볼 수 있게 하는 편이 좋아."

"좋아."

"되도록 밝은 색이면 좋겠어. 내가 당신을 놓치지 않도록. 하지만 너무 요란해도 안 돼." 윌리스가 말했다. "풍기단속반에게 걸리면 곤란하니까."

아일린이 미소 지으며 물었다. "스웨터에 스커트면 돼?"

"가장 편하게 입을 수 있는 옷이면 뭐든지."

"흰 스웨터를 입을게. 그 옷이 당신과 클리퍼드 모두에게 잘 보일 거야."

"좋아."

"힐? 플랫슈즈?"

"전적으로 알아서 해. 당신은…… 그러니까 그놈이 당신을 거칠게 다룰 거야. 힐이 불편할 것 같으면 플랫슈즈를 신어."

"힐 소리가 더 잘 들릴 것 같은데."

"알아서 해."

"힐을 신을게."

"좋아."

"이번 일에 누군가 다른 사람이 또 관여해? 그러니까 당신은 무전기나 뭐 그런 걸 사용하느냐고."

"아니." 월리스가 말했다. "확실히 말해서 우리 둘뿐이야."

"그리고 우리가 찾는 클리퍼드하고."

"그래."

아일린이 한숨을 쉬었다. "언제 시작하지?"

"오늘 밤 어때?" 월리스가 물었다.

"머리를 손볼 생각이었는데." 아일린이 웃으며 말했다. "뭐, 나중에 해도 돼." 웃음 짓는 입가가 넓어졌다. "적어도 한 남자가 자신을 따라다닌다고 확신하는 여자는 나밖에 없을 테니까."

"여기서 볼까?"

"몇 시에?"

"교대 시간에. 열한 시 사십오 분?"

"그때 뵐게요." 그녀가 꼬았던 다리를 풀고 일어나며 말했다. "경위님." 번스가 그녀와 악수했다.

"조심하게. 알겠나?"

"네, 경위님. 고맙습니다." 그녀가 월리스를 향해 돌아섰다. "이따 봐."

"기다릴게."

"그럼 안녕." 그녀는 그렇게 말하고 사무실을 나섰다.

그녀가 떠나자 월리스가 물었다. "어떻게 생각하세요?"

"나는 그녀가 잘할 거라고 생각하네." 번스가 말했다. "그녀는 열네 건의 지하철 성추행범을 체포한 기록을 갖고 있어."

"성추행범이 강도는 아닙니다."

번스가 반사적으로 끄덕였다. "그래도 그녀는 잘 해낼 거야."

월리스가 미소 지으며 말했다. "저도 그렇게 생각합니다."

바깥 형사실에서는 마이어 형사가 고양이에 관한 이야기를 하고 있었다.

"이번으로 스물네 번째야." 그가 템플에게 말했다. "삼십삼 분서가 생긴 이래 가장 이상한 사건이지."

템플이 사타구니를 긁었다. "그런데 그 친구들이 아직 붙잡지 못했다는 거야, 응?"

"실마리 하나 없어." 마이어가 템플을 참을성 있게 바라보며 말했다. 마이어는 참을성이 아주 많은 사람이었다.

"그놈은 고양이들을 잡으러 돌아다니는 것뿐이라고." 템플이 머리를 내저으며 말했다. "고양이를 훔쳐서 뭘 하겠다는 거야?"

"그게 가장 큰 의문이지. 동기가 뭘까? 그 녀석이 삼십삼 분서를 미치게 하고 있어. 뭐 하나 말해 주지, 조지. 난 그 건이 우리 일이 아니라서 다행이야."

"아." 템플이 말했다. "전에 나도 그런 얼빠진 사건을 겪은 적이 있어."

"그렇겠지. 하지만 고양이 사건은 아니었겠지? 그런 걸 들어 본 적이 있나?"

"순찰 중에 전봇대 위에서 옴짝달싹 못하고 있는 고양이를 봤지."

"그런 경험은 누구에게나 있는 거야. 하지만 이건 아파트 주위를 배회하면서 고양이를 훔치는 남자에 대한 거야. 어디 말해 봐, 조지. 그런 비슷한 얘길 들어 본 적 있나?"

"아니."

"내 생각이 확실해지면 어떻게 된 일인지 가르쳐 주지." 마이어가 약속했다. "난 그 건이 정말 흥미로워. 솔직히 말해서 그 친구들이 그 건을 해결할 거라고 생각하지 않아."

"삼십삼 분서 친구들은 일을 꽤 잘하지 않나?"

"밖에 기다리는 사람이 있어." 하빌랜드가 자신의 책상에서 소리쳤다. "저 친구가 뭘 원하는지 누가 좀 봐 주지 않겠나?"

"좀 걷는 것도 자네한테 나쁘지 않을 텐데, 록." 마이어 마이어가 말했다.

"방금 워터쿨러 있는 데까지 갔다 왔어." 하빌랜드가 활짝 웃으며 말했다. "난 지쳤다고."

"빈혈이 심한가 보군." 마이어가 일어서며 말했다. "불쌍한 친구. 가슴이 찢어지는군." 그는 문의 나무 칸막이로 갔다. 순찰 경관이 형사실 안을 들여다보며 서 있었다.

"바쁜가 봐요?" 그가 물었다.

"그냥 그래." 마이어 마이어가 별 관심 없다는 듯이 말했다. "무슨 일인가?"

"이 사체검안서를……." 그가 봉투에 눈길을 보냈다. "피터 번스 경위님께 전해 드리려고요."

"나한테 주게."

"사인해 주시겠습니까?"

"그 친구는 글을 몰라." 로저 하빌랜드가 발을 책상 위에 올려놓으며 말했다. 마이어가 검시 보고서에 사인을 하자 순찰 경관이 돌아갔다.

사체검안서는 차가울 만큼 과학적인 기술이다.

피와 살을 의학 용어로 치환하여 센티미터 단위로 측정하고 사무적으로 분석한다. 사체검안서에 온정과 감정은 들어 있지 않다. 철학적인 사색이나 감상이 들어갈 여지도 없다. 가로 22센티미터, 세로 28센티미터의 보고서 용지 한두 장에는 타이프라이터로 쓴 글자만이 있을 뿐으로 그 글자가 단순한 의학 용어에 의해 어떠한 조건에서 어떠한 사람이 죽음과 조우했는지 설명한다. 마이어가 반장에게 가져간 사체검안서 안에서 의학적인 정밀 검사를 당한 사람은 지니 리타 페이지라는 어린 소녀였다.

타이프라이터로 친 사체검안서에서 온기는 찾아볼 수 없었다.

수많은 죽음 중의 하나일 뿐이다.

내용은 다음과 같았다.

검시관 작성 사체검안서

지니 리타 페이지

여성, 백인, 피부색 흰색. 추정 나이 21세. 실제 나이 17세. 추정 키 163센티미터. 추정 몸무게 54킬로그램.

검사 개요:

두부와 안면부:

a)안면부– 다수의 타박상. 두개골 전면에 약 10센티미터에 이르는 골편의 함몰. 함몰은 좌안와 위쪽 3센티미터 부분에서 시작하여 대각선 아래 방향으로 비량을 지나 좌상악부 중간까지 이어짐.

양 눈 결막에 출혈. 비강과 귀 안에 응고한 피가 있음.

b)두부–두개골 좌측 측두골 함몰에 따른 뇌진탕. 함몰은 전정에서 좌이각 상부 측면 2센티미터 부분까지 약 11센티미터. 머리칼에 다량의 응혈 흔적.

동부胴部:

등, 배, 흉부에 찰과상 및 경미한 열상.

오른쪽 둔부에 심한 찰과상.

우하지 경골 및 비골 말단부에 복잡골절. 하지 중앙에서 아래 약 3분의 1 부분에 뼈 돌출.

골반 검사 결과:

1) 질 내부에 출혈 징후 없음.

2) 강제 삽입 및 성교 징후 없음.

3) 질 분비물 현미경 실험 결과 정액의 흔적 없음.

4) 자궁의 모양은 구상이며 측정 결과 크기는 13.5 X 10 X 7.5cm.

5) 융모막, 탈락막 외 태반 조직 관찰됨.

6) 현재 태아 길이 7센티미터, 무게 29그램.

소견:

1) 두개골과 안면부 구타로 인한 즉사. 사인은 뇌진탕.

2) 동부에 다수의 찰과상, 열상 및 좌하지 경골 및 비골의 복잡 골절은 벼랑으로 끌려 내려올 때 입은 것으로 추정됨.

3) 성폭행 흔적 없음.

4) 자궁 검사 결과 임신 3개월.

8

그는 죽은 소녀에 대한 생각을 떨칠 수가 없었다.

월요일 아침, 순찰 업무로 돌아온 클링은 마음이 설렜다. 너무 오랫동안 쉬었다. 이제 자신의 일로 돌아왔고, 자신의 발밑에서 콘크리트와 아스팔트가 내는 소리를 들었다. 그를 둘러싼 모든 곳에 생동하는 삶이 있었다. 이 모든 삶의 한가운데에 사람 냄새가 물씬한 관할구역이 있었고, 클링은 자신의 순찰 구역을 돌며 죽음에 대해 생각했다.

87분서의 관할은 리버 고속도로에서 시작했다.

강을 따라 나 있는 고속도로의 푸르던 가로수가 붉은색과 암갈색으로 탈바꿈했다. 곳곳에 1차 대전 참전용사 기념비와 콘크리트 벤치가 가로수 사이에 점점이 놓여 있다. 강 위에 떠 있는 거대한 증기선이 저 멀리 시내 가까이에 있는 선창을 향하여 천천히 순항하면서 흰 연기를 상쾌한 가을 공기에 뿜어낸다. 항공모함은 저 멀리 황량해 보이는 갈색 낭떠러지 맞은편, 넓고 잔잔한 강의 한가운데에서 닻을 내렸다. 유람선은 스러져 가는 여름 태양을 만끽하는 게으른 가을 승객을 잔뜩 실었다.

그리고 강 위에는 하늘에 매달린 은빛 거미줄처럼, 아치를 그리며 당당히 서 있는 해밀턴 다리가 소용돌이치며 흐르는 갈색 물을 내려다보면서 두 개의 주에 제왕의 손가락을 걸쳐 놓고 있었다.

다리 하단, 돌멩이와 흙투성이의 벼랑 끝에 열일곱 살 소녀가 죽어 있었다. 소녀의 피를 마신 땅은 검붉은 얼룩을 남겨 놓았다.

리버 고속도로를 따라 늘어선 거대한 아파트 건물이 무표정한 얼굴을 하고 피투성이 땅을 바라본다. 지금도 도어맨과 엘리베이터 기사가 딸린 고층 빌딩의 햇빛을 반사하는 수천 개의 유리창은 강 건너편을 바라보며 격렬한 분노를 담아 수천 개의 눈을 깜빡인다. 아파트에서 나온 보모가 유모차에 아기를 태우고 길모퉁이에 있는 유대교 회당을 지나 스템 가를 향해 남쪽으로 간다. 화려한 유모차는 깃털이 달린 날카롭고 뾰족한 화살처럼 도시의 심장을 가로지른다. 스템 가에는 식료품점, 싸구려 잡화점, 영화관, 수입 식료품점, 정육점, 보석상, 캔디 가게가 있었다. 한쪽 길모퉁이에는 일주일 내내 영업을 하는 카페테리아도 있었는데 그곳에서는 마약상을 기다리는 마약쟁이들을 적어도 스물다섯 명은 볼 수 있었다. 스템 가의 한가운데에는 중간중간 골목길과 이어지는 부분 때문에 끊기긴 했지만 철 파이프로 철책을 두른 녹지대가 있다. 철책 가까이에 놓인 벤치에는 담배를 피우는 남자들과 풍만한 가슴에 쇼핑백을 끌어안은 여자들, 그리고 가끔 유모차를 끌고 나온 보모들이 소설을 읽으며 앉아 있었다.

보모들은 결코 스템 가의 남쪽을 거닐지 않았다.

스템 가의 남쪽은 컬버 가다.

컬버 가에는 전부터 화려한 집들이 하나도 없었다. 컬버 가는 강을 따라 늘어선 빌딩의 주민들과는 연이 먼 가난한 친척처럼 오래 전에는 좋았던 시절의 후광을 누렸는지도 모른다. 하지만 지금 이 거리의 때와 그을음이 이곳 사람들의 촌스러운 얼굴을 뒤덮고, 그들을 찌든 도시 사람으로 바꾸어 놓았다. 그들은 움츠린 어깨에 볼품없는 옷을 걸치고 지치고 슬픈 얼굴로 서 있었다. 컬버 가에는 교회가 많았다. 마찬가지로 술집 또한 많았다. 두 곳 모두 푸에르토리코 이민자들과 공동주택 사업의 유입에도 불구하고 고집스럽게 그들의 뿌리를 고수하는 아일랜드계 이민자들로 번잡했다. 공동주택 사업은 세간의 비난 속에도 놀랄 만한 속도로 거주자들을 몰아냈고 건물의 잔해 속에서 생겨난 도시의 유일한 수확물은 쓰레기였다.

푸에르토리코 이민자들은 컬버 가와 그로버 공원 사이의 거리 한편에 자리를 잡았다. 그곳은 예전에 양조장, 도살장, 제화 공장, 보석 가공 공장, 양고기집이 모여 있던 자리였으며, 제너럴 모터스사만큼 예나 지금이나 번영하고 번창하는 라 비아 데 푸타스 즉, '창녀촌'이었다.

그곳에서 푸에르토리코 이민자들은 가난에 굴복하고, 마약 밀매인과 절도범, 경찰에게 착취당했다. 비좁고 더러운 거주지로 내몰려 온 도시를 통틀어 가장 바쁜 부서인 소방대에 의해 구조되기도 했으며, 사회복지사에게 실험쥐 같은 대우를 받기도 했다. 주변 도시에서는 외국인으로, 경찰에게는 잠재적 범죄자로 취급당했다. 그것이 그곳에 사는 푸에르토리코 이민자들의 삶이었다.

희고 어두운 피부. 검은 머리와 갈색 눈에 눈부신 미소를 짓는 아름다운 젊은 여자들. 무용수처럼 우아하게 움직이는 호리호리한 남자들. 푸에르토리코 이민자들은 따뜻함과 음악, 색채와 아름다움 속에 살고 있다. 이 도시의 6퍼센트가 푸에르토리코 이민자로, 이 거리 여기저기에 흩어져 게토를 이루며 살고 있다. 동쪽과 서쪽을 포함하여 총 서른다섯 블록과 리버 고속도로에서부터 공원까지 아우르는 87분서 관할구역 내의 빈민가에는 다수의 아일랜드 이민자, 소수의 이탈리아 이민자와 유대인이 살았지만 대부분은 푸에르토리코 이민자들이었다. 푸에르토리코 이민자 인구의 7분의 1이 87분서 관할구역의 경계에 살았다. 클링이 걷고 있는 거리에는 9만 명이 살고 있었다.

사람 냄새가 물씬한 거리였다.

그리고 그의 머리를 온통 차지하고 있는 생각은 죽음이었다.

그는 몰리를 만나고 싶지 않았기 때문에 그녀를 보았을 때 당황스러웠다.

그녀는 이 거리를 무서워하는 것처럼 보였다. 그녀의 배 속에 생명이 자라고 있었기 때문에 임신부의 보호 본능이 자기도 모르게 일었으리라. 그는 막 토미를 데리고 길을 건너는 참이었다. 캔디 가게에서 일하는 엄마를 둔 푸에르토리코 꼬마다. 그 꼬마는 그에게 감사의 인사를 했다. 클링은 다시 길 건너편으로 돌아온 참이었고 그때 몰리 벨을 보았다.

9월 18일인 오늘 날씨는 쌀쌀했다. 몰리 벨은 좋았던 시절에 산뜻한 외투를 입고 있었다. 좋았던 시절이라고 해야 시내의 할인 품목 매장에서 옷을 고를 수 있었던 시절이었겠지만. 그녀는 만삭의 배 때문에 몸에 딱 맞았을 게 분명한 코트의 단추를 가슴 아래로는 잠그지 못했다. 낯설 만큼 단정하지 않은 모습이었다. 손질 안 한 금발 머리, 피곤해 보이는 눈, 부푼 가슴 위로 목까지 단추를 잠근 낡은 코트는 볼록한 배를 노출시키며 허리께에서부터 큰 V자 모양으로 벌어져 있었다.

"버트!" 그녀가 지극히 여자다운 태도로 손을 들어 올리며 그를 불렀다. 잠깐이지만 그 모습이 아름답게 보여서 몇 년 전의 그녀 모습이 이렇지 않았을까 하는 생각이 들었고, 그녀의 동생 지니가 순간적으로 연상되었다.

그는 인사의 표시로 곤봉을 들어 올리고, 길 건너에서 기다리라는 몸짓을 한 뒤 길을 건넜다.

"안녕하세요, 몰리."

"처음엔 경찰서로 갔어요." 그녀가 빠르게 말을 이었다. "거기서 당신이 순찰을 나갔다고 알려 주더군요."

"그래요."

"만나고 싶었어요, 버트."

"그랬군요." 그들은 길의 한편으로 물러나 오른편에 있는 공원 쪽으로 걸었다. 우중충한 하늘과는 대조적으로 공원의 나무들은 단풍으로 불타는 듯했다.

"안녕, 버트." 한 소년이 인사하자 클링이 곤봉을 흔들어 보였다.

"들었어요?" 몰리가 물었다. "부검 결과에 대해서요?"

"네."

"믿을 수 없어요."

"저, 몰리, 검시관은 절대 실수하지 않습니다."

"알아요, 알아요." 그녀가 숨을 크게 내쉬었다. 그는 그녀를 오랫동안 바라보았다.

"저, 이렇게 막 걸어 다녀도 괜찮아요?"

"네. 걷는 게 좋대요. 의사가 많이 걸어 다니랬어요."

"그럼, 혹시 피곤하면……,"

"저기요, 버트. 도와주실 거죠?"

그는 그녀의 안색을 살폈다. 그녀의 눈빛에서 전에 보았던 고통과 비탄은 느껴지지 않았다. 사건을 해결하겠다는 단호한 의지만 느껴질 뿐이었다.

"내가 뭘 할 수 있겠어요?"

"당신은 경찰이잖아요."

"몰리, 이 도시 최고의 경찰들이 이 사건을 수사 중입니다. 살인반 형사들은 살인자가 그냥 거리를 활보하게 놔두지 않아요. 우리 분서 형사 중 한 명이 여자 경찰과 지난 이틀 동안 이 건을 수사하고 있어요. 그들은……,"

"그 사람들은 내 동생을 몰라요, 버트."

"그건 그렇지만……,"

"당신은 그 애를 봤잖아요, 버트."

"아주 잠깐 그녀와 이야기를 나눈 것뿐이에요. 나는 거의……,"

"버트, 살인을 취급하는 그 형사들은…… 내 동생은 그 사람들한텐 그냥 또 한 구의 시체일 뿐이에요."

"그렇지 않아요, 몰리. 그 사람들이 시체를 많이 접하는 건 사실이지만 그때마다 최선을 다하고 있어요. 몰리, 난 그저 순찰 경관일 뿐이에요. 이 사건을 조사하고 싶어도 내겐 수사 권한이 없어요."

"왜 없죠?"

"내 권한 밖의 일이에요. 내 일은 순찰을 하는 겁니다. 여기가 내 순찰 구역이고, 그게 내 업무예요. 내 업무는 살인 사건을 조사하는 게 아닙니다. 마음대로 조사를 했다가는 많은 문제에 직면할 수 있어요, 몰리."

"내 동생은 이미 많은 문제에 직면했어요."

"아, 몰리." 클링이 한숨을 쉬었다. "내게 그러지 말아요, 제발."

"그럴 거예요."

"난 아무것도 할 수 없어요, 미안해요."

"왜 그 아이를 보러 왔죠?"

"피터가 부탁해서 예의상 갔던 거예요. 옛정을 생각해서요."

"나도 부탁할게요, 버트. 옛정은 아니지만요. 내 동생은 살해당했어요. 내 동생은 어린아이일 뿐이었어요. 그리고 그 애는 죽기에는 어린 나이였어요, 버트. 죽기에는요."

그들은 한동안 침묵 속에 걸었다.

"버트?"

"네."

"도와줄 거죠?"

"나는……,"

"당신네 살인반 형사들은 이걸 강도짓이라고 생각해요. 그럴지도 모르죠. 모르겠어요. 하지만 내 동생은 임신 중이었고, 강도가 한 짓은 아니에요. 그리고 내 동생은 해밀턴 다리가 있는 데서 살해당했고, 나는 그 애가 왜 거기에서 죽었는지 알고 싶어요. 그 비극이 일어난 벼랑은 우리가 사는 곳에서 아주 멀어요, 버트. 그 애는 왜 거기에 있었던 걸까요? 왜? 왜?"

"모르겠어요."

"내 동생은 친구들이 있었어요. 친구들이 있었다는 걸 알아요. 아마 그 애 친구들은 알고 있을 거예요. 민감한 나이의 여자애라면 누군가에게 털어놓지 않을까요? 배 속에 아이를 품고 있는 아이라면, 마음속에 비밀을 품고 있다면? 그 애는 누군가에게 말하지 않았을까요?"

"당신은 살인자를 찾고 싶은 건가요?" 클링이 물었다. "……아니면 아이의 아버지를?"

몰리는 그것을 진지하게 고민했다. "그 둘은 아마 같은 사람일 거예요." 그녀가 마침내 대답했다.

"나는…… 나는 그렇게 생각하지 않아요, 몰리."

"하지만 가능성은 있는 거잖아요? 그리고 당신네 살인반 형사들은 그럴 가능성에 대해 아무 조치도 취하고 있지 않잖아요. 난 그 사람들을 만나 봤어요, 버트. 내게 질문을 하는 그 사람들의 눈은 차가웠고 말투는 딱딱했어요. 그들에게 지니는 발가락에 인식표가 달린 시체일 뿐이에요. 내 동생은 그 사람들에게 있어서 살과 피를 가진 인간이 아니라고요. 이젠 아니죠. 그리고 앞으로도 영원히."

"몰리……."

"그들을 탓하고 있는 게 아니에요. 그 사람들의 일이란 게…… 도살업자에게 고기가 주재료인 것처럼 그들에게는 죽음이 단지 일거리일 뿐이라는 걸 나도 알아요. 하지만 그 애는 내 동생이에요!"

"그…… 그녀의 친구들을 알아요?"

"나는 그 애가 어떤 클럽에 자주 갔다는 것만 알아요. 지하에 있는 클럽이에요. 십 대들이 주로 가는……." 몰리는 말을 멈췄다. 그녀의 눈이 클링의 호기심이 이는 눈빛과 마주쳤다. "도와줄 거죠?"

"그럴게요." 클링이 한숨을 쉬며 대답했다. "어떤 도움도 없이 혼자 조사하는 겁니다. 일과 후에요. 당신도 알다시피 공식적으로는 아무것도 하면 안 돼요."

"그래요. 알아요."

"그 클럽의 이름이 뭐죠?"

"템포 클럽."

"어디에 있어요?"

"페터슨 가에서 약간 벗어난 곳에 있어요. 큰길 뒤쪽에요. 주소는 몰라요. 주택가 안 골목에 모든 클럽들이 모여 있어요." 그녀는 잠시 말을 멈췄다. "어렸을 땐 나도 그중 한 클럽에 속해 있었죠."

"나는 그들만의 금요일 밤 세계에 가곤 했죠. 하지만 템포라는 데는 기억에 없어요. 새로 생겼겠죠."

"모르겠어요." 몰리는 잠시 사이를 두었다. "가 볼 거예요?"

"네."

"언제?"

"네 시까지는 일을 해야 해요. 일이 끝나면 일단 리버헤드에 차를 대고 그곳을 찾아봐야죠."

"나중에 전화해 줄 거죠?"

"꼭 그럴게요."

"고마워요, 버트."

"나는 제복 경관일 뿐이에요." 클링이 말했다. "당신이 나에게 고마워해야 할 일이 있을지 모르겠군요."

"많이 감사해요." 그녀가 말하며 그의 손을 꼭 잡았다. "전화 기다릴게요."

"알았어요." 그가 대답하며 그녀를 굽어보았다. 걷기가 그녀를 지치게 한 것 같았다. "택시 잡아 드릴까요?"

"아니에요. 지하철 탈래요. 안녕, 버트. 고마워요."

그녀는 몸을 돌려 걷기 시작했다. 그는 그녀를 지켜보았다. 뒤에서 보니 몸을 뒤로 젖히고 걷는, 임신한 여자 특유의 걸음걸이를 빼면 그녀를 보고 임신했다고 말할 수 없을 것 같았다. 뒷모습은 아주 날씬했고 다리도 예뻤다.

그는 그녀의 모습이 보이지 않을 때까지 지켜보았다. 그러고 나서 안면이 있는 사람들에게 손을 흔들며 길 건너 골목으로 향했다.

9

 자신들의 근무 일정을 스스로 짜는 형사와 달리 순찰 경관은 8시간 순찰 시스템이라는, 주의 깊게 계산된 근무 체제 안에서 일한다. 그들은 5일 연속으로 오전 8시부터 오후 4시까지 일하고 56시간을 쉰다. 그 다음은 자정부터 오전 8시까지 5일 연속 근무하고 56시간을 쉰다. 다음 5일 근무는 오후 4시부터 자정까지다. 그렇게 한 번 더 56시간의 휴식이 끝나면 다시 처음의 근무 주기로 돌아간다.
 이 근무 시스템은 일요일, 토요일, 공휴일을 반영하지 않는다. 운이 좋으면 크리스마스에 쉴 수 있지만 그렇진 않으면 순찰 구역을 돌아야 한다. 아니면 로시 하샤나_유대교의 신년제_에 쉬길 원하는 유대인 경찰과 근무일을 조정해야 한다. 전시의 비행기 공장 근무 체제와 비슷하다. 유일한 차이점이라면 경찰은 생명보험에 가입하기가 조금 더 어렵다는 점이다.

버트 클링은 첫 근무 주기인 월요일 오전 7시 45분에 근무를 시작했고 오후 3시 40분에 다음 근무자와 현장에서 교대했다. 그는 경찰서로 돌아가 형사실 라커 룸에서 사복으로 갈아입은 뒤 현관으로 내려와 늦은 오후의 햇빛 속으로 나갔다.

보통, 클링은 사복 차림으로 조금 더 순찰을 돌곤 했다. 그는 뒷주머니에 검은색의 작은 수첩을 넣고 다녔다. 그 수첩에는 지명수배자 전단에서 얻은 용의자 정보와 분서 내 형사들로부터 얻은 이런저런 정보가 적혀 있었다. 예를 들면 그는 북 11번가 3112번지가 마약 소굴이라는 것을 알았고, 마약 밀매 용의자가 RX 42-10이라는 번호판을 단 1953년형 연청색 캐딜락을 몬다는 사실도 알았다. 전날 밤에 미드타운에 있는 백화점 체인이 털렸다는 사실도 알았으며 용의자가 누구인지도 알았다. 그리고 그런 건과 관련한 체포 몇 건이 그를 3급 형사로 진급시켜 줄 수도 있다는 사실도 알았다. 물론 그렇게 되길 바랐다.

그래서 그는 비번일 때에도 푸른 제복에 구애받지 않고 매일 몇 시간씩 보고 염탐하며 관할구역을 돌았고, 그럴 때마다 많은 사람들이 사복을 입은 자신을 알아보지 못한다는 사실에 놀랐다.

오늘 그는 뭔가를 할 생각이었고, 그래서 오늘은 근무가 끝나고 늘 하던 순찰 일을 무시했다. 대신 기차를 타고 리버헤드로 향했다.

템포 클럽을 찾는 데에는 아무런 어려움도 없었다. 그가 어릴 때 알던 한 클럽에서 템포가 어디에 있는지 물었을 뿐이었다. 그리고 주소를 알아냈다.

템포는 클라우스너 거리의 페터슨 가에서 약간 벗어난 곳에 있는 3층짜리 벽돌집의 지하층을 다 차지하고 있었다. 집 뒤편에 두 대의 차를 넣을 수 있는 차고가 있었고, 차고를 향해 난 콘크리트 진입로를 걸어 올라가다 왼편으로 틀자 집 뒤편과 맞닿아 있는 클럽 입구가 나타났다. 검은색의 긴 간판에는 길쭉한 8분음표가 그려져 있었다.

간판은 이랬다.

문손잡이를 돌려 보니 잠겨 있었다. 레코드판을 올려놓았는지 「시-붐」의 소네트 같은 감미로운 노랫소리가 클럽 안에서 들렸다. 그는 주먹을 들어 올려 노크를 했다. 계속 노크를 하다가 음악 소리 때문에 노크 소리가 들리지 않는다는 것을 문득 깨달았다. 그는 레코드플레이어에서 흘러나오는 마드리갈 같은 멜로디가 끝나길 기다렸다가 다시 노크했다.

"네?" 젊은 남자의 목소리가 외쳤다.

"문 좀 열어 봐요."

"누구세요?"

문으로 다가오는 발소리가 들리더니 문 반대편 가까이에서 목소리가 들렸다. "누구세요?"

그는 자신을 경찰이라고 밝히고 싶지 않았다. 아이들은 경찰이라면 바로 방어적인 태도로 바뀌기 때문에, 그런 상황을 원치 않았다.

"버트 클링."

"뭐요?" 목소리가 대답했다. "버트 클링이 누군데요?"

"이 클럽을 빌리고 싶어."

"그래요?"

"그래."

"뭣 때문에요?"

"문을 열면 얘기하지."

"어이, 토미." 목소리가 외쳤다. "어떤 사람이 이 클럽을 빌리고 싶대."

클링은 웅얼거리는 대답을 들었다. 그러고 나서 문이 찰칵 소리를 내며 활짝 열리더니 열여덟 정도로 보이는 마른 체구의 금발 머리 아이가 나타났다.

"들어와요." 아이가 말했다. 그는 가슴팍까지 쌓은 레코드판을 오른손으로 받치고 있었다. 녹색 스웨터와 덩거리 바지에 브이넥 스웨터 위로 보이는 흰 셔츠의 깃은 단추를 채우지 않았다. "나는 허드예요. 허드슨의 애칭이죠. 허드슨 팻. t가 두 개. 들어와요."

허드는 지하로 내려서는 클링을 지켜보았다.

"나이가 좀 있어 보이는데요?" 허드가 마침내 물었다.

"진짜 노인네지." 클링이 대답하며 주위를 둘러보았다. 누가 꾸몄는지 몰라도 잘 꾸며 놓았다. 천장은 파이프가 보이지 않도록 흰 칠을 한 석고보드를 붙였고, 벽은 허리 높이까지 옹이가 많은 소나무 판자를 댔다. 셸락을 칠한 낡은 레코드판이 벽과 천장에 붙어 있어서 마치 풍선 장수의 손에서 벗어난 풍선이 입체감을 잃고 공중에 떠 있는 것 같은 색다른 느낌이었다. 안락의자와 긴 소파가 여기저기 흩어져 있었다. 흰 칠을 하고 거기에 검은 음표와 높은음자리표를 그린 레코드플레이어가 안쪽 방으로 통하는 넓은 아치 옆에 뮤지컬 스태프처럼 서 있었다. 두 방 어디에도 클링과 허드 외에는 아무도 없었다. 토미는 흔적도 없이 사라진 것 같았다.

"마음에 들어요?" 허드가 웃으며 물었다.

"아주 좋은데."

"이 모든 걸 우리끼리 했어요. 천장과 벽에 있는 레코드판들은 각자 필요 없는 걸 가져온 거예요. 상태가 심한 레코드판이죠. 버리려고 했던 것들이에요. 들어 보려고 했지만 모두 스크래치가 나 있어서요. 공습 중의 런던 같은 소리가 나죠."

"그때의 일을 확실히 기억하고 있단 말이군."

"네?"

"이 클럽의 멤버야?"

"물론이죠. 낮 동안에는 멤버들만 내려올 수 있어요. 사실, 멤버가 아닌 사람들은 금요일과 토요일 밤에만 올 수 있죠. 그날에는 댄스파티를 해요." 그가 클링을 바라보았다. 그의 눈은 크고 파랬다. "댄스파티 알죠?"

"그래, 알아."

"가끔 맥주도 약간 해요. 건전하게. 이곳은 건전하게 노는 데예요." 허드가 활짝 웃었다. "건전한 오락이란 혈기왕성한 미국의 십 대들에게 필요한 거죠. 그렇지 않아요?"

"물론이지."

"모테슨 박사가 한 말이에요."

"누구?"

"모테슨 박사요. 신문에 매일 칼럼을 쓰는 사람. 건전한 오락란에요." 허드의 웃음이 이어졌다. "그건 그렇고 이 클럽을 빌리려는 이유가 뭐죠?"

"난 참전 용사 그룹에 들어 있어."

"그래요?"

"그래. 어…… 그러니까…… 모임 같은 거지. 알다시피 아내나 여자 친구들을 데리고 오는."

"오, 알아요."

"그래서 우린 장소가 필요해."

"재향군인회 홀을 빌리면 되잖아요."

"너무 커서."

"오."

"난 이런 지하 클럽을 생각했지. 여기는 흔치 않게 좋은 곳이야."

"그래요." 허드 팻이 말했다. "우리가 꾸민 곳이죠." 그는 레코드 플레이어 쪽으로 걸어갔다. 레코드판을 걸려는 것 같았다. 그러더니 마음이 바뀐 듯 몸을 돌렸다. "저기요, 무슨 요일 밤에 필요한 거죠?"

"토요일."

"잘됐군요. 금요일하고 일요일에는 모임이 있거든요."

"그래, 알아."

"얼마에 빌릴 거예요?"

"조건에 따라서. 우리가 여자들을 데리고 와도 집주인이 뭐라고 하지 않겠어? 알겠지만 특별히 이상한 것을 하려는 건 아니야. 친구들의 반은 결혼했어."

"오, 괜찮고말고요." 허드가 갑자기 어른인 척하며 말했다. "물론 알죠. 다른 건 생각해 본 적도 없어요."

"하지만 여자들도 올 거야."

"그래야죠."

"그래?"

"물론이죠. 여기에는 늘 여자들이 와요. 우리 클럽은 혼성 클럽이거든요."

"진짜?"

"진짜예요. 우리 클럽에는 여자가 열두 명 있어요."

"이 동네 여자들?"

"대개는요. 아시겠지만 다양해요. 여기저기서 와요. 아주 먼 데서는 아니고."

"어떤 여자들인지 알 수 있을까?"

허드가 클링을 슬쩍 보면서 나이를 어림해 보았다. "글쎄요, 아저씨." 어른끼리의 유대감이 산산이 깨졌다.

"난 이 동네에 살았어." 클링은 거짓말을 했다. "이 근처에서 많은 여자를 만났지. 내가 만났던 여자들 중 누군가의 여동생이 너희 클럽에 있다고 해도 안 놀랄걸."

"뭐, 그럴 수도 있죠." 허드가 인정했다.

"그게 왜 알고 싶은 거지, 형씨?" 아치형 입구에서 목소리가 들려왔다. 클링이 몸을 빙글 돌렸다. 키가 큰 사내가 바지 앞 지퍼를 올리며 아치형 입구를 통해 방으로 걸어왔다. 티셔츠의 솔기가 벌어질 만큼 넓은 어깨와 아래로 갈수록 가늘어지는 허리를 가진 눈에 띄게 건장한 남자였다. 머리는 밤색이었고 눈은 깊은 초콜릿색이었다. 그는 지극히 잘생긴 사내로, 자신도 그 사실을 알고 있다는 듯 자신만만한 걸음걸이로 다가왔다.

"토미?" 클링이 물었다.

"그게 내 이름이지." 토미가 말했다. "난 댁의 이름을 모르는데."

"버트 클링."

"만나서 반갑군요." 토미는 대답하며 클링을 주의 깊게 살폈다.

"토미는 이 클럽의 대장이에요." 허드 팻이 끼어들었다. "이 친구가 아저씨한테 클럽을 빌려 줘도 된다고 허락했어요. 가격만 맞는다면."

"화장실에 있었어요." 토미가 말했다. "안에서 다 들었는데 왜 우리 영계들한테 그렇게 관심이 많은 거죠?"

"관심 없어." 클링이 대답했다. "그냥 호기심일 뿐이야."

"형씨의 호기심은 이 클럽을 빌리는 데에만 있어야 할 텐데. 안 그래, 허드?"

"그렇지." 허드가 대답했다.

"얼마 줄 거요, 형씨?"

"여기에 지니 페이지가 얼마나 자주 왔지, 형씨?" 버트 클링이 토미의 얼굴을 바라보며 말했다. 얼굴에는 표정의 변화가 전혀 없었다. 허드가 들고 있던 레코드판 더미에서 한 장이 바닥으로 떨어져 깨졌다.

"지니 페이지가 누군데?" 토미가 말했다.

"지난 목요일 밤에 살해된 아이지."

"처음 듣는데."

"기억을 더듬어 봐." 클링이 그에게 말했다.

"더듬는 중이야." 토미가 잠시 말을 멈췄다. "경찰이야?"

"그럼 뭐가 달라지나?"

"여기는 깨끗한 클럽이야. 경찰과는 아무런 문제도 없었고, 그렇게 되길 바라는 사람도 없어. 태생부터 쓰레기인 건물주와도 아무런 문제가 없어."

"문제를 찾으러 온 게 아니야." 클링이 말했다. "난 지니 페이지가 얼마나 자주 여기에 왔는지 물었어."

"한 번도 없어. 그렇지 않냐, 허드?"

깨진 레코드판 조각을 줍고 있던 허드가 올려다보았다. "그래, 맞아, 토미."

"내가 경찰인 것 같다고 했나?" 클링이 말했다.

"경찰은 배지를 갖고 다니지."

클링은 뒷주머니에 손을 뻗어 지갑을 꺼내고 배지를 보였다. 토미가 그것을 힐끗 보았다.

"경찰이든 아니든 여기는 깨끗한 클럽이야."

"아무도 더럽다고 말한 적 없어. 근육에 힘주는 건 그만두고 내 질문에 똑바로 대답이나 해. 지니 페이지가 여기에 마지막으로 온 게 언제지?"

토미는 오래 머뭇거렸다. "여기 오는 사람 중에 그 애가 살해당한 것과 관계있는 사람은 아무도 없어요." 그가 마침내 대답했다.

"그럼 그 애가 여기 왔었군?"

"그래요."

"얼마나 자주?"

"가끔."

"그게 얼마나 자주야?"

"모임이 있을 때마다. 가끔 일주일 내내 온 적도 있어요. 우리는 그 애한테 멤버가 되라고 했어요. 왜냐하면 우리 멤버 여자애들 중 하나가……." 토미가 말을 끊었다.

"계속해. 끝까지 말해."

"여자애들 중 하나가 그 애를 알아요. 그렇지 않으면 밤 모임을 빼고는 못 오게 했을 거예요. 그것뿐이에요."

"맞아요." 허드가 깨진 레코드판 조각을 캐비닛에 넣으며 말했다. "그 여자애가 걔를 우리 모임에 넣으려고 했어요."

"지난 목요일 밤에 그 애가 여기 있었나?"

"아니요." 토미가 재빨리 대답했다.

"다시 잘 생각해 봐."

"아니, 그 애는 여기 없었어요. 그 목요일 밤은 정비하는 날이었어요. 멤버 중 여섯 명이 매주 당번이에요. 알겠지만 매번 바뀌죠. 여자 셋에 남자 셋. 남자애들은 힘든 일을 하고, 여자애들은 커튼을 갈거나 글라스 닦는 일 같은 걸 해요. 멤버가 아니면 정비하는 날에는 들어올 수 없어요. 일하는 애들을 빼면 멤버도 못 들어오죠. 그게 지니 페이지가 올 수 없는 이유예요."

"너도 여기 있었어?"

"그래요." 토미가 말했다.

"또 누가 있었지?"

"무슨 상관이에요? 지니 페이지만 없었으면 되지."

"그 애의 여자 친구도 있었나? 그 애가 안다는 친구 말이야."

"그래, 있었어요."

"이름이 뭐지?"

토미는 잠자코 있었다. 마침내 그가 클링의 질문과는 아무 관계도 없는 대답을 했다. "그 지니라는 계집애는, 댁도 알겠지만, 여기서 아무하고도 춤을 안 췄어요. 진짜 좀비야. 끝내주게 예쁘지만 얼음처럼 차가운 애죠. 영하 십 도쯤 되려나. 농담이 아니에요."

"그럼 여기 왜 왔지?"

"쉬운 질문을 해요. 그 애는 여기 왔을 때도 오래 머문 적이 없어요. 그냥 앉아서 구경만 할 뿐이었어요. 이 클럽에 오는 사내 녀석들 중에 그 애를 덮치고 싶어 하지 않는 놈이 없었어요. 하지만, 맙소사. 걔는 끔찍한 애였어요." 토미가 사이를 두었다. "그렇지 않냐, 허드?"

허드가 끄덕였다. "맞아요. 시체라도 그러지 않을 거예요. 걔는 고드름 같았어요. 진짜 유령이죠. 나중에는 어떤 남자애들도 걔한테 춤추자는 말조차 안 꺼냈어요. 우린 그냥 내버려 뒀죠."

"다른 세계에 있는 애였어요. 나는 한동안 그 애가 마약중독자가 아닌가 생각했죠. 정말로. 신문에 그런 사람들 얘기가 자주 나오잖아요." 그가 어깨를 으쓱했다. "근데 그건 아니었어요. 걔는 그냥 화성인일 뿐이었어요. 그거야, 그냥." 그는 실망스럽다는 듯이 머리를 흔들었다. "그렇게 예쁜 애가."

"끔찍한 애야." 허드가 머리를 흔들며 말했다.

"그 애 여자 친구 이름이 뭐지?" 클링이 다시 물었다.

토미와 허드 사이에 무언의 신호가 스쳤다. 클링은 그것을 놓치지 않았지만 때를 기다렸다.

"지니처럼 예쁜 애가," 토미가 말했다. "알겠지만 그렇게 예쁜 애가 말이에요. 아저씨, 그 애를 본 적 있죠? 처음부터 그렇지 않을까 생각했지만……."

"그 애 여자 친구 이름이 뭐냐고?" 이번에는 조금 더 큰 소리로 물었다.

"그녀는 그 애보다 나이가 많아요." 그렇게 말하는 토미의 목소리가 매우 낮았다.

"몇 살인데?"

"스무 살." 토미가 대답했다.

"나 같은 중년이군."

"그래요." 허드가 진지한 표정으로 동의했다.

"그 여자 나이가 무슨 상관이지?"

"그건……." 토미가 머뭇거렸다.

"젠장, 무슨 상관이 있느냐고?" 클링이 폭발했다.

"경험이 많아요." 토미가 말했다.

"그런데?"

"그냥 그렇다고요. 우린 어떤 문제도 원치 않아요. 여기는 깨끗한 클럽이에요. 아니, 정말로, 당신을 속이는 게 아니라고요. 그냥 그렇게 우리가 가끔 클레어와 놀아나……."

"클레어 뭐야?" 클링이 딱딱거렸다.

"클레어……." 토미가 말을 멈췄다.

"이봐." 클링이 엄하게 말했다. "허튼소리는 그만해, 알았어? 열일곱 살짜리 아이의 머리가 으깨졌어. 그리고 난 놀 기분이 아니야! 이제 그 여자의 이름이 뭔지 당장 말해!"

"클레어 타운센드." 토미가 입술을 축였다. "저기요, 혹시 엄마가 우리가 한 일을…… 저기, 알잖아요…… 클레어와 여기서 장난친 걸, 그러니까, 젠장. 저기, 여기서 그녀는 좀 빼 줄 수 없어요? 그녀한테 얻을 게 뭐가 있다고? 맙소사, 장난 좀 친 게 뭐 대수예요?"

"아니, 대수는 아니지." 클링이 말했다. "살인이 장난 같냐? 살인이 웃겨, 이 끔찍한 자식아?"

"아니, 그게 아니라······."

"그 여자 사는 데가 어디야?"

"클레어요?"

"그래."

"페터슨 가 쪽이오. 주소가 뭐지, 허드?"

"칠백이십팔 번지일걸."

"맞아, 그런 것 같아. 그런데, 저기, 경관님. 우리는 좀 빼 줘요. 그래 줄 거죠?"

"너희들 중에 몇 놈이나 빼 줘야 하지?" 클링이 건조한 말투로 물었다.

"저······ 나하고 허드면 돼요, 정말로요."

"밥시 트윈스로라 리 호프가 쓴 최장수 동화 시리즈로 쌍둥이가 주인공로군."

"네?"

"아무것도 아니야." 클링이 문을 향해 걷기 시작했다. "누나들은 건들지 말고. 가서 역기나 들어."

"우리는 빼 줄 거죠?" 토미가 소리쳤다.

"다시 올 수도 있어." 클링은 그렇게 말하며 레코드플레이어 옆에 서 있는 그들을 남겨 두고 나갔다.

10

 도시 전체가 그렇지만 특히 리버헤드에서는, 혈거인 같은 생활을 하던 사람들이 소위 중산층 아파트라고 부르는 집으로 우르르 몰려들었다. 이 건물들은 대개 노란 벽돌로 지어졌고, 생각 없는 시 교통 당국이 건물 뒤뜰로 통하는 고가구조물을 건설하여 뒤뜰이 죄다 들여다보이게 한 점만 빼면 아파트 전면의 빨랫줄에 걸린 빨래가 보이지 않도록 주의 깊게 지어져 거리를 점령했다.
 건물의 앞면에는 대개 다른 종류의 빨래가 걸린다. 그곳은 여자들이 모이는 곳이다. 그들은 등받이 의자나 등받이가 없는 의자에 앉아 뜨개질을 하거나 일광욕을 하고 수다를 떤다. 그들의 수다가 아파트 건물의 지저분한 빨랫감이다. 3분이면 이 부인네들에 의해 누군가의 평판이 떨어질 수도 있다. 어젯밤 마작 게임에 대한 즐거운 대화가 갑작스럽게 말싸움이 되기도 하며 마찬가지로 갑작스럽게 뜨개질 바구니 위에서 머리를 맞대고 '버진 아일랜드에서 산아 제한이 꼭 필요한가?' 같은 화제의 뒷공론이 열린다.

9월 18일 월요일 늦은 오후의 가을은 대담한 요부였다. 아파트 앞에서 자리를 뜨지 않는 여자들은 허기진 남편들이 저녁을 먹기 위해 곧 귀가할 것이라는 사실을 알면서도 꾸물거리며 쌀쌀한 날씨를 음미했다. 페터슨 가 728번지 앞에 키가 큰 금발 사내가 멈춰 서서 아치문 위의 주소를 확인하고 현관 입구 계단을 올랐을 때 뜨개질하던 여자들 사이에서는 추측이 난무했다. 짧은 추측이 끝나자 여자들 중 한 명이―버디라는 이름의 여자였다― 현관 입구로 몰래 가 보기로 결정했다. 만약 때가 맞았더라면 잘생긴 이방인이 계단을 올라가는 것을 따라잡았을지도 모른다.

버디는 매우 조심스럽게 행동했지만 남자에게 추파를 던질 좋은 기회를 놓쳤다. 그녀가 현관 입구 안쪽으로 살금살금 다가갔을 때 클링은 그녀의 시야에서 사라지고 없었다.

그는 동으로 된 이름표가 붙은 우편함이 죽 늘어서 있는 가운데에서 '타운센드'라는 이름을 확인하고 벨을 눌렀다. 그러고 나서 잠금장치가 해제되는 소리가 들릴 때까지 안쪽 문에 몸을 기댔다. 잠금장치가 풀리자 4층으로 올라가 47호를 찾았다. 그리고 또 벨을 눌렀다.

그는 기다렸다.

그는 다시 벨을 눌렀다.

문이 갑자기 열렸다. 그는 문가로 다가오는 발소리를 듣지 못했고 문이 갑작스럽게 열려서 놀랐다. 무심결에 그가 처음 본 것은 여자의 발이었다. 그녀는 맨발이었다.

"오자크_{미주리, 아칸소, 오클라호마에 걸쳐 있는 산지}에서 자랐어요." 그의 눈길을 좇으며 그녀가 말했다. "우린 진공청소기가 있어요. 카펫 청소기, 구이용 그릴, 백과사전 전집도 있고 잡지는 거의 다 구독해요. 댁이 뭘 팔든 우리는 다 갖고 있을 거예요. 그리고 댁이 대학 학비 마련 때문에 이 일을 하는 것이든 뭐든 관심 없어요."

클링이 미소를 지었다. "자동 사과 씨 제거기를 갖고 왔습니다."

"우린 사과 안 먹어요."

"이 기계는 사과의 씨를 뽑은 다음 으깨서 섬유질로 만듭니다. 그 섬유질로 매트를 짜는 방법을 상세하게 알려주는 팸플릿도 들어 있습니다."

여자가 뭔가를 헤아리듯 눈썹을 추켜올렸다.

"칼라는 여섯 가지입니다." 클링이 계속했다. "구운 빵 색, 붉은 빛이 도는 복숭아 색, 딸기 타르트 색……."

"진짜 판매원 맞아요?" 이제 혼란스러워진 여자가 물었다.

"푸른 잉크 색," 클링은 계속했다. "칙칙한 녹색, 그리고 깜깜한 새벽 색." 잠시 사이를 두었다. "어떤 색에 관심이 있으신가요?"

"꺼져요." 다소 놀란 그녀가 말했다.

"버트 클링이라고 합니다." 그가 진지한 태도로 말했다. "경찰입니다."

"이젠 텔레비전 쇼 오프닝처럼 들리네요."

"들어가도 될까요?"

"내가 뭘 잘못했나요? 소화전 앞에 차라도 세워 뒀나요?"

"아닙니다."

그녀가 정신이 든 듯 물었다. "배지를 보여 주시겠어요?"

클링은 배지를 보였다.

"당신 역시 가스 회사에서 나온 사람한테도 신분증을 요구하겠죠." 여자가 말했다. "누구나 신분증은 들고 다니잖아요."

"네, 압니다."

"그럼 들어와요." 그녀가 말했다. "클레어 타운센드예요."

"압니다."

"어떻게 알죠?"

"템포 클럽의 친구들이 여기로 보냈습니다."

클레어는 차분하게 클링을 응시했다. 그녀는 키가 컸다. 맨발인데도 클링의 어깨까지 닿았다. 힐을 신으면 평균 미국 여자들의 키를 훌쩍 뛰어넘을 것이다. 머리는 검은색이었다. 갈색도 붉은색도 섞이지 않은 검은색, 칠흑 같은 검은색이다. 진갈색 눈 위에 검은 눈썹이 아치를 그리고 있었다. 오똑한 코와 광대뼈가 나온 얼굴에는 화장기가 없었고, 시원한 입술에는 립스틱도 바르지 않았다. 흰 블라우스에 발목 위까지 내려오는 토레아도르팬츠 차림이었다. 발톱에는 선홍색 페디큐어가 칠해져 있었다.

그녀는 그를 계속 응시하다가 마침내 입을 열었다. "왜 걔네들이 당신을 여기로 보냈죠?"

"당신이 지니 페이지와 알고 지냈다고 하더군요."

"오." 그녀는 당황해하는 것처럼 보였다. 잘못된 첫인상을 지우려는 듯 머리를 살짝 젓고 말했다. "들어오세요."

클링은 그녀의 뒤를 쫓아 아파트 안으로 들어갔다. 중산 계급 취향의 좋은 가구로 꾸며져 있었다.

"앉으세요."

"고맙습니다." 그는 낮은 안락의자에 앉았다. 편하지는 않았지만 그럭저럭 앉았다. 클레어는 커피 테이블로 가서 담배 케이스의 뚜껑을 열고 담배 한 개비를 꺼내며 물었다. "담배?"

"아니요, 괜찮습니다."

"클링이라고 하셨죠?"

"네."

"형사예요?"

"아니요, 순경입니다."

"오." 클레어는 담배에 불을 붙이고 성냥을 흔들어 끈 다음 클링을 관찰했다. "지니와는 어떤 관계죠?"

"같은 질문을 하러 왔습니다."

클레어가 활짝 웃었다. "내가 먼저 물었어요."

"그녀의 언니를 압니다. 부탁을 받았습니다."

"그렇군요." 클레어는 이해했다는 듯이 고개를 끄덕이고 담배를 한 모금 빤 뒤 팔짱을 끼며 말했다. "그럼, 질문하세요. 경찰이라면

서요."

"왜 앉지 않습니까?"

"하루 종일 앉아 있었어요."

"일을 하나요?"

"대학에 다녀요. 사회복지사가 될 생각이에요."

"왜요?"

"되면 안 되나요?"

클링이 미소를 지었다. "이번엔 내가 먼저 물었습니다."

"경찰에게 귀찮은 일이 되기 전에 내가 사람들을 돕고 싶어요."

"합리적으로 들리는군요." 클링이 말했다. "왜 템포 클럽에 가입했죠?"

그녀의 눈이 갑자기 경계의 빛을 띠며 커졌다. 눈동자 위에 갑자기 막이 씌워진 것처럼 보였다. 그녀는 고개를 돌려 담배 연기를 내뿜었다. "가입하면 안 될 이유라도 있나요?"

"우리 대화는 '왜'와 '왜 안 돼'의 판에 박힌 패턴으로 흘러가는 것 같군요."

"'왜'와 '왜냐하면'이라는 판에 박힌 패턴보다는 훨씬 낫다고 생각하지 않나요?" 이제 그녀의 목소리에는 날이 서 있었다. 그는 조금 전 친밀했던 그녀의 태도가 무엇 때문에 갑작스럽게 바뀌었는지 의아했다. 그는 잠시 그녀의 반응을 따져 보았다. 그리고 계속 밀어붙이기로 했다.

"그 친구들은 당신이 상대하기에 조금 어리지 않나요?"

"지나친 참견 아닌가요?"

"네." 클링이 말했다. "맞습니다."

"개인적인 이야기를 나눌 만큼 가까운 사이는 아니잖아요." 클레어가 냉담하게 말했다.

"허드는 채 열아홉도 안 된 것처럼 보이……."

"이봐요……."

"그럼 토미는 어떻습니까? 열아홉? 둘 다 뇌가 없어 보이던데. 왜 템포에 가입했죠?"

클레어는 담배를 짓눌러 껐다. "그만 가 주세요, 클링 씨."

"이제 막 왔습니다." 그가 대답했다.

그녀는 마음을 바꿨다. "이야기를 분명히 해야겠군요. 내가 범죄 용의자가 아닌 한 내 개인적인 일에 대해서 당신의 질문에 대답할 의무는 없는 걸로 알고 있어요. 더 엄밀히 말해서 공적인 자격으로 온 게 아니라면 순찰 경관이 묻는 질문에는 어떠한 대답도 할 필요 없어요. 당신은 명령을 받고 온 것 같지도 않고요. 나는 지니 페이지를 좋아했어요. 그리고 기꺼이 협조할 생각이에요. 하지만 유치하게 굴 생각이라면 여기는 아직 내 집이고, 내 집은 나한테 성역이에요. 그리고 그렇게 굴었다간 당신은 쫓겨날 거예요."

"오케이." 그가 어색하게 대답했다. "미안합니다, 타운센드 양."

"오케이." 그녀가 말했다. 침묵이 흘렀다. 클레어는 클링을 보았다. 클링이 그녀를 마주 보았다.

"미안해요." 클레어가 마침내 말했다. "원래는 그렇게 민감하지 않아요."

"아니, 당신 잘못은 전혀 없습니다. 개인적인 일에 내가 상관할 바가 전혀……."

"그래도 그러지 말았어야……."

"아니, 정말로 그건……."

클레어가 웃음을 터뜨리자 클링도 따라 웃었다. 그녀는 자리에 앉아 여전히 빙그레 웃으며 말했다. "술 한잔하시겠어요, 클링 씨?"

클링이 시계를 보았다. "아니, 괜찮습니다."

"너무 이른가요?"

"그냥……."

"코냑은 이를 게 없어요."

"코냑은 마셔 본 적이 없습니다." 그가 솔직하게 말했다.

"없다고요?" 그녀의 눈썹이 위로 올라갔다.

"아, 무슈, 당신은 삶의 가장 큰 사치를 놓치고 있군요. 한 잔만 어때요. 위? 농?"

"한 잔만."

그녀는 녹색 가죽을 씌운 문이 달린 바로 가서 찬장을 열고 따뜻한 느낌이 드는 호박색 술이 든 병을 꺼냈다.

"코냑." 그녀가 거창하게 말했다. "브랜디의 왕. 하이볼, 칵테일, 펀치로 만들어서 마셔도 되고 커피, 차, 핫초콜릿, 우유에 넣어서 마셔도 돼요."

"우유에?" 그가 놀랐다는 듯이 물었다.

"우유에 넣어도 되고말고요. 하지만 코냑의 참맛은 아무것도 섞지 않고 그냥 홀짝이는 거예요."

"전문가 같군요."

다시금, 아주 갑자기, 그녀의 눈동자에 어두운 막이 덮였다. "누가 마시는 법을 가르쳐 줬어요." 그녀는 별다른 억양 없이 말하더니 튤립 모양의 중간 크기 글라스 두 개에 적당히 술을 따랐다. 그녀가 다시 클링과 얼굴을 마주했을 때 그녀의 눈에서 그 막은 사라지고 없었다.

"글라스에 반만 채우는 게 포인트예요. 그래야 잔을 흔들 때 흘리지 않아요." 그녀가 클링에게 잔을 건넸다. "잔을 흔드는 건 코냑이 공기와 섞이게 하는 거예요. 그러면 코냑의 풍미가 살아나요. 손 안에서 잔을 굴려 봐요, 클링 씨. 코냑이 더워지면 향도 진해져요."

"이 술은 냄새를 맡는 겁니까, 마시는 겁니까?" 클링이 큼직한 손 안에서 잔을 굴렸다.

"둘 다예요." 클레어가 말했다. "그게 맛있게 마시는 방법이에요. 자, 맛을 봐요."

클링이 한 모금을 꿀꺽 삼키자 클레어가 황급히 한 손을 뻗어 말리는 시늉을 하며 "그만!"이라고 말했다. "세상에, 삼키면 어떡해요! 방금 당신은 외설죄를 범한 거나 마찬가지예요. 음미해야죠. 혀 위에서 코냑을 굴려 봐요."

"미안합니다." 클링이 사과했다. 그는 홀짝이며 혀 위에서 코냑을 굴렸다. "좋군요."

"정력적이고," 그녀가 말했다.

"부드럽군요." 그가 덧붙였다.

"무슨 광고 같은데요."

그들은 조용히 앉아서 브랜디를 홀짝였다. 그는 아주 아늑하고 따뜻하며 편안한 기분을 느꼈다. 클레어 타운센드는 바라보거나 대화를 나누면 기분이 좋아지는 사람이었다. 아파트 밖에서는 어둑어둑한 가을의 땅거미가 하늘을 씻어 내고 있었다.

"지니 말입니다." 클링은 죽음에 대한 이야기를 나누고 싶지 않았다.

"네."

"그녀를 잘 알았나요?"

"누구 못지않게 잘 알았다고 생각해요. 친구가 많은 것 같진 않았어요."

"왜 그렇게 생각하죠?"

"그녀를 보면 당신도 알 거예요. 영혼이 없는 얼굴이었어요. 아름답지만 영혼이 없는. 세상에, 나는 죽었다 깨어나도 그런 얼굴은 못 가질 거예요."

"당신도 나쁘지 않아요." 클링이 웃으며 말했다. 그리고 브랜디를 한 모금 홀짝였다.

"그게 코냑의 마법이죠." 클레어가 충고했다. "백주 대낮에 보면 나는 야수예요."

"분명히 그럴 것 같군요. 처음에 어떻게 만났죠?"

"템포에서요. 어느 날 밤 거기에 왔어요. 나는 그녀의 남자 친구가 그리로 보냈다고 생각했어요. 어쨌든 그녀는 클럽의 이름과 주소가 적힌 조그만 흰색 카드를 갖고 있더군요. 나한테 그걸 보여 줬는데 무슨 입장권처럼 보였죠. 그리고 내내 구석에 앉아 있었어요. 춤 신청도 거절하고. 그녀는 마치…… 설명하기가 어렵군요. 그녀는 거기 있었어요. 하지만 그녀는 거기 없었어요. 그런 사람 본 적 있어요?"

"네."

"가끔은 나도 그래요." 클레어가 인정했다. "아마 그래서 그녀에게 신경이 쓰였는지도 몰라요. 어쨌든, 나는 다가가서 내 소개를 하고 말을 걸었죠. 우리는 꽤 잘 맞았어요. 밤이 끝날 무렵 전화번호를 교환했어요."

"그녀가 전화를 하던가요?"

"아니요. 클럽에서만 봤을 뿐이에요."

"그게 언제쯤이죠?"

"오, 벌써 오래됐어요."

"얼마나 오래?"

"어디 보자." 클레어가 코냑을 홀짝이며 생각했다. "어머, 거의 일 년쯤 된 거 같아요." 그녀가 끄덕였다. "그래요, 그 정도."

"알겠습니다. 계속하세요."

"글쎄요, 그녀의 문제가 뭔지 알기는 어렵지 않았어요. 그 아이는 사랑에 빠졌던 거예요."

클링이 몸을 앞으로 내밀었다. "어떻게 알죠?"

클레어의 눈이 그의 얼굴에 못 박혔다. "나도 사랑에 빠진 적이 있으니까요." 그녀가 지친 듯이 말했다.

"그녀의 남자 친구는 누구였습니까?"

"몰라요."

"그녀가 당신에게 말하지 않았나요?"

"네."

"남자 친구의 이름을 한 번도 언급하지 않았다고요?"

"네."

"이런."

"클링 씨. 지니는 이제 막 날개가 돋은 아기 새였어요. 날개를 시험해 보려고 둥지를 떠난 아기 새요."

"그렇군요."

"첫사랑인 거예요, 클링 씨. 눈을 반짝거리고, 얼굴에도 그게 나타나 있었어요. 지니는 첫사랑과 꿈속에 살고 있었고 그 밖의 것은 희미한 그림자로밖에 보이지 않았던 게 아닐까 싶어요." 클레어가 머리를 저었다. "맙소사, 나는 그런 애들을 많이 봐 왔어요. 하지만 지니는……." 그녀는 말을 멈추고 다시 머리를 저었다. "그녀는 아무것도 몰랐던 거예요. 알겠어요? 몸만 어른이었지……. 음, 그녀를 본 적 있나요?"

"네."

"그럼 당신도 알겠군요. 겉으로 보기에 그녀는 정말 멋진 여자였어요. 하지만 그 내면은 어린 소녀일 뿐이었죠."

"왜 그렇게 생각했죠?" 클링이 부검 결과를 생각하며 물었다.

"모든 게 말해 주고 있어요. 옷 입는 스타일, 말하는 스타일, 질문하는 방식, 심지어 그녀의 필적까지도요. 어린 소녀의 방식이죠. 확실해요, 클링 씨. 난 결코……"

"그녀의 필적이라고요?"

"네, 네. 여기도 있어요. 아직 갖고 있을 거예요." 그녀가 방을 가로질러 의자에 놓여 있던 지갑을 갖고 왔다. "난 세상에서 가장 게으른 여자일 거예요. 주소록에다 주소를 옮겨 적은 적이 없어요. 받은 쪽지를 주소록에 끼워만 두죠." 그녀는 검은색의 작은 주소록을 훑었다. "아, 여기 있네요." 그녀는 그렇게 말하며 클링에게 흰색 카드를 건넸다. "우리가 만났던 밤에 그녀가 나에게 써 준 거예요. 지니 페이지라는 이름과 주소. 자, 이게 그녀의 글씨체예요."

클링은 그 카드를 보고 어리둥절했다. "템포 클럽이라고 적혀 있군요." 그가 말했다. "클라우저 가 천팔백십이 번지."

"뭐라고요?" 그녀가 눈살을 찌푸렸다. "오, 맞아요. 그 카드가 그날 밤 그녀가 가지고 온 카드예요. 그 카드 뒷장에 전화번호를 적어 줬어요. 뒤집어 봐요."

클링은 뒤집었다.

"아이 같은 글씨체군. 이게 일 년 전 지니 페이지의 필적이군요."

클링은 그 카드를 다시 뒤집었다. "나는 이쪽 면에 더 관심이 갑니다. 당신은 그녀의 남자 친구가 이걸 쓴 것 같다고 말했죠. 왜 그렇게 생각하죠?"

"모르겠어요. 그녀를 보낸 사람이 남자 친구일 거라고 추측했을 뿐이에요. 그냥요. 그건 남자 글씨체잖아요."

"그렇군요." 클링이 말했다. "내가 가져가도 괜찮을까요?"

클레어가 끄덕였다. "필요하시다면요." 그녀가 잠시 말을 끊었다. "앞으로 지니의 전화번호가 필요할 일은 없겠죠."

"네." 클링은 그렇게 말하며 자신의 지갑에 그 카드를 넣었다. "그녀가 당신에게 질문을 했다고 했죠. 어떤 질문이었습니까?"

"음, 한 가지는, 키스는 어떻게 하는지였어요."

"뭐라고요?"

"그래요. 그녀는 나에게 입술을 어떻게 해야 하는지 물었어요. 입을 벌려야 하는지, 혀를 어떻게 해야 하는지. 연푸른색 눈을 크게 뜨고 나를 바라보면서 이 모든 것들을 물었어요. 믿을 수가 없었죠. 그래요. 하지만 기억이 나요. 그녀는 어린 새였고, 자신이 얼마나 강한 날개를 갖고 있는지 몰랐어요."

"그녀는 알게 됐습니다."

"네?"

"죽었을 때 지니 페이지는 임신한 상태였습니다."

"설마!" 클레어는 브랜디 잔을 내려놓으며 말했다. "설마요, 농담 하는 거죠!"

"아니, 진지하게 하는 말입니다."

잠시 침묵에 빠져 있던 클레어가 입을 열었다. "첫 경험으로 애를 가진 거예요. 젠장! 빌어먹을!"

"그런데 그녀의 남자 친구가 누구였는지 몰랐다고요?"

"네."

"그녀가 그를 계속 만났을까요? 당신은 일 년 전 이야기라고 했잖아요. 그러니까 내 말은……,"

"당신이 무슨 말을 하려고 하는지 알아요. 그래요, 같은 남자예요. 그녀는 그 남자를 정기적으로 만나고 있었어요. 실은, 그녀는 그 때문에 클럽에 왔던 거예요."

"그 남자가 클럽에 왔었군요!" 클링이 의자에서 등을 세우며 말했다.

"아니, 그런 게 아니고요." 클레어가 조바심을 내며 머리를 내저었다. "그녀의 언니와 형부는 그녀가 그 남자를 만나는 걸 반대했다고 생각해요. 그래서 그녀는 템포에 간다고 그들에게 말한 거죠. 그녀는 누군가가 확인할 경우를 대비해서 잠시 템포에 있다가 나간 거예요."

"잠깐만요." 클링이 말했다. "그러니까 그녀는 클럽에 왔다가 그를 만나기 위해서 나갔다는 건가요. 맞습니까?"

"네."

"그게 일반적인 절차였나요? 그녀가 클럽에 왔을 때 늘 하는?"

"거의 매번요. 가끔은 클럽이 파할 때까지 머물기도 했어요."

"그 남자를 동네에서 만났을까요?"

"아닐 거예요. 나는 그녀와 엘 기차역까지 걸은 적이 있어요."

"대개 몇 시에 클럽을 나섰습니까?"

"열 시에서 열 시 반 사이에요."

"그리고 엘 기차역으로 걸어갔다는 말이죠? 당신은 그녀가 거기서 기차를 타고 남자를 만나러 갔을 거라고 추측하는 거고요."

"그 남자를 만나러 간다는 건 확실해요. 함께 걸은 날 밤 그녀가 그를 만나러 시내로 간다고 했어요."

"시내 어디?"

"그건 말하지 않았어요."

"그 친구는 어떻게 생겼다던가요?"

"그런 말은 하지 않았어요."

"그 남자에 대해서 말한 적이 없다고요?"

"세계에서 가장 멋진 남자라는 말만 했어요. 이봐요, 자신의 애인에 대해서 누가 그렇게 미주알고주알 얘기하겠어요? 그런 사람이라면 셰익스피어 정도겠죠. 그래요."

"셰익스피어와 열일곱 살짜리 소녀." 클링이 말했다. "열일곱 살짜리 소녀는 온 세상에 대고 사랑을 외치죠."

"그래요." 클레어가 부드럽게 대꾸했다. "맞아요."

"하지만 지니 페이지는 그러지 않았습니다. 젠장, 왜 그러지 않았을까요?"

"모르죠." 클레어 타운센드는 잠시 생각에 빠졌다. "그녀를 살해한 그 강도가……."

"음?"

"경찰은 그녀가 만났던 남자가 그 강도라고 생각하지는 않죠?"

"지니에게 남자 친구가 있었다는 얘기를 들은 경찰 관계자는 내가 처음일 겁니다."

"오, 그러니까, 그는…… 그 남자는 강도 같지는 않았어요. 그 남자는 신사 같았어요. 그러니까 지니가 그 남자에 대해서 얘기했을 때 그 남자는 신사처럼 들렸어요."

"하지만 그 남자의 이름은 언급한 적이 없고요?"

"유감이지만 그래요."

클링이 자리에서 일어났다. "가 봐야겠군요. 이 냄새는 저녁 식사 냄새 아닌가요?"

"아버지가 곧 오실 거예요. 엄마는 돌아가셨고요. 학교에서 돌아오면 얼른 음식 준비를 해야 돼요."

"매일 저녁?" 클링이 물었다.

"미안하지만 뭐라고요?"

그는 밀어붙여야 할지 말아야 할지 고민했다. 그녀는 방금 자신이 한 말을 알아듣지 못했고 그 말을 어깻짓 한 번에 없었던 일로 할 수도 있었다. 하지만 그는 그러지 않기로 했다.

"매일 저녁 그래야 돼요?"

"매일 저녁 뭘요?"

그녀는 그가 좀처럼 말을 꺼낼 수 없게 했다. "매일 저녁 식사 준비를 합니까? 아니면 가끔은 저녁 준비를 하지 않아도 됩니까?"

"오, 물론 매일은 아니에요."

"가끔은 밖에서 저녁을 먹는 것도 좋아하겠죠?"

"당신과요? 당신이 하고 싶은 말이?"

"아, 네. 그래요. 그게 제가 하고 싶은 말이었습니다."

클레어 타운센드는 오랫동안 그를 바라보더니 마침내 입을 뗐다. "아니, 안 되겠어요. 미안해요. 어쨌든 고마워요. 그럴 수 없어요."

"저…… 어…….." 갑자기 자신이 멍청이가 된 것 같았다. "나는…… 어…… 그럼 가야겠군요. 코냑 고마웠습니다. 아주 잘 마셨어요."

"네." 그녀가 대답했다. 그는 조금 전에 그녀가 거기에 있었지만 거기에 없었다는 사람에 대해 말한 것을 기억했다. 그리고 그는 그녀가 말한 의미를 확실히 깨달았다. 그녀는 지금 여기에 없었기 때문이었다. 그녀는 어딘가 멀리 떨어진 존재였고, 그는 그곳이 어딘지 알고 싶었다. 갑자기 간절할 만큼 그녀가 어디에 있는지 알고 싶었다. 이상할 만큼 그녀와 그 어딘가에 함께 있고 싶었다.

"안녕." 그가 말했다.

그녀는 미소로 답하고 그의 등 뒤에서 문을 닫았다.

공중전화에 넣은 10센트가 피터 벨을 불러냈다.

벨의 목소리는 잠에 취해 있었다. "내가 깨웠나?" 클링이 물었다.

"그래, 깨웠어. 하지만 괜찮아. 무슨 일이야, 버트?"

"음, 거기 몰리 있어?"

"몰리? 아니. 뭐 좀 가지러 갔어. 무슨 일이지?"

"그녀가…… 음, 나한테 사소한 부탁을 좀 했어."

"오? 그 사람이 그랬어?"

"그래. 오늘 오후에 템포 클럽에 갔었어. 그리고 클레어 타운센드라는 여자와 이야기도 좀 나눴고. 멋진 여자더군."

"뭣 좀 알아냈어, 버트?"

"지니는 정기적으로 어떤 사내를 만나고 있었어."

"누구?"

"음, 알아낸 건 그것뿐이야. 미스 타운센드도 모르더라고. 그 애가 너나 몰리한테 누군가의 이름을 말한 적 없어?"

"아니. 내 기억으로는 없어."

"유감이군. 내가 계속 수사해 볼 만한 단서를 줬을지도 모르는데. 퍼스트네임만이라도 안다면 그걸 갖고 조사해 볼 텐데."

"모르겠어." 벨이 말했다. "유감이지만……." 그는 침묵했다. 전화선을 통해 고통스러운 침묵이 흘렀다. 그러고 나서 그가 말했다. "오, 맙소사."

"왜?"

"그 애가 그랬어. 그 애가 누군가를 말한 적이 있어. 맙소사!"

"누군데? 언제 그런 말을 했지?"

"그 애의 기분이 좋을 때 얘기를 나눈 적이 있어. 그때 나한테 말했어……. 버트, 그 애가 자주 만나던 놈의 이름을."

"이름이 뭔데?"

"클리퍼드! 이런 젠장, 버트! 그놈 이름은 클리퍼드야!"

11

유력한 살인강도 용의자를 가장 먼저 연행해 온 사람은 로저 하빌랜드였다.

용의자는 시내에 자리 잡은 지 2년이 좀 넘은 푸에르토리코 청년으로 식스토 팡게스라는 사내였다. 식스토는 스무 살이었고, 최근까지 '토네이도'라는 이름으로 알려진 거리 갱단의 멤버였다. 그는 안젤리타라는 여자와 결혼하면서 갱단에서 발을 뺐다. 안젤리타는 임신 중이었다.

식스토는 창녀를 폭행하고 32달러를 훔친 혐의를 받고 있었다. 폭행을 당한 여자는 관할구역에서 가장 유명한 창녀 중 한 명으로 푸른 제복의 남자들과도 많은 잠자리를 가졌다. 이 경찰들 중 누군가가 그녀와 공짜로 잠을 잔 것에 대한 대가를 지불했다.

일반적인 경우라면 식스토 팡게스가 한 짓을 그녀가 확실히 증언했다고 하더라도 하빌랜드는 큰돈이 아닌 이상 기꺼이 눈감아 줬을 것이다. 적절한 사과와 함께 적절한 배상이 이루어진다면 대부분의 경찰은 폭행 혐의에 대해서는 대충 넘어가곤 했다.

아침 신문에 지니 페이지의 장례식—면밀한 부검 때문에 지연이 되었지만—이 대대적으로 보도된 가운데 식스토가 분서 2층의 형사실로 연행되어 왔다. 신문은 또한 횡행하는 강도 행각에 대해 어떤 조치가 취해져야 한다며 경찰에 압박을 가하고 있었다. 그래서 하빌랜드가 취한 극단적인 열정이 용인되었는지도 몰랐다.

그는 어깨 너머로 "따라와!" 하고 고함친 뒤 당황하고 겁에 질린 식스토를 취조실이라고 품위 있게 명명된 방으로 데려갔다. 방으로 들어간 뒤 하빌랜드는 문을 걸어 잠그고 태연하게 담배에 불을 붙였다. 식스토는 그를 바라보았다. '아무도 나를 엿 먹일 수 없어.'라는 그의 말에 걸맞게 하빌랜드는 매우 덩치가 큰 사람이었다. 그는 전에 길거리 싸움을 말리다가 결국 팔뼈가 네 군데나 부러진 적이 있었다. 회복 중 뼈가 붙기도 전에 다시 부러졌던 것을 생각하면 회복 과정은 참아 내기 고통스러운 시간이었다. 하빌랜드는 회복 기간 동안 많은 생각을 했다. 그는 그 시간의 대부분을 좋은 경찰이 된다는 것에 대해 생각했다. 그는 또한 살아남는 것에 대해서도 생각했다. 그는 자신만의 철학을 갖게 되었다.

식스토는 하빌랜드의 신조가 어떻게 형성되었는지 전혀 알 수 없었다. 그는 단지 하빌랜드가 바리오_스페인계 주민 거주 구역_에서 증오의 대상이자 가장 무서운 경찰이라는 사실만 알 뿐이었다. 그는 하빌랜드의 얇은 윗입술 위에 맺힌 땀방울을 주목했고 그의 손에서 눈을 떼지 않았다.

"너는 좀 곤란에 빠진 것 같은데, 안 그래, 식스토?"

식스토는 고개를 끄덕이며 눈을 깜빡이고 입술을 적셨다.

"자, 왜 카르멘을 두들겨 팼지, 어?" 하빌랜드가 그렇게 말하며 취조 테이블에 몸을 기울이며 느긋하게 담배 연기를 내뿜었다. 비쩍 마른 식스토의 앙상한 손이 거친 트위드 바지를 문질렀다. 그가 털었다는 카르멘은 창녀였다. 그는 그녀가 몇몇 형사들과 친하게 지낸다는 사실은 알았지만 하빌랜드와는 어떤 관계인지 몰랐다. 그는 상황을 계산하며 침묵을 지켰다.

"어때?" 하빌랜드가 상냥하게 물었다. 그의 목소리는 전에 없이 부드러웠다. "자, 왜 카르멘처럼 예쁘고 귀여운 여자를 두들겼지?"

식스토는 여전히 침묵을 지켰다.

"젊은 여자를 찾아다니나, 그래, 식스토?"

"난 결혼했어요." 식스토가 딱딱하게 대답했다.

"늘씬한 여자를 찾고 있나, 응, 식스토?"

"아니요, 난 결혼했어요. 난 사창가에 가지 않아요."

"그럼 카르멘하고 뭘 했지?"

"그녀는 나한테 빚이 있어요." 식스토가 말했다. "난 그걸 받으러 간 거예요."

"네놈이 그녀에게 돈을 빌려 줬다고. 그래, 식스토?"

"시^{씨}그래요."

"얼마나?"

"사십 달러쯤이오."

"그래서 너는 그녀를 찾아가서 그 돈을 돌려받으려 했다, 맞아?"

"시. 그거 내 돈이에요. 석 달인가 넉 달인가 전에 빌려 줬어요."

"그녀는 왜 돈이 필요했지, 식스토?"

"젠장, 그년은 마약중독이에요. 몰랐어요?"

"대충 들었지." 하빌랜드가 상냥하게 웃으며 말했다. "그래서 그녀는 마약이 필요했고 너한테 쩐을 빌리러 왔다, 맞나, 식스토?"

"그년이 찾아온 게 아니에요. 바에 앉아 있는데 그년이 돈이 없다길래 사십 달러를 줬어요. 그게 다예요. 그래서 그걸 받으러 간 거예요. 그런데 날 힘들게 하잖아요."

"어떻게 힘들게 했는데?"

"장사가 안 된댔어요. 시내에서 오는 손님을 못 잡았다고요. 그래서 네 장사에는 관심 없다고 말해 줬어요. 나는 사십 달러만 받으면 돼요. 난 결혼했어요. 아기도 곧 태어날 거예요. 창녀에게 돈이나 빌려 주고 노닥거릴 때가 아니에요."

"일을 하나, 식스토?"

"시. 시내 레스토랑에서 일해요."

"왜 지금 당장 사십 달러가 필요하지?"

"말했잖아요. 마누라가 임신했다고요. 병원비를 내야 해요."

"카르멘은 왜 때렸어?"

"그년한테 창녀하고 노닥거리면서 우두커니 기다릴 수 없다고 했어요. 내 돈 내놓으라고요. 그랬는데 그년이 다가오더니 네 마누라도 창녀라고 하잖아요. 씨팔, 형사님. 내 마누라보고 창녀라니. 감히 안젤리타에게! 그녀는 성모마리아만큼이나 깨끗하다고요! 그래서 그년의 주둥아리를 쥐어박았어요. 그렇게 된 거예요."

"그리고 나서 그녀의 지갑에 손을 댔다, 응, 식스토?"

"내 사십 달러만 꺼내려고 했어요."

"그런데 삼십이 달러밖에 없었군. 맞나?"

"시. 아직도 나한테 팔 달러 빚진 거예요."

하빌랜드는 동정한다는 듯이 고개를 끄덕이더니 테이블 위에 놓인 재떨이를 끌어당겨 꽁초를 비벼 껐다. 그리고 천사 같은 얼굴에 미소를 띠고 식스토를 바라보았다. 그가 숨을 깊게 들이마시자 육중한 어깨가 들썩였다.

"자, 이제 진짜 이야기를 해야지, 식스토?" 하빌랜드가 부드럽게 말했다.

"그게 진짜 이야기예요. 진짜 그런 거라고요."

"네놈이 강도질한 다른 여자들 얘기도 해 볼까?"

식스토는 로저 하빌랜드를 눈도 깜박이지 않고 바라보았다. 한순간 그는 말문이 막힌 것 같았다. 가까스로 입을 떼며 말했다. "뭐라고요?"

"도시에 널린 여자들이 많지? 어때, 식스토?"

"뭐라고요?" 식스토는 같은 말을 반복했다.

11 노상강도 161

하빌랜드는 우아하게 테이블을 떠나 움직였다. 그는 세 걸음 만에 식스토가 서 있는 곳까지 다가왔다. 여전히 미소를 지으면서 그는 식스토의 입에 주먹을 날렸다.

불시의 타격에 식스토는 완전히 제압당했다. 그는 눈을 크게 뜬 채 뒷걸음질하고 있는 자신을 인식했다. 다음 순간 등이 벽과 맞닿았고 자신도 모르게 손등으로 입가를 훔쳤다. 붉은 피가 손가락에 얼룩졌다. 눈을 깜빡이고 하빌랜드를 쳐다보았다.

"왜 때려요?"

"다른 여자들에 대해서도 말해 보라니까, 식스토?" 하빌랜드가 그에게 다시 다가가며 말했다.

"무슨 다른 여자요? 맙소사, 미쳤어요? 나는 내 돈을 돌려받으려고 창녀를 때린 것뿐이······."

하빌랜드는 그를 손등으로 후려갈겼다. 이어서 손바닥으로 식스토의 반대 뺨을 갈겼다. 식스토의 머리가 강풍 속의 갈대처럼 휘둘릴 때까지 좌우로 연거푸 후려쳤다. 그가 손으로 얼굴을 막으려 하자 하빌랜드는 그의 배에 주먹을 날렸다. 식스토는 고통으로 몸을 구부렸다.

"오, 성모마리아님." 그가 말했다. "왜 나를······."

"닥쳐!" 로저 하빌랜드가 윽박질렀다. "강도질한 걸 털어놔. 이 스페인 잡종아! 네가 지난주에 죽인 열일곱 살짜리 금발 머리에 대해서 불어!"

"내가 죽이지 않았······."

하빌랜드는 다시 그를 쳤다. 거대한 주먹이 식스토의 눈 밑에 꽂혔다. 그가 바닥으로 쓰러지자 하빌랜드가 구두코로 걷어찼다.

"일어나."

"내가 죽인 게……."

하빌랜드가 다시 걷어찼다. 사내는 이제 흐느끼고 있었다. 그가 일어나자 하빌랜드는 배에 주먹을 한 방 먹이고 다시 얼굴을 갈겼다. 식스토는 벽으로 내동댕이쳐지며 미친 듯이 흐느꼈다.

"그 애를 왜 죽였어?"

식스토는 대답할 수 없었다. 그는 흐느끼면서 끝도 없이 반복해서 머리를 흔들었다. 하빌랜드는 그의 재킷 앞섶을 움켜쥐고 사내의 머리를 벽에 찧기 시작했다.

"왜 그랬어, 이 더러운 스페인 잡종아? 왜? 왜? 왜?"

하지만 식스토는 머리를 흔들 뿐이었고, 잠시 후 그의 머리가 한쪽으로 기울었다. 그는 의식을 잃었다.

하빌랜드는 잠시 그를 지켜보더니 한숨을 쉬고 구석에 있는 세면대로 가서 손에 묻은 피를 씻었다. 그는 담배에 불을 붙이고 테이블로 가 자리에 앉은 뒤 생각했다. 유감이지만 식스토는 그들이 찾고 있는 놈이 아니었다. 물론 카르멘 폭행 건은 여전히 유효했지만 그를 살인 건으로 옭아맬 수는 없었다. 우라지게 유감이었다.

잠시 후에 하빌랜드는 잠근 문을 열고 옆방 서무과로 갔다. 미스 콜로가 타이프를 치고 있다가 그를 올려다보았다.

"옆방에 스페인놈이 있어." 하빌랜드가 담배를 피우며 말했다.

"그래?"

하빌랜드가 끄덕였다. "응. 다쳐서 쓰러져 있어. 의사를 부르는 게 좋을 것 같은데. 안 그래?"

도시의 다른 곳에서는 보다 정통적인 취조 방식이 마이어와 템플 형사에 의해 행해지고 있었다.

마이어는 반장의 명령에 따라 성범죄 전력이 있는 사내를 얼굴이 파래질 만큼 격분하며 심문하다가 이쪽으로 보내진 것에 대해 감사했다. 특별히 심문이 싫은 것은 아니었다. 단지 성범죄자를 싫어할 뿐이었다.

죽은 지니 페이지 옆에서 발견된 선글라스에는 코에 거는 부분에 'C'라는 마크가 작은 동그라미 안에 들어 있었다. 경찰은 몇몇 안경 업자들을 찾던 중 캔드럴 주식회사로 알려진 안경 회사에서 회사 트레이드마크로 ⓒ를 사용한다는 것을 알아냈다. 번스는 성범죄자를 취조하던 마이어와 템플을 취조실에서 해방시켜 마제스타에 있는 선글라스 공장으로 보냈다.

소음 방지용 벽 마감재와 현대적인 가구로 꾸며진 제프리 캔드럴의 사무실은 공장 3층에 있었다. 거대한 책상은 우주 공간에 떠 있는 것 같았고 책상 뒤편 벽에 걸린 그림은 신경쇠약에 걸린 전자 기기처럼 보였다.

거대한 가죽 의자에 앉은 캔드럴은 뚱뚱한 남자였다. 그는 책상 위에 놓인 깨진 선글라스를 보고 살아 있는지 보기 위해 뱀을 찔러

보듯 짧고 통통한 손가락으로 안경을 슬쩍 밀었다.

"그래요." 그가 말했다. 그의 목소리는 굵었다. 거대한 가슴 저 안에서 솟구치는 소리였다. "우리가 이 선글라스를 만들었습니다."

"이 선글라스에 대해서 말씀해 주시겠습니까?" 마이어가 물었다.

"이 선글라스에 대해서 말해 달라고요?" 캔드럴이 유별나게 거만한 미소를 지었다. "나는 십사 년 넘게 온갖 종류의 안경에 프레임을 만들어 왔습니다. 그런데 이 선글라스에 대해 내가 뭘 말할 수 있는지 묻는 겁니까? 이봐요, 당신이 알고 싶은 게 뭐든 나는 다 말해 줄 수 있습니다."

"그럼, 우리가 궁금한……,"

"대부분의 사람들의 문제는," 캔드럴은 말을 이었다. "선글라스든 안경이든 그것의 프레임을 만드는 것을 간단한 일이라고 생각한다는 겁니다. 자, 신사 양반들, 그것은 간단한 일이 아닙니다. 자기가 만든 제품을 중요하게 생각하지 않는 헐렁한 일꾼들이 아니라면 말이오. 캔드럴은 중요하게 생각합니다. 캔드럴은 소비자를 생각합니다."

"저, 아마도 그러시겠……,"

"먼저 안경테의 원료입니다." 캔드럴이 마이어를 무시하며 말했다. "그것은 질이라고 합니다. 질이란 것은 안경용 질산셀룰로오스를 말합니다. 이 원료로 프런트와 템플을 찍어 냅니다."

"프런트?" 마이어가 물었다.

"템플?" 템플이 물었다.

"프런트는 안경의 렌즈를 끼우는 부분입니다. 템플은 귀에 걸치는 두 개의 다리를 말하죠."

"알겠습니다." 마이어가 말했다. "어쨌든 이 선글라스는……."

"찍어 낸 프런트와 템플을 기계에 고정시키고 가장자리에 홈을 넣은 다음, 찍어 내고 남은 사각 모서리를 제거합니다. 그런 다음에 코 패드를 프런트에 접합하죠. 그 후에 절단기가 프런트에 프레이징 방식으로 용착합니다."

"알겠습니다, 선생님. 그런데……."

"아직 끝난 게 아닙니다." 캔드럴이 말을 이었다. "보다 잘 용착하기 위해서는 코 패드를 물기가 있는 부석浮石 그라인더에 갈아야 합니다. 그런 다음 프런트와 템플을 러핑 공정으로 보내서 회전 연마기에 넣습니다. 이 회전 공정으로 거칠거칠한 부분이 완전히 제거되죠. 마지막 공정으로 작은 목재 돌기가 붙은 길이 일 인치, 폭 십육분의 일 인치 크기의 통에 윤활유와 우리 회사가 개발한 복합물과 함께 프런트와 템플을 넣습니다. 그 돌기가 프런트와 템플을 매끄럽게 다듬어서 광택이 나게 하죠."

"선생님, 우리가 알고 싶은 건……."

"그 다음," 방해받는 일에 익숙지 않은 게 분명한 캔드럴이 눈살을 찌푸리며 말을 이었다. "프런트와 템플에 힌지 구멍을 낸 다음 실드를 부착하고 나서 스크루로 프런트와 템플을 연결합니다. 프런트와 코너를 비스듬하게 이은 다음에는 연마실에서 부석 그라인더를 써서 끝을 둥글게 만들죠. 끝으로……."

"선생님."

"끝으로 프레임은 깨끗하게 세척해서 광택 공정으로 보내집니다. 우리 회사 프레임은 모두 사람이 직접 광을 냅니다, 신사 양반들. 다른 회사들은 광을 내기 위해 단지 솔벤트에 담글 뿐이죠. 우리는 그러지 않습니다. 우리는 손으로 광을 내죠."

"대단하군요, 캔드럴 씨." 마이어가 말했다. "그런데……,"

"그리고 렌즈는 식스 베이스 렌즈를 씁니다. 이 렌즈는 구면수차_{한 점에서 반사되거나 굴절된 빛이 곡률 때문에 다시 한 점에 모이지 않는 현상}가 없죠. 우리 평철렌즈 선글라스는 육 디옵텁니다. 그리고 식스 베이스 렌즈는 광학적으로 정확하다는 걸 잊지 말아요."

"알겠습니다." 마이어가 지친 목소리로 말했다.

"우리 회사에 만든 최고급 선글라스가 소매에서 이십 달러라는 비싼 가격으로 판매되는 것은 그런 이유 때문입니다." 캔드럴이 자랑스럽다는 듯 말했다.

"이 선글라스는 어떻습니까?" 마이어가 캔드럴의 책상 위에 놓인 선글라스를 가리키며 물었다.

"네." 캔드럴이 다시 손끝으로 선글라스를 툭 치며 말했다. "물론, 우리는 중저가품도 생산합니다. 폴리스티렌 사출로 초고속 수압 주조 방식이죠. 아시겠지만 반자동으로 말입니다. 그리고 물론, 덜 비싼 렌즈를 씁니다."

"이 선글라스는 중저가품입니까?" 마이어가 물었다.

"아…… 그렇습니다." 캔드럴은 갑자기 당황한 것처럼 보였다.

"얼마죠?"

"우리는 개당 삼십오 센트에 소매상에게 넘깁니다. 그럼 소매상은 아마 칠십오 센트에서 일 달러 사이에 팔겠죠."

"유통 업체가 따로 있습니까?" 템플이 물었다.

"뭐라고요?"

"이 선글라스는 어디서 팔죠? 특정 매장이 있습니까?"

캔드럴은 그 선글라스가 갑자기 나병에라도 걸렸다는 듯 그것을 책상 끝으로 확실히 밀어냈다.

"형사 양반님들," 그가 말했다. "이 선글라스는 시내 십센트 스토어 아무 데서나 살 수 있습니다."

12

 9월 21일 목요일 새벽 2시에 아일린 버크는 흰 스웨터와 타이트한 스커트 차림으로 아이솔라 거리를 걷고 있었다.
 그녀는 피곤한 경찰이었다.
 지난 토요일 밤 11시 45분부터 지금껏 아이솔라의 거리를 걷는 중이었다. 오늘이 걷기 시작한 이래로 다섯 번째 밤이었고, 그녀가 신은 하이힐은 장거리 도보용이 아니었다. 여자를 고르는 동기가 성적인 면에 있는지 어떤지 알 수 없었지만 그 강도를 유인하기 위해 그녀는 성적인 면을 강조하고자 브래지어를 조이고 끌어올려 가슴을 부풀렸다.
 그 가슴은 누구도 거부할 수 없을 만큼 매력적이었다. 아일린처럼 냉정한 판단력을 가진 사람은 그렇게 생각하지 않겠지만.

그녀가 새벽 산책을 하는 동안 뱃사람 일곱, 군인 넷, 그리고 다양한 스타일의 도시 남자 스물두 명이 그녀에게 추파를 던졌다. 접근 방식은 "멋진 밤이군요, 그렇지 않습니까?" 같은 공손한 표현에서부터 "혼자 걷는 거야?" 같은 보다 직설적인 표현, "자기, 얼마야?"처럼 오해의 여지가 없는 노골적인 제안까지 다양했다.

아일린은 이 모든 것을 담담하게 받아들였다.

솔직히 말해서, 그들은 아일린의 이 외롭고 조용한 외도의 단조로움을 깨 주었다. 그녀는 윌리스가 자신의 뒤에 있다는 사실을 분명히 알고 있음에도 불구하고 그를 한 번도 보지 못했다. 그녀는 그가 자신처럼 지루해하고 있는지 궁금해하다가 그렇지 않을 거라고 결론을 내렸다. 분명히 그는 지루하지 않았다. 숨어서 자신을 관찰하는 강도를 위해 짐짓 활발하게 움직이는 그녀를 뒤에서 지켜보는 것으로 지루함을 보상받고 있었다.

클리퍼드, 어디 있는 거냐? 그녀가 마음속으로 물었다.

겁을 먹은 거냐? 네가 엉망으로 만든 소녀의 피투성이 머리가 떠올라서 욕지기를 하고 있는 거냐, 클리퍼드? 네놈의 사업을 포기하기로 결정한 거냐, 아니면 수사의 열기가 식을 때까지 기다리기로 한 거냐?

나타나라, 클리퍼드.

예쁜 미끼가 보이지 않나? 미끼는 네 것이야, 클리퍼드. 그리고 지갑에 든 38구경은 바늘이다.

나타나라, 클리퍼드.

월리스가 끊임없이 주시하며 아일린의 뒤를 따르는 곳에서는 단지 그녀의 흰 스웨터만 보일 뿐이었다. 그리고 때때로 불빛이 그녀의 머리에 닿기라도 하면 선홍색 머리색이 불꽃처럼 타올랐다.

그는 피곤한 경찰이었다.

그가 그녀의 뒤를 따라 순찰을 돈 지 이미 오랜 시간이 흘렀고, 이번 순찰은 도시의 어느 구역을 도는 것보다 더 힘이 들었다. 순찰을 돌 때면 바와 레스토랑, 가끔씩 양복점이나 캔디 가게를 들르기도 한다. 그리고 이러한 곳들에서 각기 맥주 한 잔, 커피 한 잔, 잡담과 쉿쉿 소리를 내는 라디에이터의 온기를 누릴 수 있었다.

아일린이라는 여자는 걷는 것을 좋아했다. 그는 벌써 나흘 동안 그녀의 뒤를 쫓는 중이었고 오늘이 닷새째였다. 그리고 그녀는 한 번도 걷기를 멈추지 않았다. 분명히 존경할 만한 근무 태도였다. 임무에 헌신하는 그녀의 모습을 비웃을 수는 없었다.

하지만 맙소사, 그녀의 몸에는 모터라도 달린 것일까?

다리에 프로펠러라도 달린 것일까?(멋진 다리야, 월리스. 그건 인정하라고)

그렇지 않은 다음에야 저토록 빠를 수가 있을까? 그녀는 클리퍼드가 크로스컨트리 스타라도 된다고 생각하는 것일까? 그는 첫날 밤 작전을 끝내고 지나치게 빠른 걸음에 대해 이야기했었다. 그녀는 신입생 환영회에 온 순진한 아가씨처럼 머리를 부풀리고 웃으며 말했다. "난 원래 빨리 걸어."

이 순간, 그는 그 말이 올해의 완곡한 표현감이라고 생각했다.

아일린이 하려고 했던 말은 당연히 "난 원래 천천히 달려."일 것이다.

그는 클리퍼드가 안됐다고 생각했다. 그놈이 누구든 어디에 있든 싸구려 소설 표지에서나 볼 수 있는 멋진 젖가슴의 이 빨강 머리를 따라잡으려면 모터사이클이라도 필요할 것 같았다.

어쨌든 그녀는 클리퍼드를 골탕 먹이고 있는 셈이었다.

클리퍼드, 네가 어디에 있든 그녀를 털려면 아주 열심히 달려야 할 거야.

그는 처음 그녀의 하이힐 소리를 들었다.

안달이 난 딱따구리 같은 하이힐 소리가 그가 활동하는 도시의 단단한 마호가니 같은 심장을 쪼고 있었다. 나풀거리는 스텝, 가벼운 발놀림, 튼튼한 다리와 빠른 걸음.

멀리 보이는 신호등 같던 흰 스웨터가 점점 더 가까워지고 있었다. 가까워질수록 평면적인 모습이 스러지며 조각상처럼 형태를 갖추어 갔다. 그 형태가 현실성을 띠더니 단단하게 치솟은 가슴을 감싼 양모 스웨터가 되었다.

그리고 신경질적인 바람의 손가락이 붉은 머리를 찰랑이는 것을 보았다. 붉은 머리는 불타는 화형식의 장작더미처럼 그녀의 머리를 감싸고 있었다. 그는 거리의 반대편 골목에 서서 활보하는 그녀를 바라보았다. 자신이 거리 저쪽 편에 서 있었길 바라며 지금 서 있는 곳을 저주했다. 그녀는 검은색 에나멜가죽으로 된 백을 메고 있었다. 늘어진 어깨끈이 걸을 때마다 그녀의 왼쪽 골반에 부딪혔다. 백은 무거워 보였다.

그는 많은 여자들이 백 안에 잡동사니를 넣고 다닌다는 사실을 알고 있었기 때문에 겉으로 드러난 것을 믿을 수는 없었지만 이번에는 돈 냄새를 맡았다. 그녀는 매춘 영업 중이거나 밤 산책을 나온 돈 많은 암캐가 분명했다. 그 둘은 때때로 따로 떼어 설명하기가 어려웠다. 그녀가 어느 쪽이든 백 안에 든 지갑은 돈을 약속했고, 돈은 그가 지금 당장 간절히 필요한 것이었다.

신문이 지니 페이지에 대해 떠들어 대고 있는 중이었다. 염병할!

신문은 그에게 거리에서 모습을 감추라고 종용했지만 살인이 얼마나 오랫동안 화젯거리로 남아 있겠는가? 그리고 사람은 먹고살아야 하지 않겠는가?

그는 몸을 흔들며 빠르게 지나가는 빨강 머리를 바라보았다. 그리고 골목 안으로 몸을 숨기고 그녀가 가로지를 길을 재빨리 계산했다.

그는 그 여자의 뒤를 따르는 윌리스를 보지 못했다.

윌리스도 그를 보지 못했다.

아일린은 블록마다 세 개의 가로등이 있다는 것을 알았다.

가로등 사이를 걷는 데 대략 1분에서 1분 30초 정도 걸린다. 산술적으로 한 블록당 4분 30초인 셈이다.

그렇게 빠른 걸음은 아니다. 윌리스가 내 걸음이 빠르다고 생각한다면 그는 내 **오빠**를 만나 봐야 한다. 오빠는 온갖 것을 서두르는 타입이다. 아침 식사, 저녁 식사…….

걸려들었다!

뭔가가 이쪽을 향해 온다.

그녀의 마음은 거대한 진공청소기가 순식간에 잡생각을 빨아들인 듯 침착해졌고 잘 다듬은 단단한 다이아몬드처럼 반짝반짝 빛났다. 왼손으로 백의 잠금장치를 풀고 주둥이를 벌렸다. 오른손을 돌려 즉시 쥘 수 있는 위치에 놓인 38구경의 강철 손잡이가 그녀를 안심시켰다.

그녀는 고개를 쳐들고 걸었다. 보폭은 그대로 유지했다. 앞에서 오는 사람이 남자라고 확신했다. 그는 그녀의 존재를 눈치챘고 **빠**르게 그녀를 향해 움직였다. 그는 감색 옷을 입었고 모자는 쓰지 않았다. 180센티미터가 넘는 키의 덩치가 큰 사내였다.

"어이!" 그가 불렀다. "어이, 당신!" 이 사내가 클리퍼드라는 것을 직감한 아일린은 목구멍으로 심장이 튀어나올 것처럼 가슴이 요동쳤다.

그러나 그 순간 자신이 바보처럼 느껴졌다.

그녀는 사내의 푸른 상의 소매에 난 표식과 깃 위에 나 있는 희고 가는 줄무늬를 보았다. 클리퍼드라고 생각한 사내는 모자를 쓰지 않은 해병일 뿐이었다. 긴장이 풀리며 입가에 옅은 미소가 흘렀다.

그녀는 해병이 가까이 다가오자 그의 몸이 불안하게, 아주 불안하게 흔들리는 것을 보았다. 안쓰러울 만큼 곤드레만드레 취한 것일 뿐이었고 흰색 수병 모자는 잃어버렸으리라.

"어, 이봐." 그가 고함을 질렀다. "빨강 머리 맞지! 이리 와 봐, 빨강 머리!"

그가 아일린의 몸에 손을 대려 했을 때 그녀는 빠르고 효과적으로 그가 내민 손을 뿌리쳤다. "딴 데 가서 알아봐." 그녀가 말했다. "사람 잘못 봤어."

수병이 머리를 젖히고 요란하게 웃어 젖혔다. "잘못 봤다고." 그가 혀 꼬부라진 소리로 외쳤다.

아일린은 그가 자신의 미끼 임무를 방해하지 못하게 빠르게 지나쳐 가던 길을 갔다.

"헤이!" 그가 고함쳤다. "어디 가는 거야?"

그녀는 자신의 뒤에서 급히 다가오는 발소리를 들었고 다음 순간 그의 손이 자신의 팔꿈치에 닿는 것을 느꼈다. 그는 몸을 돌려 그의 손을 뿌리쳤다.

"뭐야?" 그가 혀 꼬부라진 소리로 물었다. "해병이 싫은 거야?"

"아주 좋아하지." 아일린이 대답했다. "하지만 너는 배로 돌아가야 할 것 같은데. 가 봐. 딴 데 가서 알아보라고." 그녀가 그를 차분하게 쳐다보았다.

그가 술기운이 가신 듯한 표정으로 그녀의 응시를 돌려주더니 아주 갑작스럽게 혀 꼬부라진 소리로 말했다. "어이, 나랑 자고 싶지 않아?"

그녀는 웃음을 참을 수 없었다. "싫어." 그녀가 말했다. "어쨌든 고마워."

"왜 싫어?" 그가 턱을 앞으로 내밀며 말했다.

"결혼했거든." 그녀가 거짓말을 했다.

"이런, 좋아." 그가 혀 꼬부라진 소리로 말했다. "나도 결혼했어."

"남편은 경찰이야." 그녀가 거짓말을 보탰다.

"경찰 따윈 무섭지 않아. 염병할 헌병이 무섭지. 헤이, 지금, 지금 어때, 어?"

"싫어." 그녀가 단호하게 말하고 몸을 돌리자 그가 흐느적거리며 재빨리 그녀의 앞을 가로막았다.

"자기 남편하고 우리 마누라에 대한 얘기라도 나누는 건 어때? 우리 마누라는 이 세상에서 제일 예쁜 마누라라고."

"그럼 집에나 가시지."

"아, 안 돼! 젠장, 마누라는 앨라배마에 있단 말이야!"

"이제 그만하지, 해병 아저씨. 분명히 말하지만 골치 아픈 일이 생기기 전에 그만해."

"싫은데." 그가 뿌루퉁하게 말했다. "자기랑 자고 싶다니까."

"오, 빌어먹을."

"자기 남편이랑 내 마누라가 알 게 뭐야? 모든 게 아주 정상이잖아. 안 그래?"

"네 상태만 빼면."

"어?"

"됐어." 그녀는 몸을 돌리고 어깨 너머로 윌리스를 찾았다. 그는 보이지 않았다. 골목 어딘가 담벼락에 기대어 서서 바보처럼 자지러지게 웃고 있으리라. 그녀는 해병 주위를 돌며 거리를 주시했다. 해병은 그녀의 옆에 서 있었다.

"됐어. 난 걷는 게 좋아." 그가 혀 꼬부라진 소리로 말했다. "난 지금부터 널 따라다닐 거야. 자기가 나랑 침대에 오를 때까지 말이야. 지옥이 얼음으로 뒤덮일 때까지 따라다닐 거라고."

"죽을 때까지 따라다니면 그럴지도 모르지." 아일린은 중얼거리면서 언제쯤 빌어먹을 헌병이 나타나서 자신을 구해 줄 것인지 생각했다. 경찰은 필요한 순간에 나타나지 않는 법이다!

해병에게 낚였군. 윌리스는 생각했다.

술 취한 해병은 어르는 게 제일 낫다지만 왜 그녀는 저 얼간이의 머리통을 후려친 다음 골목에서 자게 내버려 두고 가지 않는 걸까?

술 취한 해병의 에스코트나 하겠다면 클리퍼드는 어떻게 꼬여 낼 작정인가? 가서 말려야 할까? 아니면 뭔가 비책이라도 있는 걸까?

여자와 일할 때 끔찍한 점은 남자 같은 사고방식을 절대 기대할 수 없다는 점이다.

오늘 밤은 잠이나 잤어야 했다.

그는 조용히 지켜보며 해병을 저주했다.

저 바보 녀석은 어디서 나타난 거지? 여자의 지갑을 어떻게 털라는 거야? 운도 더럽게 없군. 신문이 지니 페이지 사건에 대해서 호들갑을 떨기 시작한 이래 처음으로 나온 밤 영업에 좋은 건수가 생겼는데 저 멍청한 해병 놈이 나타나서 일을 망치고 있다.

곧 사라지겠지.

여자가 곧 따귀를 갈기면 가 버릴 것이다.

아닐 수도 있다. 여자가 매춘부라면 해병을 데리고 갈 것이다. 그러면 그걸로 끝이다.

경찰은 왜 저 지저분한 함대가 해병을 쏟아 내는 걸 허용하는가?

그는 여자의 뒤를 어기적거리며 쫓는 해병을 보며 경찰을 저주했다. 그리고 함대를 저주했고 빨강 머리 여자마저 저주했다.

두 사람이 길모퉁이를 돌자 그는 골목으로 몸을 숨기고 그들이 두 블록 정도 앞에서 다시 나타나길 바라며 뒷길로 발걸음을 떼었다. 여자가 그때쯤에는 그놈을 떨쳐 버렸길 기대하며. 여자의 왼쪽 어깨에서 무겁게 흔들리는 백을 손에 넣을 생각에 좀이 쑤셨다.

"타고 온 배가 어떤 거야?" 아일린이 해병에게 물었다.

"헌터 전함." 해병이 말했다. "이제야 나한테 흥미가 생기는 모양이지, 빨강 머리?"

아일린은 멈춰 서더니 해병에게 얼굴을 돌렸다. 그녀의 녹색 눈이 무섭게 빛났다. "이봐요, 해군 아저씨." 그녀가 말을 이었다. "나는 경찰이야, 알겠어? 나는 지금 일하는 중이라고. 당신은 내가 하는 일을 망치고 있어. 그리고 난 그게 마음에 들지 않아."

"어, 뭐?" 그는 머리를 뒤로 젖히고 웃음을 터뜨릴 준비를 했지만 아일린의 차갑고 냉정한 말투에 몸이 굳었다.

"내 백 안에는 삼십팔 구경이 들어 있어." 그녀가 억양 없이 말했다. "육 초 안에 그걸 꺼내서 당신 다리를 쏘고 당신을 길거리에 버려두고 갈 생각이야. 그리고 헌병대에 연락할 거야. 지금부터 숫자를 세겠어, 해병 아저씨."

"어이, 도대체 무슨……,"

"하나……."

"이봐, 갑자기 왜 화를 내고 그래? 나는 그냥……,"

"둘……."

"그 안에 총이 있다는 걸 믿으라는……,"

38구경이 갑자기 눈앞에 나타났다. 해병의 눈이 커졌다.

"셋."

"아니, 나는……,"

"넷……."

해병은 한 번 더 총을 쳐다봤다.

"안녕, 아가씨." 그는 그렇게 말하고 몸을 돌려 뛰기 시작했다. 아일린은 그를 바라보았다. 그녀는 미소를 지으며 총을 집어넣고 모퉁이를 돌아 어둠이 깔린 거리를 향해 걸었다. 그녀는 열다섯 걸음도 가기 전에 목에 팔이 둘려 골목 안으로 끌려갔다.

해병이 날쌔게 거리로 달려 나오는 것을 보고 윌리스는 웃음을 터뜨릴 뻔했다. 해병 제복의 넓은 깃이 바람 속에서 춤을 췄다. 그는 술주정뱅이처럼 구르고 비틀거리고 켄터키 더비의 세 살짜리 말처럼 성큼성큼 달리기도 하며 아스팔트 한가운데를 누볐다. 크게 치뜬 눈에 머리카락은 그가 뛸 때마다 미친 듯이 휘날렸다.

그는 월리스를 보자 미끄러지듯이 발을 멈추고 숨을 고르더니 충고의 말을 던졌다. "이봐요, 가다가 빨강 머리가 보이면 피하쇼. 분명히 말했소."

"무슨 일이오?" 월리스가 터져 나오는 웃음을 참으며 아버지처럼 자상하게 물었다.

"무슨 일이냐고! 이봐요, 그 여자 핸드백 안에는 산탄총이 들어있소. 그게 무슨 일이오. 휴우, 후딱 도망쳐야 해!"

그는 월리스에게 고개를 까딱하고 다시 부리나케 달렸다. 월리스는 꼬리가 빠지게 달아나는 그를 보고 짧게 한 번 킥킥거리고는 아일린을 찾으러 갔다. 그녀는 길모퉁이를 돌았을 것이다.

그는 해병의 방해에 대처하는 아일린의 방식에 대한 조금 전 자신의 평가를 철회하며 씩 웃었다. 해병은 결국, 나타나지 않을지도 모르는 강도를 기대하며 지루하게 진행되는 이 임무에 기분전환이 되었다.

가방이 어깨에서 낚아채인 순간 그녀의 손은 가방 안의 38구경에 닿으려는 참이었다. 어깨가 가벼워졌다고 느꼈을 때는 이미 백이 사라지고 없었다. 그녀가 어깨 너머로 불청객을 메다꽂기 위해 발끝에 힘을 주자 그는 재빨리 몸을 돌려 그녀를 건물 벽으로 밀쳤다.

"한번 해보자는 건가." 그가 낮고 위협적인 목소리로 말했다. 그녀는 그가 해병이 아니라는 것을 즉시 깨달았고 건물 벽과 부딪히는 충격에 숨이 멎을 것 같았다. 그녀는 골목에 비치는 흐릿한 불빛 아래 그의 얼굴을 보았다. 선글라스는 쓰고 있지 않았지만 눈 색깔을 구분하기 어려웠고 머리색을 알아볼 수 없게 만든 그의 모자를 저주했다.

주먹이 갑자기 날아와 그녀의 왼쪽 눈 밑에서 폭발했다. 눈을 얻어맞으면 자주색과 노란색 빛이 명멸한다는 말은 들었지만 지금 이 순간까지 경험한 적은 없었다. 잠시 아무것도 보이지 않았다. 벽에서 떨어지려고 애썼지만 그는 그녀를 거칠게 밀쳤다.

"이건 경고일 뿐이야." 그가 말했다. "내가 갈 때 소리치지 마. 알겠어?"

"알았어." 그녀가 침착하게 말했다. **윌리스, 어디 있는 거야?** 그녀는 마음속으로 소리쳤다. 도대체 어디 있는 거냐고?

이 사내를 붙들어 두어야만 했다. 윌리스가 나타날 때까지 그를 붙잡아 놔야 했다. 제발, 윌리스.

"정체가 뭐야?" 그녀가 물었다.

손이 다시 올라와 그녀의 머리를 강하게 후려쳤다.

"닥쳐!" 그가 경고했다. "난 이제 여길 뜰 거야."

이자가 클리퍼드라면 그녀에게는 기회였다. 이자가 클리퍼드라면 몇 초 안으로 몸을 움직여야 했다. 그리고 윌리스가 올 때까지는 이 사내를 잡아 둬야 한다는 일념으로, 움직이기 위해 몸을 긴장시

컸다.

그 순간!

그가 그 말을 하고 있었다.

"클리퍼드가 감사를 전합니다, 마담." 그가 그렇게 말하며 손을 허리에 대고 절을 하는 순간 아일린은 모아 쥔 양손을 머리 위로 높이 치켜들고 마치 망치질을 하듯 그의 목덜미를 후려쳤다.

그 가격에 그가 깜짝 놀라 앞으로 고꾸라질 때 그녀는 그의 턱에 무릎을 날렸다. 그는 가방을 떨어뜨리고 뒤로 비칠비칠 물러났. 그가 고개를 들었을 때 아일린은 한 손에 하이힐을 쥐고 서 있었다. 그녀는 그의 반격을 기다리지 않았다. 한쪽 신만 신은 발로 절뚝거리며 앞으로 나아가 그의 머리에 하이힐을 휘둘렀다.

그가 뒤로 물러나며 그녀가 휘두르는 하이힐을 피했다. 그리고 상처 입은 곰처럼 고함을 지르며 주먹을 날려 그녀의 명치를 가격했다. 그녀는 칼에 찔린 듯한 고통을 느꼈다. 그가 다시 그녀를 쳤다. 이제는 잔인하고 포악하게 그녀를 패기 시작했다. 그녀는 하이힐을 놓고 그의 옷을 움켜잡았다. 한 손으로 그의 얼굴을 찢고 할퀴려고 애썼다. 여자의 무기인 손톱을 사용하여 살기 위해 필사적으로 돌진했다. 경찰학교의 훈련 따위는 잊은 지 오래였다.

뻗은 손은 그의 얼굴에 닿지 않았고 발이 걸려 앞으로 넘어지려고 할 때 그의 재킷을 다시 움켜잡고 가슴주머니를 낚아챘다. 그가 물러서자 그의 옷이 찢겨 나가는 것을 느꼈다. 찢겨 나간 가슴주머니가 손에 들려 있었다. 그가 다시 그녀를 쳤다. 턱을 정통으로 얻어맞고 건물 벽으로 나가떨어진 순간 월리스가 달려오는 소리가 들렸다.

강도가 땅에 떨어진 가방끈을 줍기 위해 허리를 굽혔을 때 월리스가 총을 쥐고 골목 입구에서 나타났다.

클리퍼드는 백을 휘두르며 몸을 일으켰다. 백이 월리스의 옆머리를 때렸고 그는 옆으로 비틀거리며 물러나 총을 쏘았다. 그는 머리를 흔들고 나서 도망치는 강도에게 조준도 하지 않고 두 발을 쏘았다. 두 발 모두 맞히지 못했다. 클리퍼드가 모퉁이를 돌자 월리스도 그의 뒤를 쫓아 모퉁이를 돌았다.

강도는 보이지 않았다.

그는 아일린 버크가 건물 벽에 기대어 앉아 있는 곳으로 돌아갔다. 스커트가 말려 올라가 무릎이 드러난 채 머리를 감싸 쥐고 앉아 있었다. 전혀 숙녀답지 않은 자세였다. 그녀의 왼쪽 눈은 고통스럽게 욱신거리기 시작했다. 그녀가 머리를 들자 월리스는 움찔했다.

"그놈한테 맞았군." 그가 말했다.

"도대체 어디에 있었던 거야?"

"당신 바로 뒤에. 어떤 놈이 닥치라고 소리를 지르기 전까지 무슨 일이 일어나고 있는지 몰랐어."

"그 개새끼한테 제대로 맞았어." 아일린이 말했다. "내 눈 어때?"

"제대로 멍이 들 것 같아." 핼 월리스가 그녀에게 말했다. "스테이크라도 먹으면 좀 나을 거야." 그는 잠시 사이를 두었다. "클리퍼드였어?"

"그래." 그녀는 그렇게 대답하며 몸을 일으키다 움찔했다. "와우, 그놈이 갈비뼈를 부러뜨린 것 같아."

"진짜?" 윌리스가 걱정스러워하며 물었다.

아일린은 가슴 아랫부분에 통증을 느꼈다. "그냥 그런 기분이라고. 우우, 젠장!"

"그놈을 제대로 봤어?"

"너무 어두웠어." 그녀가 손을 내밀며 말했다. "어쨌든 그놈의 주머니를 찢었어."

"잘했어." 윌리스가 땅바닥을 내려다보았다. "이것들은 뭐야?"

"뭐라고?"

그가 허리를 굽혔다. "담배군." 그가 말을 이었다. "잘됐군. 셀로 판지에 지문이 남아 있을지도 몰라." 그는 손수건을 꺼내 담뱃갑을 주워 올린 다음 그것을 조심스럽게 감쌌다.

"그놈 주머니에 들어 있던 걸 거야." 아일린이 욱신거리는 눈을 만지며 말했다. "스테이크 먹으러 안 갈 거야?"

"가야지. 한 가지만 더."

"뭐라고?"

"성냥. 그놈이 주머니에 담배를 넣어 갖고 다녔다면 성냥도 갖고 다녔을 거야." 그가 휴대용 플래시를 꺼내 엄지손가락으로 버튼을 누르자 불빛이 작은 호를 그리며 보도 위를 비췄다. "아, 저기 있다." 그는 안주머니에서 또 다른 손수건을 꺼내 허리를 굽히고 종이 성냥을 주웠다.

"저기, 스테이크는 어떻게 된 거야?"

핼 윌리스가 종이 성냥갑을 쳐다보며 말했다. "좋은 단서일지도 몰라."

"어째서?"

"성냥갑 위의 광고. 광고하는 장소는 이 동네에 있어. 스리 에이스라는 곳이군. 클리퍼드가 자주 가는 곳이겠지."

그는 아일린 버크를 보고 활짝 웃었다. 그녀는 허리를 굽혀 신을 신었다.

"자, 눈 치료하러 가자고."

"난 당신이 더 이상 내 뒤를 봐주지 않나 보다고 생각하던 참이었어." 아일린은 그의 부축을 받으며 거리를 걷기 시작했다.

13

 클링은 목요일 오후에 처음으로 시간이 났을 때 클레어 타운센드에게 전화를 걸었다.
 처음으로 시간이 난 때는 점심시간이었다. 그는 웨스턴 샌드위치와 커피를 시키고 전화번호부에서 리버헤드 페터슨 가 728번지에 거주하는 타운센드를 찾았다. 거기에는 랠프 타운센드라는 이름이 올라 있었다. 그는 전화 부스로 가서 동전을 넣고 번호를 돌렸다. 발신음이 열두 번 울리는 걸 듣고 끊었다.
 그날 오후 순찰은 바쁜 일이 매우 많았다. 어떤 여자가 남편이 자신을 '자기'라고 불렀다는 사실 이외에 특별한 이유 없이 면도칼을 들고 남편한테 달려들어 남편의 얼굴에 바나나 크기의 상처를 내어 놓았다. 클링은 그녀를 체포했다. 그가 현장에 도착했을 때는 모든 흉기가 그렇듯 면도칼은 수챗구멍으로 사라지고 난 후였다.

체포를 마치고 거리로 나오기가 무섭게 이번에는 청소년 갱들이 하교하는 또 다른 소년 갱을 공격한 사건이 있었다. 그 소년은 라이벌 갱단에 속한 소녀에게 수작을 거는, 용서받을 수 없는 죄를 저질렀다. 클링은 갱 단원들이 보도 위에서 그 소년을 막 짓밟으려고 하는 참에 도착했다. 그는 그들 중 한 녀석을 붙잡고 그 녀석에게, 집단 구타에 참여한 모든 녀석들의 얼굴을 알고 있으며 너희들이 손보려고 한 녀석에게 향후 무슨 일이 생기면 어디를 찾아가야 할지 알고 있다고 경고했다. 그 갱 단원은 침통한 표정으로 고개를 끄덕이더니 친구들을 따라 사라졌다. 그들에게 혼이 날 뻔한 소년은 단지 머리를 몇 대 얻어맞는 정도로 살아남았다. 최근에는 폭력이 유행인 듯했다.

그러고 나서 클링은 어느 건물 홀에서 벌어진 불법 주사위 도박을 단속했고, 여덟 살짜리 꼬마가 푸른 비단 한 필을 훔쳤다고 악을 쓰며 불평하는 가게 주인의 말을 들어 주었으며, 또다시 가게에서 매춘부의 호객 행위가 적발되면 면허를 정지시키겠다고 어느 바 주인에게 경고했다. 그리고 동네에서 보험쟁이로 알려진 사람과 커피를 마시고 분서로 돌아가 사복으로 갈아입었다.

그는 다시 거리로 나오자마자 클레어에게 전화를 걸었다. 발신음이 네 번 울리고 나서 그녀가 전화를 받았다.

"누구세요?" 그녀가 말했다. "샤워 중에 밖으로 나오게 한 것에 대해 사과하길 바라요. 나는 지금 물을 줄줄 흘리고 있으니까."

"미안합니다."

"클링 씨?" 그의 목소리를 알아듣고 그녀가 물었다.

"네."

"당신에게 전화하려고 했는데 당신이 어디에 있는지 알아야죠. 도움이 될 만한 게 기억났어요."

"그게 뭐죠?"

"지니와 기차역을 향해 걷던 밤에 그녀가 어떤 말을 했어요."

"어떤 말이죠?"

"기차를 타고 삼십 분만 가면 된다고 했어요. 도움이 될까요?"

"그럴지도 모릅니다. 고마워요." 그는 잠시 말을 끊었다. "저기, 생각을 좀 해 봤는데요."

"네."

"그러니까…… 저녁 말이에요. 생각해 봤는데 혹시……."

"클링 씨." 그녀가 말을 가로챘다. "당신은 나와 저녁 먹고 싶지 않을 거예요."

"먹을 작정입니다." 그가 당연하다는 듯 말했다.

"나는 세상에서 가장 따분한 여자예요. 진짜예요. 당신을 아주 따분하게 만들 거예요."

"시험 삼아 한번 그래 보고 싶군요."

"사서 고생할 뿐일걸요. 애쓰지 마요. 진짜예요. 날 만날 돈으로 어머니한테 선물 사 드리세요."

"지난주에 사 드렸습니다."

"하나 더 사 드려요."

"그래서, 저녁 식사는 각자 내는 걸로 생각했습니다."

클레어가 빙그레 웃었다. "음, 그건 약간 끌리는데요."

"진지하게 말해서, 클레어……,"

"진지하게 말해서, 클링 씨. 사양할게요. 난 어쩔 수 없는 멍청이예요. 그리고 당신은 나를 좋아하지 않을 거예요. 조금도요."

"이미 좋아하고 있습니다."

"예의상 하는 말이라는 거 알아요."

"이봐요. 열등감 같은 거라도 있습니까?"

"나한테 열등감 같은 건 없어요, 의사 선생님." 그녀가 말했다. "나는 진짜 열등해요." 클링이 웃음을 터뜨렸고 그녀가 말을 이었다. "그 웃기는 만화 알아요?"

"아니요, 하지만 재밌는데요. 저녁 어때요?"

"왜요?"

"당신을 좋아하니까."

"이 도시에는 수백만 명의 여자가 있어요."

"그 이상이라고 해도요."

"클링 씨……,"

"버트."

"버트, 당신한테 좋을 게 전혀 없어요."

"나는 아직 내가 원하는 걸 말한 적 없어요."

"당신이 뭘 원하든 나한테 그런 건 없어요."

"클레어, 저녁을 걸고 날 시험해 봐요. 같이 저녁 먹을 기회를 줘요. 내 인생에서 가장 비참한 저녁이 될지 판가름할 수 있는 기회를 달라고요. 나는 더 큰 걸 건 적도 있어요. 군대에서는 내 목숨을 걸고 내기한 적도 있어요."

"군대에 있었어요?"

"네."

긴 침묵이 흘렀다.

"클레어?"

"듣고 있어요."

"뭐가 문제죠?"

"아무것도 아니에요."

"삼 분 더 통화하시려면 오 센트를 넣어 주세요." 전화교환수가 말했다.

"오, 젠장, 잠깐만요." 클링이 교환수에게 대답하고 주머니를 뒤져서 5센트를 집어넣었다. "클레어?"

"벌써 많은 돈을 썼어요." 그녀가 그에게 말했다.

"나는 돈이 넘칠 만큼 많아요." 그가 대답했다. "어때요? 이따 여섯 시 반쯤 전화할게요."

"안 돼요. 오늘 밤은 안 돼요."

"그럼 내일 밤."

"내일은 수업이 늦게 끝나요. 일곱 시 전에는 나갈 수 없어요."

"내가 학교로 갈게요."

"그럼 옷을 갈아입을 시간이 없잖아요."

"옷은 신경 쓰지 않아도 돼요, 오케이?"

"학교에는 보통 플랫슈즈에 낡은 스웨터를 입고 가요."

"좋아요!" 그가 열정적으로 말했다.

"뭐, 드레스에 하이힐을 신을 수도 있어요. 그럼 우리 클래스의 지저분한 게으름뱅이들한테 충격을 줄지도 몰라요. 하지만 한편으로는 선례를 남길 수도 있겠군요."

"일곱 시?"

"좋아요."

"좋아요, 그럼 그때 봅시다."

"안녕."

"안녕." 그는 활짝 웃으며 전화를 끊었다. 전화 부스 밖으로 나오자 잊은 말이 생각났다. 즉시 동전을 찾기 위해 주머니에 손을 넣었지만 동전이 없어서 캔디 가게로 갔다. 주인은 2센트짜리 탄산음료를 파느라 정신이 없었다. 잔돈을 얻는 데 5분이 걸렸다. 그는 재빨리 전화번호를 돌렸다.

"여보세요?"

"클레어, 또 납니다."

"또 샤워하다가 나오게 했다는 걸 알아요?"

"이런, 미안해요. 하지만 어느 학교인지 말 안 해 줬잖아요."

"오." 클레어는 할 말을 잊었다. "그래요. 내가 얘기 안 했군요. 여자대학이에요. 어디 있는지 알아요?"

"네."

"다행이군요. 래들리 홀 쪽으로 오면 학교 신문사로 알려진 우리 사무실을 찾을 수 있을 거예요. 신문 이름은 래들리 클라리온이지만 문패에는 래들리 랙^{rag}쓰레기 같은 신문이라는 뜻이 있다이라고 쓰여 있어요. 그곳 로커에 내 코트를 보관해 두죠. 포식 동물 같은 여대생들한테 잡아먹히지 않도록 조심해요."

"정확히 그 시간에 거기에 있을게요."

"나는, 여자의 특권으로, 십 분 늦게 갈 거예요."

"기다릴게요."

"좋아요. 이제 괜찮다면, 당신은 안 괜찮겠지만, 나는 지금 카펫 위에 커다란 물웅덩이를 만들고 있어요."

"미안. 씻어요."

"마치 내가 더러웠다는 듯이 말하는군요."

"통화하는 게 좋다면 나는 밤을 새울 수도 있습니다."

"씻는 게 좋겠군요. 안녕, 집요한 아저씨."

"안녕, 클레어."

"당신은 집요해요. 자신은 모르죠?"

클링이 활짝 웃었다. "지금 누가 집요한 겁니까?"

"쳇!" 클레어가 말했다. "안녕." 그녀는 전화를 끊었다.

그는 좋이 3분 동안 바보처럼 웃으며 전화 부스에 서 있었다. 뚱뚱한 부인이 마침내 부스의 유리문을 두드리며 말했다. "젊은이, 전화 부스는 호텔이 아니에요."

클링이 문을 열었다. "이상하군요." 그가 말했다. "룸서비스가 지금 막 샌드위치를 보냈다는데요."

여자는 눈을 깜박이고 얼굴을 찌푸리더니 부스 안으로 몸을 밀어 넣고 문을 세차게 닫았다.

그날 밤 10시, 클링은 고속 열차를 타고 페터슨 가에 있는 고가역 승강장에서 내렸다. 그는 잠시 도시의 불빛을 바라보며 서 있었다. 쌀쌀한 가을 공기에 반해 도시의 불빛은 따뜻해 보였고 생동감이 넘쳤다. 가을은 올해가 저물기를 바라지 않았다. 가을은 겨울의 무덤으로 들어가길 거부했다. 가을은 여름의 옷자락에 집요하게("지금 누가 집요한 거죠?" 그 생각이 나서 그는 다시 한 번 씩 웃었다) 매달렸다. 가을은 살아 있는 지금을 즐기고 있었다. 삶에 대한 가을의 열정이 거리를 걷는 사람들의 얼굴에 반영되어 있었다.

거리를 걷는 사람들 중 한 명은 클리퍼드라는 이름의 남자였다.

웃음을 짓는 사람들 틈에서 찌푸린 눈을 한 사내였다.

영화관에 앉아 있는 수천 명의 사람들 틈에서 스크린을 쏘아보는 살인자일 수도 있었다.

연인들이 대화를 나누며 걷는 틈 어딘가에서 그는 홀로 음울하게 벤치에 앉아 있을지도 몰랐다.

아무런 걱정 없이 활짝 웃는 사람들의 입김이 차가운 공기와 닿아 하얗게 빛나는 곳 어딘가에서 한 사내가 이를 악물고 입을 꽉 다문 채 걸었다.

클리퍼드.

이 도시에는 얼마나 많은 클리퍼드들이 있었던 것일까? 전화번호부에는 얼마나 많은 클리퍼드들이 올라 있을까? 얼마나 많은 클리퍼드들이 올라 있지 않을까?

클리퍼드라는 카드를 섞고 잘 나눈 다음 그 가운데에서 집어낸 클리퍼드를 우리가 찾는 클리퍼드라고 정한다면 얼마나 좋겠는가.

그러나 지금은 클리퍼드들을 가려낼 때가 아니었다.

지금은 비명을 지르듯 다채로운 색채를 뿜어내는 나무들과 발밑에서 바삭거리며 부서지는 낙엽들과 볼을 때리는 쌀쌀한 대기를 품고 시골길을 산책해야 할 때였다. 지금은 모직 오버코트 차림으로 찔레 파이프를 들고 과즙이 풍부한 빨간 사과를 수확해야 할 때였다. 지금은 호박 파이와 좋은 책과 두꺼운 양탄자, 찬기를 막을 문풍지를 생각해야 할 때였다.

지금은 클리퍼드를 생각할 때가 아니었고, 살인자를 생각할 때가 아니었다.

하지만 살인자는 자신의 일을 마쳤고, 살인반 형사들은 열일곱이었던 적이 없는 냉혈한들이었다.

클링은 열일곱이었을 때가 있었다.

그는 계단을 내려가 곧장 잔돈 교환대로 갔다. 창살이 있는 유리창 안의 남자는 '만화'책을 읽고 있었다. 그 만화는 지금 가판대 위에 놓여 있었다. 다발성경화증을 앓고 있는 과부에 대한 익살스러운 만화로 클링도 아는 만화였다. 부스 안의 남자가 만화책에서 눈을 들었다.

"안녕하세요." 클링이 말했다.

남자가 그를 의심스러운 눈으로 쳐다보며 대꾸했다. "안녕하쇼."

"뭣 좀 물어봐도 될까요?"

"뭐냐에 따라서."

"그러니까……,"

"강도질할 생각이라면 꿈도 꾸지 마쇼, 젊은이." 남자가 충고했다. "댁한테 성가신 일이 생길 거요. 이곳 경찰들은 기차역 강도에게는 용서가 없으니까."

"고맙습니다. 강도질할 생각 없습니다."

"다행이군. 나는 루스요. 샘 루스. 친구들은 여기를 '루스 부스'라고 부르지. 무엇을 도와 드릴까?"

"대개 밤에 일하십니까?"

"가끔은 그렇고, 가끔은 아니지. 왜 그러쇼?"

"이곳 승강장에서 기차에 탑승하곤 했던 젊은 여자에 대해서 알고 싶습니다."

"많은 젊은 여자들이 여기서 기차를 타지."

"제가 찾는 여자는 보통 열 시에서 열 시 반 사이에 여기에 왔습니다. 그 시간에 여기에 계십니까?"

"오후 교대일 때는 네 시에 와서 자정에 가오."

"그럼 열 시에는 자리에 계시겠군요."

"대개 그렇지. 그래요."

"그 여자는 금발이었습니다. 아주 예쁜 금발 머리요."

"아래층 제과점에서 일하는 금발 과부가 있소. 그녀가 매일 밤 여덟 시에 이곳으로 오지."

"내가 찾는 여자는 어렸어요. 열일곱이오."

"열일곱이라고?"

"네."

"모르겠는데."

"생각해 봐요."

"뭣 때문에? 그런 여자는 기억에 없는데."

"아주 예쁩니다. 아마 그녀를 봤다면 기억이 날 거예요. 예쁜 몸매에 크고 푸른 눈을 한 천사 같은 아이죠."

루스는 눈을 가늘게 떴다. "그래."

"네?"

"기억이 나. 멋진 아이였어. 그래, 기억나는군."

"그녀는 몇 시에 여기로 왔죠?"

"보통 열 시 이십오 분쯤 왔소. 그래, 기억나는군. 맞아. 늘 시내 방향 플랫폼으로 갔어. 그 아이를 줄곧 쳐다봤지. 천사 같은 애였어. 이제 열일곱이라고? 더 들어 보이던데."

"이제 열일곱 살입니다. 지금 같은 여자를 이야기하는 게 확실한가요?"

"이봐요, 그걸 어떻게 알겠소? 그 금발 머리는 대개 열 시 이십오 분쯤 왔어. 그 애가 십 달러짜리 지폐를 바꾸러 온 적이 있어서 기억하지. 우리는 이 달러 이상 바꿔 주지 않아요. 댁도 알다시피 많은 사람들이 이 달러짜리 지폐를 갖고 다니지 않잖아. 그걸 갖고 다니면 운이 없다나. 미신이지. 미신." 루스가 머리를 흔들었다.

"그 애에게 돈을 바꿔 줬나요?"

"내 개인 돈으로 바꿔 줬소. 그래서 그 애를 기억하는 거요. 나에게 함박웃음을 보내더군. 멋진 미소였어. 모든 게 멋진 아이더군. 댁이 말한 것처럼, 그래, 끝내줬어. 맞아. 시내 쪽으로 가곤 했지. 열 시 반 기차를 타고 말이오." 루스가 주머니에서 금시계를 꺼냈다. 그는 고개를 끄덕이고 시계를 도로 주머니에 넣었다. "맞아. 열 시 반 기차를 탔어."

"언제나요?"

"내가 봤을 때는 언제나 같은 기차를 탔소. 내가 그녀에게 돈을 바꿔 준 뒤로는 언제나 날 보면 웃어 주더군. 그 애는 쳐다볼 만한 가치가 있어. 그렇고말고."

클링은 그의 어깨 너머로 시선을 던졌다. 벽시계가 10시 16분을 가리키고 있었다.

"지금 제가 열 시 반 기차를 탄다면 말입니다." 그가 물었다. "삼십 분 후에 어디서 내리게 되죠?"

"음, 모르겠는걸." 그는 잠시 생각하더니 말했다. "뭐, 알 수 있는 방법을 알려 줄 수는 있지."

"네?"

"타 보쇼."

"고맙습니다."

"별말씀을. 도울 수 있어서 다행이오." 그는 병든 과부에 대한 재미있는 대목을 읽기 위해 안달이 난 것처럼 만화책으로 돌아갔다.

기차는 가까이 늘어선 빌딩들의 창문을 스쳐 지나며 날카롭게 소리를 지르고 도시의 심장부를 가로질렀다. 클링은 자리에 앉아 스쳐 지나가는 도시를 바라보았다. 도시는 크고 더러웠다. 사람들이 나고 자란 도시는 간이나 창자처럼 개개인의 일부가 되었다. 그는 그 도시를 바라보았다. 그리고 손목에 찬 시계의 시곗바늘을 바라보았다.

지니 페이지는 클레어에게 30분만 가면 된다고 말했었다. 그녀는 보통 10시 30분 기차를 탔고, 클링은 시곗바늘이 전진하는 모습을 지켜보았다. 기차는 도시의 창자를 꿰뚫듯 지하로 급강하했다. 그는 앉아서 기다렸다. 승객들이 타고 내렸다. 클링의 눈은 시계에서 떠나지 않았다.

11시 2분에 기차는 지하역으로 들어섰다. 전 역에는 10시 58분에 도착했었다. 어느 역이든 확률은 반반이었다. 그는 기차에서 내려 거리로 나갔다.

그는 아이솔라의 한가운데에 있었다.

빌딩들이 하늘을 어루만지듯 솟아 있고 빨강, 오렌지, 녹색, 노랑의 야한 불빛이 밤을 어루만지며 색조를 더했다. 거리 모퉁이의 양복점을 위시하여 제과점, 택시 승강장, 양품점, 버스 정류장, 영화관, 캔디 가게, 중국 음식점, 바, 그리고 모든 가게의 간판들이 도시에 퍼져, 한 집안의 가까운 친척들처럼 옹기종기 모여 군집을 이루고 있었다.

그는 한숨을 내쉬었다.

지니가 여기서 남자 친구를 만났고 남자 친구 이름이 클리퍼드였다면, 이 지역을 뒤진다는 것은 건초 더미에서 바늘을 찾는 것이나 다름없을 터였다.

그는 다시 지하철 매표소로 가서 이번에는 시 외곽 쪽으로 가는 기차표를 샀다. 지니가 말했던 30분이 그녀를 이 역으로 데려왔을 수도 있다고 계산하며 그는 다음 역에서 내렸다. 거리로 나와 마주친 상점들과 간판들은 그가 조금 전에 봤던 것들과 조금도 다르지 않았다. 교차로는 으스대듯 붐비고 있었다. 젠장, 이번 역은 그가 조금 전에 내렸던 역과 쌍둥이나 다름없었다.

똑같지는 않지만 거의 똑같았다.

클링은 다시 기차를 타고 집으로 향했다.

첫 번째로 간 역에서 그의 눈을 사로잡은 것이 있었다. 두 번째로 간 역에서는 눈에 띄지 않았던 것이었다. 클링의 눈이 그의 머릿속에 그것을 기록하고 그의 무의식 속에 그것을 파묻었다.

어쨌든, 불행히도, 그 기억은 그 순간에는 아무런 쓸모도 없었다.

14

 어떤 바보라도 알겠지만 과학은 명탐정이다.
 경찰 감식반은 유리 파편만 보고도 용의자가 어떤 차를 운전했는지, 마지막으로 세차한 때가 언제인지, 어느 주를 갔는지, 뒷좌석에서 여자와 뒹굴었는지 아닌지 말해 줄 수 있다.
 발견된 증거에 용의자를 연결시켜 줄 수 있다면 말이다.
 발견된 증거에 용의자가 접목되지 않는다면 과학은 명탐정이 아니라 길모퉁이의 아이스크림 장수나 다를 바 없다.
 지니 페이지 사건의 현장에서 나온 증거는 경찰 감식반원들의 성실한 노력과 희망을 완전히 무시했다. 소녀의 사체 옆에서 발견된 선글라스의 한쪽 렌즈에는 엄지손가락의 지문이 또렷이 남아 있었지만, 불행히도, 엄지손가락 지문 하나만으로 사건을 추적한다는 것은 회교도 여성들의 히잡을 벗기는 것만큼이나 어려운 일이다. 하지만 감식반 친구들은 당황하지 않았다.

샘 그로스먼은 감식반 연구원이자 경위라는 직급의 경찰이었다.

점잖은 눈매와 차분한 태도를 지닌, 키가 크고 호리호리한 신사였다. 그는 안경을 쓰고 있었다. 뉴잉글랜드 농장에서 공수해 온 바위에 새긴 듯한 얼굴에 얹힌 안경만이 그가 과학자라는 사실을 알려 주는 유일한 물건이었다. 그는 경찰 본부 건물의 1층 반을 차지한 희고 청결한 연구실에서 일했으며 경찰 일을 좋아했다. 그의 정연하고 꼼꼼한 마음에는 경찰 이론에 명백한 과학적 사실을 연결시켜 주려는 진실함이 담겨 있었다.

그는 감성적인 남자였지만 자신의 손에 맡겨진 변사체를 살아 있던 때의 당사자와 결부시켜 생각하는 것은 오래전에 그만두었다. 그는 수도 없이 많은 피투성이 옷가지를 봐 왔고, 수도 없이 많은 총상을 조사했으며, 독살당한 사람들의 위 속 내용물을 수도 없이 분석했다. 샘 그로스먼에게 있어서 죽음은 누구에게나 마찬가지였다. 죽음은 인간을 산술적인 문제로 치환한다. 실험 결과, 증거와 용의자가 일치한다면 2 더하기 2는 4다.

증거가 용의자와 어긋나거나 수상쩍다면 2 더하기 2는 가끔 5나 6이나 7이 될 수도 있었다.

지니 페이지가 살해된 현장에는 한 남자가 있었다. 그 남자는 현장에 삼각대에 부착할 수 있는 소나무 재질의 스케치판과 소형 앨리데이드표면의 평평한 정도를 측량하는 기기, 컴퍼스, 모눈종이, 연필, 지우개,

압정, 나무 삼각 스케일, 스케일, 줄자, 쇠 곱자 또한 갖고 왔다.

남자는 말없이 능률적으로 작업을 하고 있었다. 사진사들이 현장에 떼를 지어 다니는 동안, 감식반원들이 지문 채취를 위해 파우더를 뿌리고 시체가 있던 위치를 표시하는 동안, 대기하고 있던 구급차로 사체가 옮겨지는 동안, 현장에 있는 발자국과 타이어 자국이 면밀하게 조사되는 동안, 그 남자는 케이프 코드에 있는 농가의 헛간이라도 그리고 있는 예술가처럼 서 있었다.

그는 자신과 이야기하기 위해 다가온 형사들에게 간간이 인사말을 건넸고, 주변에서 일어나는 소동에는 무관심한 듯 보였다.

그는 차분히, 능률적으로, 주의 깊게, 체계적으로 범죄 현장을 스케치했다. 그러고 나서 짐을 챙겨 사무실로 간 뒤, 초벌 스케치에 보다 세밀한 작업을 가했다. 스케치한 그림에 현장에서 찍은 디테일한 사진을 첨부해서 인쇄한 후, 그는 그 스케치를 강도 살인 사건을 수사하고 있는 여러 부서로 보냈다.

샘 그로스먼의 책상 위에 놓인 스케치 복사본은 그의 관심을 불러일으켰다. 살해 현장의 스케치는 색감이 풍부하든 모자라든 중요하지 않다. 따라서 그 그림은 흑백이었다.

그로스먼은 미술상이 가짜일지도 모를 반 고흐의 그림 감정을 맡기기라도 한 것처럼 냉철하고 면밀하게 스케치를 연구했다.

소녀는 벼랑의 꼭대기에서 4.5미터 떨어진 곳에서 발견되었다. 벼랑은 강바닥을 향해 시렁 같은 모양으로 경사져 있고, 늘푸른나무와 단풍나무 숲을 통과하는 오솔길은 응급 수리 주차장에서 리버

강의 수면으로부터 약 10미터 위 벼랑 꼭대기를 향한 중간 지점까지 나 있었다.

응급 수리 주차장은 리버 고속도로에서 잘 보이는 위치에 있었다. 고속도로는 해밀턴 다리 접근로 아래에서 크게 호를 그리며 입체 교차했다. 벼랑 자체가 원래 경사져 있기도 했지만, 어쨌든 오솔길은 나무들과 관목에 가려 고속도로에서 보이지 않았다.

또렷한 타이어 자국이 응급 수리 주차장에서 강 쪽으로 향한 지점의 땅 위에 희미하게 나 있었고 선글라스는 죽은 소녀 곁에서 발견되었다.

증거는 그것뿐이었다.

운 나쁘게도, 벼랑의 사면을 이루는 땅은 화성암으로 이루어져 있었다. 따라서 오솔길은 선사시대부터 존재했던 단단한 바위 위로 구불구불하게 나 있었다. 때문에 소녀도, 그녀를 죽인 살인자도 감식반을 위해 발자국을 남기지 않았다.

역시 운 나쁘게도, 오솔길이 덤불들과 나무들에 가려져 있음에도 불구하고 벼랑의 끝으로 구불구불 이어지는 오솔길 근처에는 어떤 식물도 없었다. 쉽게 말해서, 오솔길에서는 천 조각, 가죽, 깃털, 잔가지나 나뭇잎 위에 남아 있어야 할 미세한 증거조차 없었다.

그녀가 살해 장소까지 차로 왔을 것이라는 게 타당한 추정이었다. 응급 수리 주차장에서는 차와 관련하여 고장 수리한 흔적은 발견되지 않았다. 만일 타이어가 펑크 나서 차를 세웠다면 바닥에 잭의 자국이 남았을 것이고, 기름 얼룩이나 쇳가루가 남아 있어야 했다. 물론 엔진 고장으로 보닛만 열고 자동차를 살폈을 가능성도 있었다. 하지만 응급 수리 주차장 주변은 흙으로 되어 있었다. 누군가가 차의 보닛을 들어 올리기 위해 차의 앞쪽에 서 있었다면 분명히 발자국을 남겼을 것이다. 거기에는 사람의 흔적이나 발자국을 쓸어낸 자국도 없었다.

따라서, 경찰은 소녀와 그녀를 살해한 자가 리버 고속도로를 타고 서쪽 방면으로 가다가 응급 수리 주차장에 차를 대고 벼랑 끝까지 걸어서 올라갔을 것으로 추정했다.

소녀는 벼랑 끝에서 살해당했다.

그녀는 올라갈 때까지는 살아 있었다. 벼랑 끝으로 올라가는 오솔길에는 핏자국이 발견되지 않았다. 그녀의 머리에 난 상처로 볼 때 살해된 후 차에서부터 운반되었다면 바위 위로 난 오솔길이 피로 흠뻑 젖었을 것이었다.

그녀의 두개골과 얼굴을 엉망으로 만든 흉기는 무겁고 무딘 것이었다. 소녀는 의심할 여지 없이 손을 뻗어 살인자가 쓰고 있던 선글라스를 잡아챘다. 그런 다음 소녀는 그 선글라스를 쥐고 벼랑 끝으로 갔다.

선글라스가 땅에 떨어져 산산조각 났으리라는 것은 쉽게 추정할 수 있었다. 그러나 이것은 사실이 아니었다. 감식반원들은 땅 위에서 파편 한 조각 발견하지 못했다. 따라서 선글라스는 두 사람이 벼랑 끝으로 가기 전에 산산조각이 난 것이다. 그 부근 어디에서 산산조각이 난 게 아니었다. 선글라스 파편 수색은 허탕으로 끝났다. 왜

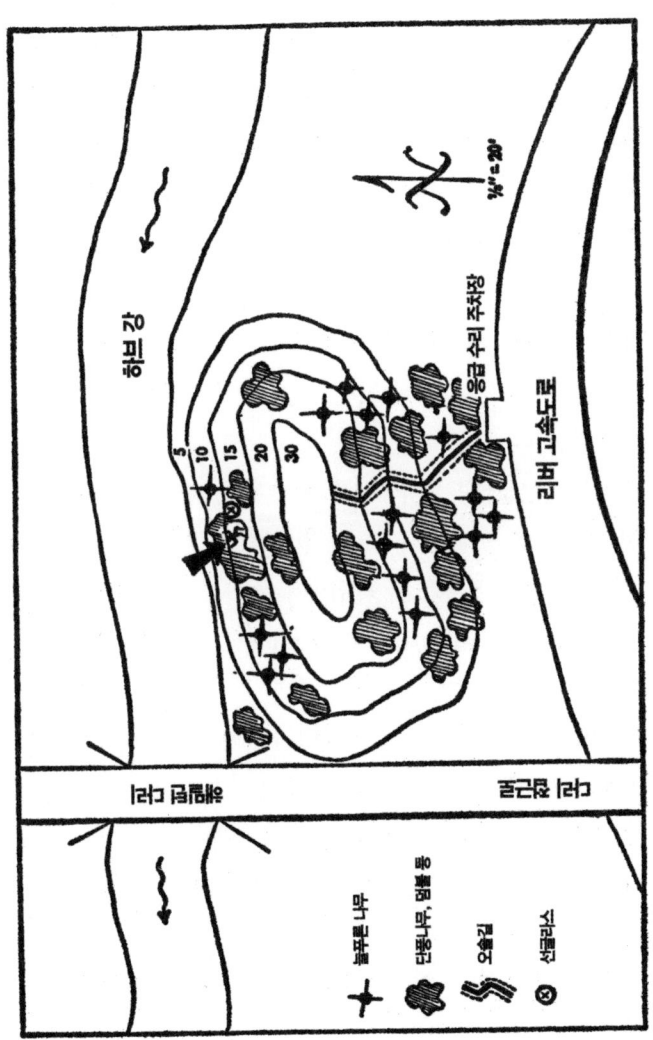

남자가 한쪽 렌즈가 깨진 선글라스를 쓰고 있었는지 궁금했지만 사실이 그랬다.

싸구려 선글라스는 수사에 아무런 도움이 되지 못했다.

타이어 자국은 처음에 사건 해결의 해법을 주는 듯했다. 그러나 타이어 석고본을 조사하고 비교 자료를 확인하니 타이어는 선글라스만큼이나 도움이 되지 않았다.

타이어 사이즈는 6.70-15였다.

타이어 무게는 10.4킬로그램이었다.

나일론 줄로 보강하여 만든 타이어로 쉽게 미끄러지지 않도록 홈이 파여 있었다.

타이어는 연방세 포함가 18달러 4센트에 판매되었다.

시어즈 로벅 미국의 유명한 통신 판매 회사의 카탈로그를 갖고 있는 미국 사람이라면 누구나 살 수 있는 타이어로 상표명은 '올스테이트'였다.

돈을 보내고 카탈로그 넘버 95N03067K를 신청하면 한 개든 백한 개든 주문할 수 있었다.

도시에는 트렁크에 든 스페어타이어를 빼더라도 네 개의 타이어가 달린 차를 갖고 있는 사람이 8만 명은 될 터였다.

타이어 자국은 그로스먼에게 한 가지 사실을 말해 주었다. 응급 수리 주차장에 댄 차는 경차였다. 타이어와 사이즈와 무게로 보아 중형차일 가능성은 배제되었다.

그로스먼은 자신이 갈 데도 없는데 옷을 차려입은 사람 같은 느낌이 들었다.

그는 체념하고 아일린 버크가 강도의 옷에서 뜯어낸 주머니 조각 건으로 돌아갔다.

금요일 오후, 로저 하빌랜드가 검사 결과를 듣기 위해 감식반에 들렀을 때, 그로스먼은 그 주머니 조각이 나일론 소재 1백 퍼센트로 남성 의류 체인에서 32달러에 판매되는 어떤 옷에서 뜯긴 것이라고 했다. 64개 점포를 소유한 그 체인은 도시 전역에 퍼져 있었다. 그 옷은 단지 한 가지 색깔, 푸른색뿐이었다.

로저 하빌랜드는 64개 점포를 모두 조사한다고 해도 범인을 찾는 일은 불가능할 거라고 생각했다. 그는 비참한 심정으로 머리를 긁적였다.

마이어 마이어는 활기가 넘쳤다.

그는 형사반으로 뛰어들더니 파일을 뒤적이고 있는 템플의 뒤로 성큼성큼 다가가 그를 뒤에서 찰싹 때렸다.

"그 친구들이 잡았어!" 그가 소리쳤다.

"뭐?" 템플이 말했다. "마이어, 자네가 내 등을 잡았네. 대체 무슨 말이야?"

"고양이 말이야." 마이어가 템플을 빈틈없이 살피며 말했다.

"고양이라니?"

"삼십삼 분서에서 일어난 사건 말이네. 돌아다니면서 고양이를 훔친 녀석 말일세. 그 친구들이 해결한 사건 중에 가장 괴상한 사건

일걸. 아그누치에게서 들었지. 그 친구 아나? 이 건에 내내 매달린 삼급 형산데 제보 건의 대부분을 담당하는 친구지. 오, 그 친구들이 그 건을 해결했네." 마이어가 템플의 표정을 참을성 있게 살폈다.

"그래서 내막이 뭔데?" 템플이 관심이 간다는 듯 물었다.

"그 친구들은 어느 날 밤 첫 단서를 잡았네." 마이어가 말했다. "앙고라 고양이를 도둑맞은 어떤 여자한테서 제보를 받았다는군. 그러니까, 그 친구들이 골목에서 그놈과 마주쳤대. 그놈이 무슨 짓을 하고 있었을 것 같나?"

"무슨 짓을 하고 있었는데?"

"고양이를 태우고 있었대!"

"고양이를 태우고 있었다고? 그러니까 고양이한테 불을 붙였다는 거야?"

"그렇지." 마이어가 고개를 끄덕이며 말했다. "그놈은 그 친구들한테 들키자마자 꽁지가 빠지게 도망치기 시작했다는군. 그 친구들은 고양이를 구했고, 그리고 용의자의 인상착의를 파악했네. 결국, 잡은 거나 다름없는 거지."

"그놈을 잡았어?"

"오늘 오후에. 그 친구들이 그놈 아파트를 수색하고 깜짝 놀랐다더군. 정말이야. 그놈은 정말로 고양이를 태우고 있었다는군. 고양이들을 태워서 재로 만들었어."

"못 믿겠는데."

"맹세코 정말이야. 그놈은 고양이를 훔친 다음에 태워서 재로 만든 거야. 그놈 집에는 고양이 재로 가득 찬, 요렇게 조그만 단지로 꽉 찬 선반이 잔뜩 있었지."

"대체 뭣 때문에?" 템플이 물었다. "미친놈인가?"

"천만에." 마이어가 말했다. "하지만 장담하건대 삼십삼 분서 친구들도 같은 질문을 했을 거야."

"어쨌든, 이유가 뭐야?"

"그 친구들이 그놈에게 물었지. 그 친구들도 그놈에게 바로 그렇게 물었다고. 아그누치가 그놈을 한쪽으로 데려가서 말했네. '이봐, 친구. 당신 혹시 미친 거 아니야? 고양이들을 모두 재로 만들어서 이런 단지에 담은 까닭이 뭐지?' 아그누치가 그렇게 말이야."

"그래서 그놈이 뭐라고 했대?"

마이어가 참을성 있게 말했다. "뭐라고 했겠어. 그놈이 설명하기를, 자신은 미치지 않았고 이런 단지에 고양이 재를 담은 분명한 이유가 있었다는군. 뭔가를 만들고 있었다는 거야."

"뭘?" 템플이 궁금하다는 듯이 물었다. "그놈은 대체 뭘 만들고 있었다는데?"

"인스턴트 푸시^{pussy}새끼 고양이. 여자의 성기라는 뜻이 있다." 마이어가 나긋나긋하게 말하고 빙그레 미소 지었다.

15

 팰맬 담뱃갑과 종이 성냥에 대한 감식 보고서는 그날 오후 늦게 도착했다. 대개의 증거물들이 그렇듯 두 증거물 역시 많은 사람들이 만졌기 때문에 증거로서 별 가치가 없다는 단순한 답변이었다. 두 증거물에서 지문계가 얻어 낸 유일한 사실은 여러 지문이 겹쳐 있다는 사실뿐이었다.
 스리 에이스라는 곳의 뻔한 광고가 실려 있는 종이 성냥은 형사 부서로 넘어갔다. 북부 살인반과 87분서 형사들은 한숨을 내쉬었다. 종이 성냥이 의미하는 바는 보다 많은 발품을 팔아야 한다는 뜻이었다.

 클링은 데이트를 위해 신경 써서 옷을 입었다.

정확한 이유는 알 수 없었지만 클레어 타운센드와 데이트를 할 때는 극히 신경을 써야 할 것 같았다. 자신이 여자에게 전혀(뭐, 거의라고 해 두자) 인기가 없었고, 그녀를 놓친다면 아마도 영원히(뭐, 오랫동안이라고 해 두자) 비탄에 잠길 거라는 사실을 인정했다. 그에게는 신중을 기해서 진도를 나가야 한다는 직감을 제외하면 그녀의 마음을 얻을 어떠한 방법도 떠오르는 게 없었다. 어쨌든 그녀는 그에게 반복해서 경고했었다. 그녀는 '다가오지 마!'라는 사인을 보내고, 그 사인을 그에게 큰 소리로 읽어 준 다음, 그 사인을 되풀이해서 말해 주었다. 하지만 그럼에도 불구하고, 그녀는 그의 데이트 신청을 허락했다.

그렇다면, 의심의 여지가 없다고 그는 생각했다. 그녀도 나에게 빠져 있는 게 아니겠는가.

이러한 추론은 그가 여태껏 사건 해결을 위해 골머리를 썩인 정도와 같을 만큼 생각을 거듭한 끝에 내린 결론이었다. 지니 페이지 살해 건을 해결해 보려고 이곳저곳을 돌아다닌 헛수고 때문에 자신이 약간 바보처럼 느껴졌다. 그는 언젠가 3급 형사로 승진하기를 열망했지만 지금 같아서는 정말 자신에게 형사의 자질이 있는지조차 다소 의심스러웠다. 피터 벨이 자신에게 고민거리를 들고 찾아온 이래 거의 2주가 흘렀다. 벨이 종잇조각에 집 주소를 적어 자신의 지갑에 찔러 넣어 주고 난 후 2주가 흘렀다. 그 종잇조각은 여전히 자신의 지갑에 들어 있었다. 요 2주 동안 많은 일이 일어났다. 그리고 이러한 일들은 자신에게 도움이 되는, 자기반성의 이유가 되었다.

이러한 시점에서, 그는 그 사건을 이런 일에 능숙한 사람들에게 넘길 준비가 되어 있었다. 아마추어적인 발품과 어설픈 의문으로 얻어 낸 것은 아무것도 없었다. 적어도 그렇게 생각했다. 그가 유일하게 건진 중요한 것은 클레어 타운센드였다. 확신하건대, 클레어는 중요했다. 그녀는 지금 중요했고, 시간이 갈수록 더 중요해질 거라는 느낌이 들었다.

자, 그러니까 빌어먹을 구두를 광내야 한다. 게으름뱅이처럼 보이고 싶진 않겠지?

그는 신발장에서 구두를 꺼냈다. 확실하게 문질러 광을 내기 위해 양말을 신은 발에 구두를 신었다. 양말이 더러워지면 갈아 신으면 된다. 그리고 구둣솔로 작업에 착수했다.

오른쪽 구두에 침을 뱉는데 문을 두드리는 소리가 들렸다.

"누구십니까?" 그가 큰 소리로 말했다.

"경찰이다. 문 열어." 목소리가 말했다.

"누구요?"

"경찰."

클링이 바짓단을 접어 올리고 일어났다. 손은 검은 구두약투성이였다. "장난하나?" 그가 문으로 다가가며 말했다.

"빨리 열게, 클링." 목소리가 말했다. "장난이 아니라는 걸 잘 알 텐데."

클링이 문을 열었다. 복도에 두 남자가 서 있었다. 두 사람 모두 덩치가 컸고, 두 사람 모두 브이넥 스웨터 위에 모직 재킷을 입었으며, 두 사람 모두 따분해 보였다.

"버트 클링?" 둘 중 한 사람이 물었다.

"그런데요?" 그가 어리둥절해하며 대답했다.

배지가 번뜩였다. "먼로와 모노건이네." 둘 중 한 사람이 말했다. "살인반에서 나왔지. 나는 모노건이야."

"나는 먼로." 다른 사람이 말했다.

클링은 그들이 트위들덤과 트위들디_{루이스 캐럴의 『거울 나라의 앨리스』에 나오는 두 인물로, 서로 다를 게 없는 두 가지를 뜻한다} 같다고 생각했다. 그는 웃음을 억눌렀다. 방문자 누구도 웃고 있지 않았다. 두 사람은 클링을 시골 장례식에서 막 돌아온 사람이나 된 듯 바라보았다.

"들어오세요." 클링이 말했다. "옷을 입는 중이었습니다."

"고맙네." 모노건이 말했다.

"고맙네." 먼로가 하는 말은 모노건이 한 말의 메아리 같았다.

그들은 방으로 갔다. 두 사람 모두 페도라를 벗었다. 모노건이 목청을 가다듬었다. 클링이 호기심을 갖고 그들을 바라보았다.

"마실 것 좀 드릴까요?" 그들이 왜 왔는지 궁금해하며 그가 물었다. 그들의 존재가 그에게 다소 두려움을 느끼게 했다.

"조금이라면." 모노건이 말했다.

"아주 조금만." 먼로가 말했다.

클링은 선반으로 가서 술 한 병을 꺼냈다. "버번 괜찮으십니까?"

"내가 순찰 경관이었을 때는 말이야." 모노건이 말했다. "버번을 마실 형편이 안 됐지."

"선물 받은 겁니다."

"나는 선물로 위스키를 받은 적이 없어. 누군가가 순찰 중인 나에게 특별히 부탁할 거리가 있었다면 돈을 가져왔지."

"그게 최고야." 먼로가 말했다.

"이건 병원에 있을 때 아버지가 준 선물입니다. 간호사가 손도 못 대게 했던 거죠."

"그러는 것도 무리가 아니지." 모노건이 말했다.

"알코올중독자 병실로 바뀌었겠군." 먼로가 웃음기 없는 얼굴로 말했다.

클링이 그들에게 술을 가져왔다. 모노건이 머뭇거렸다.

"자네는 같이 마시지 않나?"

"중요한 데이트 약속이 있습니다." 그가 말했다. "맑은 정신을 유지하고 싶어서요."

모노건이 파충류처럼 무표정한 얼굴로 그를 쳐다보았다. 그는 어깨를 으쓱하더니 먼로를 향해 돌아서며 말했다. "건배."

먼로가 건배에 응답했다. "건배." 그는 웃음기 없는 얼굴로 말하고 나서 술을 한입에 털어 넣었다.

"좋은 버번이군." 모노건이 말했다.

"훌륭해." 먼로가 부연해서 말했다.

"더 드릴까요?" 클링이 물었다.

"고맙군." 모노건이 말했다.

"됐네." 먼로가 말했다.

클링이 그들을 쳐다보았다. "살인반에서 오셨다고 했습니까?"

"북부 살인반."

"모노건과 먼로." 먼로가 말했다. "우리에 대해서 들어 본 적 없나? 우리가 넬슨, 니컬스, 퍼멘 삼중 살인을 해결했지."

"오."

"물론," 모노건이 겸손하게 말했다. "대형 사건이지."

"우리가 해결한 대형 사건들 중 하나지."

"큰 건이었지."

"그래."

"지금은 어떤 사건을 수사하고 계십니까?" 버트 클링이 웃으며 물었다.

"지니 페이지 살인 사건." 모노건이 심드렁하게 말했다.

공포가 클링의 목구멍으로 솟구쳤다. "오?" 그가 말했다.

"그래." 모노건이 말했다.

"그래." 먼로가 말했다.

모노건이 목을 가다듬더니 말했다. "경찰이 된 지 얼마나 됐나, 클링?"

"어…… 얼마 안 됐습니다."

"그럴 것 같았지." 모노건이 말했다.

"당연해." 먼로가 말했다.

"하는 일은 마음에 드나?"

"네." 클링이 머뭇거리며 대답했다.

"그 일을 계속하고 싶나?"

"계속 경찰 일을 하고 싶겠지?"

"네. 물론입니다."

"그럼 살인반의 일에 끼어들지 말게."

"네?"

"이 친구 말은 말이야." 먼로가 설명했다. "살인반 일에 끼어들지 말라고."

"무…… 무슨 말인지 잘 모르겠습니다."

"우리 말은 말이지. 시체가 등장하는 일에 얼씬거리지 말란 말일세. 시체가 등장하는 일은 우리 일이니까."

"우리는 시체를 좋아하지." 먼로가 말했다.

"우리는 전문가니까. 알아들었나? 자네가 심장병에 걸리면 자네는 심장전문의한테 전화하겠지? 자네가 후두염에 걸리면 눈, 귀, 코, 그리고 목을 보는 의사한테 전화하지 않겠나? 좋아, 자네가 시체를 발견하면 살인반에 전화하게. 그게 우리야. 모노건과 먼로."

"순찰 경관에게 전화하면 안 돼."

"살인반 말이야. 뚜벅이 경찰이 아니라."

"쿵쾅거리며 돌아다니는 경찰이 아니라."

"곤봉 돌리는 경찰이 아니라."

"교통 정리하는 경찰이 아니라."

"**자네가 아니라!**" 모노건이 말했다.

"명확하지?" 먼로가 물었다.

"네."

"더 명확하게 해 주지." 모노건이 덧붙였다. "경위님이 자넬 보고 싶어 하네."

"뭣 때문에요?"

"경위님은 재미있는 양반이야. 그는 우리 살인반이 이 도시에서 최고라고 생각하지. 그는 그 살인반을 이끄는 사람이고, 부탁도 하지 않았는데 순경이 돌아다니는 걸 좋아하지 않아. 내가 자네한테 비밀을 하나 알려 주지. 그 양반은 살해 현장을 휘젓고 다니는 자네 분서의 형사들을 좋아하지도 않네. 문제가 있다면 그 양반은 그들의 지원이나 협력을 거부할 수 없다는 거지. 특히 자네 관할에서 매년 우라지게 많이 발생하는 살인 사건을 쌓아 놓고 있을 때는 말이야. 그래서 그는 자네 분서 형사들 때문에 힘들어 하네. 빌어먹을 순찰 경관한테까지 고통을 겪고 싶어 하지는 않아."

"그런데…… 그런데 왜 경위님이 저를 보고 싶어 하시죠? 알겠습니다. 제가 끼어들지 말았어야 했군요. 미안합니다. 저는……,"

"자네는 끼어들지 말았어야 했지." 모노건이 동의했다.

"절대 그러지 말았어야 해."

"하지만 저는 어떤 방해도 하지 않았습니다. 저는 단지……,"

"자네가 방해를 했는지 누가 아나?" 모노건이 말했다.

"엄청난 방해가 됐을지도 모르지." 먼로가 말했다.

"아, 이런." 클링이 말했다. "저는 데이트가 있습니다."

"그렇지." 모노건이 말했다. "경위님과 말이지."

"아가씨에게 전화하게." 먼로가 충고했다. "경찰이 자네를 괴롭히고 있다고 말하라고."

클링은 손목시계를 보았다. "전화해도 소용없습니다." 그가 말했다. "그녀는 지금 수업 중입니다."

"작은 일은 희생해야 하네." 모노건이 웃으며 말했다.

"경위님께 그 말은 하지 않는 게 좋아."

"그녀는 대학생입니다." 클링이 말했다. "저기요. 일곱 시까지는 끝날까요?"

"어쩌면." 모노건이 말했다.

"코트를 입게." 먼로가 말했다.

"코트는 필요 없어. 날씨가 포근하니까."

"쌀쌀해질지도 모르지. 폐렴에 걸리기 좋은 날씨야."

클링은 한숨을 내쉬었다. "손을 씻어도 괜찮겠습니까?"

"뭐라고?" 모노건이 물었다.

"예의가 바른 친구군." 먼로가 말했다.

"손을 씻어야겠습니다."

"좋아. 그럼 씻게. 서둘러. 경위님은 기다리는 걸 좋아하지 않으니까."

북부 살인반이 박혀 있는 건물은 클링이 여태껏 본 건물 중 가장 허름하고, 볼품없고, 더럽고, 형편없는 건물이었다. 보자마자 살인반을 위한 최적의 장소라는 생각이 들었다. 죽음의 악취까지 풍기는 것 같았다. 그는 모노건과 먼로의 뒤를 따라 내근 경사의 책상을 지나 벤치가 줄지어 놓여 있는 좁고 어둑한 복도를 걸었다. 닫힌 문 너머로 타이프라이터 소리를 들을 수 있었다. 간혹 열린 문틈으로 셔츠 차림에 총집을 찬 사내가 보였다. 모든 장소가 바쁜 은행원 사무실 같다는 인상을 주었다. 전화는 쉴 새 없이 울렸고, 서류를 든 사람들이 이 사무실에서 저 사무실로 오갔으며, 남자들이 워터쿨러 앞에 모여 있었다. 단테가 묘사한 지옥처럼 음울한 광경이었다.

"앉게." 모노건이 말했다.

"조금 기다려야 해." 먼로가 덧붙였다.

"경위님은 수기를 구술시키는 중이네. 조금 있으면 오실 거야."

클링은 1시간을 기다리고 나서, 훌륭하신 경위님이 무엇을 구술시키고 있든 간에 그것은 수기가 아니라는 결론을 내렸다. 그것은 '경찰 연감'이라는 두 권 분량의 자서전이리라. 그는 제시간에 클레어와 데이트할 수 있을 거라는 희망을 오래전에 포기했다. 지금은 6시 45분이었고, 시간은 화살처럼 지나간다. 운이 좋다면 그녀는 여전히 수업 중일지도 모른다. 나에게 뭔가 일이 생겼다고 생각하고 기다려 주지 않을까. 하지만 처음부터 이 데이트를 탐탁지 않게 여긴 그녀를 생각하면 그럴 가능성도 그다지 없었다.

클링은 참을성 있게 때를 기다렸다.

8시 20분에 그는 복도를 지나는 남자를 붙잡고 전화를 쓸 수 있는지 물었다. 남자는 그를 한참 노려보다가 말했다. "경위님이 당신을 만날 때까지 기다리는 편이 나을 거요. 경위님은 수기를 구술 중이오."

"뭐에 대한?" 클링이 갈라진 목소리를 냈다. "무전기 딸린 경찰차를 분해하는 방법에 대해서?"

"뭐요?" 남자가 말했다. "오, 알겠소. 엄청 재밌군." 그는 클링에게서 떠나 워터쿨러 쪽으로 갔다. "물 마시겠소?"

"오후 내내 아무것도 못 먹었습니다."

"물이라도 마셔요. 위를 안정시켜 주지."

"물하고 같이 먹을 빵은 없습니까?"

"뭐요?" 남자가 말했다. "오, 알겠소. 엄청 재밌군."

"경위님은 얼마나 더 구술해야 합니까?"

"구술 속도에 달렸소."

"경위님이 북부 살인반에서 근무하신 지는 얼마나 됐죠?"

"오 년, 십 년. 모르겠는데."

"전에는 어디서 근무하셨습니까? 다하우_{나치스의 강제수용소가 있던 곳}?"

"뭐요?" 남자가 말했다. "오, 알겠소."

"엄청 재밌죠." 클링이 건조하게 말했다. "모노건과 먼로는 어디 있습니까?"

"그들은 집에 갔소. 둘 다 일벌레지. 오늘도 대단한 날이었겠지."

"저기요." 클링이 말했다. "배가 고파서 그러는데 당신이 경위님께 언질을 좀 해 주면 안 되겠습니까?"

"경위님께?" 남자가 말했다. "나더러 경위님께 언질을 하라고?

당신이 이제껏 한 말 중에 가장 재밌군." 그는 머리를 흔들더니 복도를 따라 걸어가다가 그를 한 번 돌아보고 믿을 수 없다는 표정을 지었다.

10시 33분에 38구경 권총을 허리춤에 꽂은 한 형사가 복도를 걸어왔다.

"버트 클링?" 그가 물었다.

"네." 클링이 지친 목소리로 대답했다.

"호손 경위님이 지금 찾소."

"대단한 영광……."

"경위님 앞에서는 농담하지 마시오." 형사가 충고했다. "그는 저녁 이후로 아무것도 먹지 못했으니까."

그는 클링을 헨리 호손 경위라고 쓰인 젖빛 유리문이 있는 곳으로 데려가더니 유리문을 열고 말했다. "클링, 경위님이시네." 그러고 나서 클링을 방 안으로 안내했다. 그 형사는 문을 닫고 방에서 나갔다.

호손이 방 저 끝 책상 뒤에 앉아 있었다. 그는 대머리에 연푸른 눈을 한 작은 남자였다. 흰 셔츠를 팔꿈치 위까지 말아 올렸고 버튼이 없는 칼라에 넥타이는 느슨하게 풀어 헤쳤다. 어깨에 찬 권총집에서 45구경 오토매틱의 호두나무로 된 개머리가 튀어나와 있었다. 놓인 게 거의 없는 그의 책상 위는 깔끔했다. 녹색 파일 캐비닛이 책상 주변에 요새의 벽을 형성했다. 책상 왼편 유리창의 블라인드는 맨 아래까지 내려져 있었다. 책상 위 나무 명패에 호손 경위라고 쓰여 있었다.

"자네가 클링인가?" 그가 말했다. 높은 금속성을 내는 그의 목소리는 고장 난 트럼펫에서 나오는 소리 같았다.

"네, 경위님."

"앉게." 호손이 책상 옆 등받이 의자를 가리키며 말했다.

"감사합니다, 경위님." 클링은 그렇게 대답하며 의자로 걸어가 앉았다. 그는 매우 긴장하고 있었다. 그는 자신의 일을 정말 잃고 싶지 않았고, 호손은 까다로운 손님처럼 보였다. 그는 살인반 경위가 경찰국장에게 순찰 경관을 파면시키라는 요청을 할지 궁금했고, 살인반 경위는 분명히 그러리라고 생각했다. 그는 침을 삼켰다. 그는 클레어에 대한 생각도, 배고프다는 생각도 더 이상 들지 않았다.

"그래서, 자네가 셜록 홈스 씨인가?"

클링은 어떻게 대답해야 할지 몰랐다. 그는 웃어야 할지 눈을 내리깔아야 할지 판단할 수 없었다. 그는 도대체 어떻게 처신해야 할지 알 수가 없었다.

호손이 그를 바라보았다. 그가 단호한 말투로 다시 반복해서 말했다. "그래서, 자네가 셜록 홈스 씨인가?"

"네?" 클링이 공손히 되물었다.

"살인 사건을 조사하고 다닌다며?"

"저도 모르게, 경위님. 그게……"

"잘 듣게, 셜록." 호손이 손바닥으로 책상을 내리치며 말했다. "우리는 오늘 오후에 전화 한 통을 받았네." 그는 책상 맨 위 서랍을 열었다. "시간을 기록해 뒀지." 그는 메모지를 참고했다. "십육시 삼십칠 분. 자네가 지니 페이지 건을 휘젓고 다닌다고 하더군." 호손이 요란한 소리를 내며 서랍을 닫았다. "나는 자네에게 친절하게 대했다고 생각하네, 셜록. 팔십칠 분서의 프릭 서장에게 곧장 갈 수도 있었지. 자네는 팔십칠 분서 소속이고, 프릭 서장은 내 오랜 친구이고, 프릭 서장은 순찰을 도는 코흘리개 순찰 경관이 하는 헛짓거리를 받아 주지 않는 사람이지. 하지만 자네 분서의 번스 경위는 자네처럼 살인 사건에 끼어드는 걸 좋아하고, 나는 때때로 그 친구에게 자네의 빌어먹을 도움이 하나도 안 고맙다고 말해 주는 것밖에 달리 할 게 없어! 하지만 만약 팔십칠 분서의 순찰 경관까지 끼어들 생각이라면, 만약 팔십칠 분서에서⋯⋯."

"경위님, 분서에서는 제가 하는 일에 대해서 아무것도 모릅⋯⋯."

"**그들은 지금도 몰라!**" 호손이 소리쳤다. "그리고 그들이 모르는 이유는 이 일에 대해서 내가 프릭 서장에게 말하지 않았을 만큼 친절한 사람이기 때문이지. 나는 자네에게 지금 잘해 주고 있는 거야, 셜록. 그 점을 잊지 말게. 나는 지금 자네에게 빌어먹게 친절하게 대해 주고 있지. 그러니까 내가 말할 땐 입도 뻥긋하지 말게."

"경위님, 저는⋯⋯."

"좋아, 잘 듣게, 셜록. 자네가 지니 페이지에 대해 머릿속으로 생각한다는 말만 들어도 자네는 엉덩이에 큰 붕대를 감게 될 거야. 나는 지금 베스타운으로 전근시키겠다는 말 따위를 하는 게 아니야.

나는 모가지를 말하는 거야! 자네는 거리로 쫓겨나서 추위에 떨게 될 걸세. 그리고 내가 그렇게 할 수 없을 거라는 생각은 말게."

"경위님, 저는 그렇게 생각하지 않……,"

"나는 내 손등에 대해 아는 것만큼이나 경찰국장을 잘 아네. 내가 아는 경찰국장은, 내 부탁이라면 자기 마누라라도 팔 사람이야. 내가 한마디만 하면 경찰국장은 일 초의 망설임도 없이 건방진 순찰 경관의 귀를 잡고 경찰서에서 쫓아낼 걸세. 내 말을 허투루 듣지 말게, 셜록."

"경위님……,"

"내가 농담하고 있다는 생각은 집어치우게, 셜록. 나는 살인과 관련해서 절대 농담하지 않아. 살인이 장난인 줄 아나? 자네가 꼬치꼬치 묻고 다니는 통에 어떤 놈이 겁을 먹고 숨어 버렸는지 신만이 알겠지. 우리가 애써 해 온 일을 자네가 얼마나 엉망으로 만들어 놨는지 아느냐고! 그러니까 그만 때려치워! 가서 자네의 빌어먹을 순찰 구역이나 돌란 말이야! 만약 자네에 대한 말을 내가 또 듣게 된다면……,"

"경위님?"

"뭐야?"

"전화한 사람이 누굽니까, 경위님?"

"자네가 상관할 바 아니야!" 호손이 소리쳤다.

"네, 경위님."

"내 사무실에서 나가. 자네 때문에 돌겠네. 나가."

"네, 경위님." 클링은 그렇게 대답하고 몸을 돌려 문으로 향했다.

"그리고 살인 사건 주변에서 얼쩡거리지 마!" 호손이 그의 뒤에서 소리쳤다.

그는 11시 10분에 클레어에게 전화했다. 발신음이 여섯 번 울렸다. 그는 잠든 그녀를 깨울지도 모른다고 생각해서 끊으려고 했다. 그때 전화를 받았다.

"여보세요?" 그녀가 잠에 겨운 목소리로 말했다.

"클레어?"

"네, 누구세요?"

"내가 깨웠어요?"

"그래요." 잠시 사이를 두더니 그녀의 목소리가 약간 생생해졌다. "버트? 당신이에요?"

"그래요. 클레어, 미안해요. 내가……."

"난 열여섯 이후로 바람맞은 적이 없어요. 그리고……."

"클레어, 진심으로 난 당신을 바람맞힌 게 아니에요. 어떤 살인반 경찰이……."

"바람맞았다고 생각했어요. 난 신문사 사무실에서 여덟 시 십오 분까지 기다렸어요. 왜 그랬는지는 몰라요. 왜 전화하지 않았죠?"

"그들이 전화를 못 쓰게 했어요." 클링이 잠시 말을 멈췄다. "당신한테 어떻게 연락해야 할지도 몰랐어요."

클레어가 아무 말도 하지 않았다.

"클레어?"

"듣고 있어요." 그녀가 지친 목소리로 대답했다.

"내일 볼 수 있을까요? 온종일이라도 볼 수 있어요. 내일은 비번이에요."

다시 침묵이 흘렀다.

"클레어?"

"듣고 있어요."

"그럼?"

"버트, 왜 그만하자는 말을 하지 못할까요? 오늘 밤 있었던 일을 나쁜 징조라고 생각하고 그냥 다 잊어요. 그럴래요?"

"안 돼요."

"버트……."

"싫습니다! 내가 정오에 태우러 갈게요. 알았죠?"

침묵.

"클레어?"

"알았어요. 그래요." 그녀가 말했다. "정오에."

"만나서 설명할게요. 나한테…… 곤란한 일이 좀 있었어요."

"좋아요."

"정오?"

"네."

"클레어?"

"네?"

"잘 자요, 클레어."

"잘 자요, 버트."

"깨워서 미안해요."

"됐어요. 조금 졸았을 뿐이에요, 뭐."

"그럼…… 잘 자요, 클레어."

"잘 자요, 버트."

더 이야기하고 싶었지만 딸칵하고 수화기를 내려놓는 소리를 듣고 그는 한숨을 쉬었다. 전화 부스에서 나와 버섯스테이크, 튀긴 양파, 구운 감자 두 개, 로크포르 드레싱을 얹은 많은 양의 샐러드, 그리고 우유를 주문했다. 석 잔의 우유를 더 주문해서 식사를 마친 뒤 초콜릿 크림파이 한 조각을 먹었다.

레스토랑에서 나오는 길에 초코바 한 개를 샀다.

그러고 나서 잠을 자기 위해 집으로 갔다.

16

 통속소설과 관련하여 많은 사람들이 흔히 생각하는 오류 중 하나는 사랑에 빠져 꿈을 꾸는 듯한 눈빛을 한 커플에게는 로맨틱한 웨이터가 따른다는 것이다. 웨이터는 커플의 테이블을 맴돌며 특별 메뉴("숙녀분께는 유리그릇에 담긴 꿩 요리가 어떨까요?")를 추천하며 그의 심장이 로맨틱한 기분으로 끓어오를 동안 가슴에 손을 얹거나 커플에게 키스를 불어 보낸다.

 버트 클링은 소년이었던 시절부터 지극히 평범한 아가씨에서 아름다운 여인에 이르기까지 많은 여자와 이 도시의 좋은 레스토랑들을 가 보았다. 그는 대부분의 레스토랑에서 대부분의 웨이터들이 훈제 연어를 곁들인 스크램블드에그의 주문을 신경 쓰는 것 외에 손님들에 대해 로맨틱한 상상을 하는 일은 절대 없다고 오래전에 결론 내렸다.

그는 자신과 클레어가 사랑에 빠져 꿈을 꾸는 듯한 눈빛을 하고 있다는 생각은 잠시도 해 본 적 없었지만 충분히 잘 어울리는 커플이라는 데에는 의심의 여지가 없다고 믿었다. 그리고 그들은 호텔로 더 잘 알려진, 도시에서 가장 높은 건물 중 하나의 꼭대기에 자리한, 하브 강이 보이는 고급 레스토랑에 있었다. 그리고 꿈을 꾸는 듯한 눈빛(그가 진작부터 그런 것을 믿게 된 이유는 존 위트컴미국의 일러스트레이터로 매력적인 젊은 여자를 주로 묘사하는 작가로 유명하다의 영향 탓이었다. 아, 남자란 한번 그런 생각이 들기 시작하면……)이 없다고 하더라도, 아무리 목석 같은 웨이터라도 서로 알아 가려고 노력하는 두 사람의 어설프고 초보적인 의식을 눈치채면 도와주기 마련이라고 생각했다.

클링에게 있어서 그날은 어떤 기준에 비추어 보아도 대성공이라고는 할 수 없었다.

그는 아이솔라에서 출발하는 페리를 타고 베스타운으로 피크닉을 갈 계획이었다. 하지만 비가 그 계획을 망쳐 놓았다.

그는 빗속을 뚫고 정확히 12시에 클레어를 데리러 갔었다. 비는 그녀에게 '끔찍한 두통'을 안겨 주었다. 그녀는 아스피린이 효력을 나타낼 잠시 동안만이라도 집 안에 머물러도 괜찮겠느냐고 클링에게 물었다.

클링은 괜찮았다.

클레어 타운센드는 레코드플레이어에 좋은 음반 몇 장을 올려놓고 무거운 침묵에 빠졌는데 그는 두통의 원인이 그 때문이라고 생각했다. 비는 유리창 틈으로 스며들었고, 거리를 적시며 질주했다. 레코드플레이어에서 음악이 새어 나왔다. 바흐의 「브란덴부르크 협주곡 제5번 라장조」, 슈트라우스의 「돈키호테」, 프랑크의 「프시케」.

그는 거의 잠이 들 뻔했다.

두 사람은 2시에 아파트에서 나왔다. 비는 다소 누그러졌지만 공기가 칼끝으로 찌르는 듯 쌀쌀했다. 두 사람은 별말 없이 내리는 비를 저주하면서 뚱한 얼굴을 하고 철벅거리며 걸었다. 하지만 비가 두 사람 사이에 딱딱한 쐐기를 박고 있다는 사실을 왠지 멍하니 모른 척한다는 느낌도 있었다. 클링이 영화를 보러 가자고 제안했을 때, 클레어는 열정적으로 그 제안을 수락했다.

영화는 끔찍했다.

'아파치의 멸망'인가 뭔가 하는 제목의 영화로 인디언 복장을 하고 얼굴에 페인트칠을 한 할리우드 엑스트라 무리가 기성을 지르며 소수의 푸른 제복 기병대를 덮치기 시작하고 몇 안 되는 기병이 영화가 끝날 무렵까지 교활한 아파치를 상대로 싸운다. 이때쯤이면 피곤에 찌든 소수의 기병들은 수만 명의 인디언들을 대적했을 게 틀림없다. 영화가 끝나기 5분 전쯤 또 다른 소수의 지원군이 도착한다. 클링은 이런 식이라면 '아파치 후손의 멸망'이라는 제목으로 속편이 나와 전쟁은 또 다른 두 시간으로 이어질 거라고 확신했다.

두 번째 영화는 이혼하려는 부모를 둔 어린 딸에 대한 내용이었다. 어린 소녀는 부모와 함께 리노이혼 절차가 간단한 도시─편리하게도 아빠는 그곳에서 사업을 하는 동시에 엄마는 그곳에서 주거를 정해야 하는 상황이다—를 향해 떠난다. 영화 내내 이 소녀의 되바라진 태도와 반짝이는 눈, 능글맞게 웃는 표정이 이어진다. 이 여정 동안 엄마와 아빠는 이 되바라지고 눈을 빛내며 능글맞게 웃고 잘난 체하는 딸 덕분에 결혼 생활의 행복을 깨닫고 오래도록 함께 살아가게 된다.

그들은 게슴츠레한 눈을 하고 6시에 극장을 나섰다.

버트 클링은 저녁을 들며 한잔하자고 제안했다. 클레어는 다소 방어적인 태도로 술을 곁들인 저녁 식사가 지금 딱 좋을 것 같다며 동의했다.

그래서 그들은 호텔로 더 잘 알려진, 도시에서 가장 높은 건물 중 하나의 꼭대기에 자리한 레스토랑에 앉아서 강에 면한 큼직한 유리창 밖을 내다보았다. 강 너머로 광고의 네온사인이 보였다.

처음 명멸한 네온사인은 '스프라이레버 브라더스가 만든 식물성유지 브랜드'였다.

다음으로는 '튀김에는 스프라이'.

다음으로는 '제빵에는 스프라이'.

그리고 다시 '스프라이'.

"어떤 걸로 하겠어요?" 클링이 물었다.

"위스키 사워가 좋을 것 같아요."

"코냑이 아니고?"

"조금 이따가요. 아마."

웨이터가 테이블로 다가왔다. 그는 아돌프 히틀러만큼 낭만적으로 보였다.

"무엇으로 하시겠습니까?"

"위스키 사워와 마티니요."

"레몬을 넣을까요?"

"올리브로." 클링이 말했다.

"감사합니다, 손님. 지금 메뉴를 갖다 드릴까요?"

"한잔하고 나서요. 고맙습니다. 괜찮겠죠, 클레어?"

"네, 좋아요."

둘은 말없이 앉아 있었다. 클링은 창밖을 내다보았다.

튀김에는 스프라이.

"클레어?"

"네?"

제빵에는 스프라이.

"엉망이었죠?"

"제발, 버트."

"비…… 그리고 형편없는 영화. 이렇게 되길 바란 게 아니었어요. 나는……."

"나는 이렇게 될 줄 알았어요, 버트. 내가 누누이 말하지 않았나요? 나한테 다가오지 말라고 했잖아요? 나는 세상에서 가장 따분한 여자라고 말하지 않았나요? 왜 고집을 피웠죠, 버트? 이제 당신은 나를……."

"나는 당신이 어떤 식으로도 생각하지 않길 바랍니다." 그가 말했다. "나는 우리…… 우리가 새롭게 시작하자고 말하려던 것뿐이에요. 지금부터. 지금까지의 모든 것을 잊어버리고요."

"오, 그게 무슨 소용이죠?"

웨이터가 술을 들고 다가왔다. "여자분이 위스키 사워인가요?"

"네."

그가 테이블 위에 마실 것을 놓자 버트 클링이 마티니 잔을 집어 들었다.

"새로운 시작을 위하여." 그가 말했다.

"술을 낭비하고 싶다면요." 그녀는 그렇게 대답하고 자신의 잔을 들이켰다.

"어젯밤에는……," 그가 말을 꺼냈다.

"지금이 새로운 시작이라고 생각했는데요."

"설명하고 싶어요. 두 살인과 형사가 나를 그들의 경위에게 데려갔어요. 경위가 지니 페이지 사건에서 손을 떼라고 경고하더군요."

"그렇게 할 거예요?"

"네, 물론이죠." 그는 잠시 말을 멈췄다. "나는 호기심이 많은 사람이에요. 인정해요. 하지만……,"

"알고말고요."

"클레어." 그가 차분한 투로 말했다. "도대체 뭐가 문젭니까?"

"아무 문제 없어요."

"어디로 숨어 버리는 거죠?"

"뭐라고요?"

"당신은 어디로……,"

"티가 날 거라고 생각하지 못했어요. 미안해요."

"다 보여요." 클링이 말했다. "그는 어떤 사람이었죠?"

클레어가 날카롭게 쳐다보았다. "당신은 내가 생각한 것보다 더 훌륭한 경찰이군요."

"짐작한 것뿐이에요." 그가 말했다. 이제 그의 목소리에는 슬픔이 묻어 있었다. 마치 그가 우려했던 생각에 대한 그녀의 확인이 갑자기 그에게서 모든 투지를 앗아 간 것 같았다. "당신이 누굴 사랑하든 개의치 않아요. 대부분의 여자들이……."

"그런 게 아니에요." 그녀가 말을 끊었다.

"대부분의 여자들은 사랑을 하죠." 그가 말을 이었다. "하지만 남자는 거들떠보지도 않거나 때로는 남자들의 사랑 방식이란 게……."

"그런 게 아니라고요!" 그녀가 날카롭게 말했다. 그리고 그가 테이블 너머로 그녀를 보았을 때 클레어의 눈에는 눈물이 차올라 있었다.

"헤이, 이봐요. 나는……."

"제발, 버트. 나는 이러고 싶지……."

"하지만 당신은 남자가 있었다고 했잖아요. 당신은 그렇게……."

"좋아요." 그녀가 대답했다. "좋아요, 버트." 그녀는 입술을 깨물었다. "좋아요. 남자가 있었어요. 그리고 나는 그 사람을 미친 듯이 사랑했어요. 나는 열일곱이었고-딱 지니 페이지처럼요- 그는 열아홉이었어요."

클링은 기다렸다. 클레어는 자신의 술병을 들어 잔에 부었다. 그녀는 침을 삼키고 한숨을 내쉬었다. 클링은 그녀를 쳐다보며 기다렸다.

"우리는 템포 클럽에서 만났어요. 그리고 보자마자 사랑에 빠졌어요. 어떻게 그런 일이 일어나는지 알아요, 버트? 어쨌든 우리에게는 그런 일이 일어났어요. 우리는 많은 계획들을 세웠죠. 큰 계획들을. 우리는 어렸고 거칠 게 없었고 사랑에 빠져 있었어요."

"무…… 무슨 말인지 모르겠군요."

"그는 한국에서 죽었어요."

강 너머에서 네온사인이 요란하게 명멸했다. **튀김에는 스프라이**.

테이블이 아주 조용해졌다. 클레어는 테이블보를 뚫어지게 바라보았고 클링은 신경질적으로 깍지를 꼈다.

"그러니까 왜 내가 템포에 가서 허드와 토미 같은 어린애들과 어울렸는지 묻지 말아요. 나는 다시 그를 찾고 있어요, 버트. 당신은 모르겠지요? 나는 그의 모습, 그리고 그의 젊음, 그리고……,"

잔인하게, 버트 클링이 말했다. "당신은 그를 못 찾아요."

"난……,"

"당신은 그를 못 찾아요. 당신은 바보 같은 짓을 하고 있어요. 그는 죽어서 묻혔어요. 그는……,"

"당신한테 그런 말 듣고 싶지 않아요." 클레어가 말했다. "집에 데려다 줘요. 제발요."

"싫습니다." 그가 말했다. "그는 죽어서 땅에 묻혔고 당신 자신도 묻고 있어요. 당신은 자학하고 있는 거예요. 당신은 스무 살에 상복을 입고 있다고요! 도대체 왜 그러는 겁니까? 매일 사람들이 죽는다는 걸 몰라요? 모르냐고요?"

"닥쳐요!"

"당신은 당신 자신을 죽이고 있다는 걸 모르겠어요? 어린애 풋사랑은 잊어버려요. 그런……."

"닥쳐요!" 그녀가 다시 말했다. 이번 목소리는 히스테리에 가까웠고 그들 주변의 손님들이 그녀의 폭발에 뒤를 돌아보았다.

"좋아요!" 클링이 단호히 말했다. "좋아요, 당신 자신을 묻어요! 당신의 아름다움, 당신의 생기를 감추려고 애쓰라고요! 내가 갖는 관심 따위는 개의치 말고 매일 상복을 입고 있으라고요! 하지만 나는 당신의 행동이 가짜라고 생각해요! 나는 당신이 십사 캐럿짜리 가짜라고 생각한다고요!" 그는 말을 멈췄다. 그러고 나서 노기를 띠며 말했다. "여기서 나갑시다!"

그는 자리에서 일어나며 웨이터에게 신호를 보냈다. 클레어는 그의 반대편에 미동도 없이 앉아 있었다. 그러더니, 갑작스럽게, 울기 시작했다. 처음에는 흐느꼈다. 꽉 감은 눈에서 눈물이 조용히 뺨을 타고 흘러내렸다. 그러더니 어깨가 움츠러들고, 바위처럼 미동도 없이 앉아 있었다. 무릎을 잡은 손과 움츠러든 어깨. 말없이 흐느끼는 동안 눈물이 얼굴을 타고 흘렀다. 그는 이렇게 순수한 고통을 본 적이 없었다. 그는 얼굴을 돌렸다. 그녀를 보는 게 힘들었다.

"주문할 준비가 되셨습니까, 손님?" 웨이터가 주뼛주뼛 테이블로 다가와 물었다.

"같은 걸로 두 잔 더요." 버트가 말했다. 웨이터가 자리를 떠나려고 하자 버트가 그의 팔을 잡았다. "아니, 위스키 사워 대신 캐나디안 위스키로 줘요."

"네, 손님." 웨이터가 그렇게 대답하고 조용히 자리를 떴다.

"더 마시고 싶지 않아요." 클레어가 중얼거렸다.

"마시고 싶을 겁니다."

"싫다니까요." 그녀가 다시 눈물을 흘렸고, 이번에는 클링이 그녀를 정면으로 바라보았다. 그녀는 잠시 동안 계속해서 흐느꼈다. 그러더니 갑자기 울기 시작했던 것처럼 갑자기 울음을 그쳤다. 갑작스러운 폭우가 지나고 거리가 깨끗해진 것처럼 그녀의 얼굴이 밝아졌다.

"미안해요." 그녀가 말했다.

"사과하지 말아요."

"오래전에 울었어야 했어요."

"그래요."

웨이터가 마실 것을 가지고 왔다.

클링이 자신의 잔을 들며 말했다. "새로운 시작을 위하여."

클레어는 그를 오랫동안 바라보았다. 그녀 앞에 놓인 위스키 잔을 향해 천천히 손을 뻗었다. 마침내, 그녀의 손이 잔을 감싸 쥐었다. 그녀가 잔을 들고 버트 클링의 잔에 자신의 잔을 부딪쳤다. "새로운 시작을 위하여." 그녀는 그렇게 말하고 술을 단숨에 입에 털어

넣었다.

"세군요."

"그게 당신한테 좋을 겁니다."

"그래요. 미안해요, 버트. 내 문제로 당신에게 짐을 지우지 말았어야 했어요."

"생각하지 말고 대답해 봐요. 나 말고도 당신의 짐을 받아들일 누군가가 또 있나요?"

"아니요." 그녀가 지친 표정으로 미소를 지으며 즉시 대답했다.

"낫군요."

그녀가 그를 처음 본 사람처럼 바라보았다. 눈물이 그녀의 눈 안에서 반짝거렸다. "아마…… 시간이 좀 걸릴 거예요, 버트." 그렇게 말하는 그녀의 목소리가 아주 멀리서 들리는 듯했다.

"나는 세상에서 시간이 가장 많은 사람이에요." 그는 그렇게 대답했다가 자신을 비웃을지도 모른다고 생각하며 덧붙였다. "클레어, 당신이 나한테 와 줄 때까지 여태 내가 해 온 일은 시간을 죽이는 일뿐이었어요."

그녀가 다시 울 것 같았다. 그가 테이블 너머로 손을 뻗어 그녀의 손 위에 자신의 손을 덮었다.

"당신은…… 당신은 아주 좋은 사람이에요, 버트." 그렇게 말하는 그녀의 목소리가 울음을 참느라 점점 가늘어졌다. "당신은 착하고 친절하고 점잖고, 그리고 아주 멋있어요. 그런 거 알아요? 나는…… 나는 당신이 아주 멋있다고 생각해요."

"당신은 내가 빗질했을 때의 모습을 봐야 해요." 그가 미소를 지으며 말하고 그녀의 손을 꽉 쥐었다.

"농담이 아니에요." 그녀가 말했다. "당신은 내가 늘 실없는 소리만 한다고 생각하잖아요. 절대 그렇게 생각해서는 안 돼요. 왜냐하면 난…… 난 진지한 여자니까요."

"알아요."

"그러니까……."

그가 갑자기 얼굴을 찡그리며 자세를 바꿨다.

"왜 그래요?" 그녀가 걱정스럽게 물었다.

"아니에요. 이 빌어먹을 총이." 그가 다시 자세를 바꿨다.

"총?"

"네. 뒷주머니에. 우리는 총을 갖고 다녀야 해요. 알다시피 비번일 때도."

"정말요? 총을? 주머니에 총이 있다고요?"

"그래요."

그녀가 그에게 가까이 다가왔다. 그녀의 눈은 이제 말끔했다. 마치 눈물이나 슬픔 따위는 모른다는 듯이. 그녀의 눈은 호기심으로 반짝거렸다. "봐도 돼요?"

"물론이죠." 그는 몸을 일으켜 재킷의 단추를 끄르고 뒷주머니에서 총이 든 가죽 총집을 빼내어 테이블 위에 올려놓았다.

"만지지 말아요. 당신의 얼굴을 향해 폭발할지도 몰라요."

"위협적으로 보여요."

16 노상강도

"위협적이죠. 나는 팔십칠 분서에서 사격 왕이에요."

"정말요?"

"'클링 더 킹'. 사람들이 나를 그렇게 부르죠."

그녀가 웃음을 터뜨렸다.

"일 미터 이내라면 세상의 어떤 코끼리라도 맞힐 수 있어요." 클링이 덧붙였다.

그녀의 웃음소리가 커졌다. 그는 그녀가 웃는 모습을 쳐다보았다. 그녀는 자신이 변한 모습을 깨닫지 못한 것처럼 보였다.

"내가 뭘 하고 싶은지 알아요?" 그가 말했다.

"뭔데요?"

"이 총을 들고 강 너머 저 빌어먹을 네온사인을 맞히고 싶어요."

"버트." 그녀가 말했다. "버트." 자신의 다른 손을 그의 손 위에 포갰다. 테이블 위에서 세 개의 손이 피라미드처럼 쌓였다. 그녀의 얼굴이 진지하게 바뀌었다. "고마워요, 버트. 정말 너무너무 고마워요."

클링은 무슨 말을 해야 할지 몰랐다. 그는 당황스러웠고, 자신이 바보처럼 느껴졌고, 행복했고, 자신이 매우 커진 것 같았다. 키가 25미터는 된 것 같았다.

"내…… 내일은 뭐 해요?" 그가 물었다.

"아무것도요. 내일 뭐 해요?"

"몰리 벨을 찾아가서 내가 더 이상 기웃거리며 돌아다닐 수 없다고 말해야 해요. 그러고 나서 당신이 있는 곳에 들를 생각이에요.

그리고 날씨가 좋다면 피크닉을 갑시다."

"맑을 거예요, 버트."

"그럴 거예요."

그녀가 갑자기 몸을 기울여 그에게 키스했다. 빠르고 갑작스러운 키스가 순식간에 그의 입술을 건드리고 사라졌다. 그녀는 다시 자리에 앉았다. 파티에 처음 간 어린 소녀처럼 확신이 없어 보였다. "당신…… 서두르지 말아요."

"그럴게요." 그가 약속하듯 말했다.

웨이터가 갑자기 나타났다. 웨이터는 웃고 있었다. 그는 사려 깊게 헛기침을 했다. 클링이 깜짝 놀라 그를 쳐다보았다.

"제 생각에는," 웨이터가 점잖게 말했다. "테이블 위에 작은 촛불을 켜는 게 어떨까요, 손님? 숙녀분에게 촛불이 비치면 더 사랑스럽게 보일 것 같습니다만."

"숙녀분은 그 자체로도 사랑스럽게 보이죠." 클링이 말했다.

웨이터는 실망한 것처럼 보였다. "그래도……,"

"그래도 촛불이 있다면 확실히 더 사랑스럽겠죠." 클링이 말했다. "촛불이 있으면 좋고말고요."

웨이터가 활짝 웃었다. "네, 손님. 그렇고말고요. 그리고 주문하시겠습니까? 준비가 되셨다면 제가 추천해 드리지요." 잠시 말을 멈춘 그의 얼굴에서 미소가 밝게 빛났다. "정말 아름다운 밤 아닙니까, 손님?"

"멋진 밤이에요." 클레어가 대답했다.

17

 때때로 그들은 여주_{박과의 한해살이풀} 열매처럼 벌어져 드러나는 경우가 있다.

 다이아몬드 못지않게 단단한 브라질 호두 때문에 애를 먹고 있을 때 터지기 쉽고 종이처럼 얇은 여주 열매의 껍질처럼, 갑자기 미약한 악력에도 불구하고 호두가 벌어져 알맹이가 튀어나오기도 한다.

 그런 일이 윌리스와 하빌랜드에게 일어났다.

 9월 24일 일요일 오후 느지막이 문을 연 스리 에이스에서 이제 막 영업이 시작되는 중이었다. 바에는 술 마시는 사람들이 몇몇 있었지만 테이블은 비어 있었고, 당구대와 핀볼머신 앞에는 사람이 없었다. 바는 허름했고 벽에 붙은 거울에 클럽, 하트, 스페이드 세 개의 에이스가 그려져 있었다. 네 번째 에이스는 어디에도 보이지 않았다. 바텐더의 얼굴을 보니 네 번째 에이스를 뭔가 비장의 무기와 함께 그의 소매 안에라도 숨겨 둔 것 같았다.

윌리스와 하빌랜드는 바 끝에 있는 스툴로 가서 앉았다. 바텐더는 반대편 바 끝에서 구부정하게 허리를 숙이고 손님과 대화를 나누다가 몸을 일으켜 윌리스와 하빌랜드가 앉아 있는 곳으로 다가왔다. "어떤 걸로 하시겠습니까?"

하빌랜드가 바 위로 종이성냥을 던졌다. "여기 거요?"

바텐더는 아주 오랫동안 그것을 바라보았다. 거울에 그려진 것과 같은 세 개의 에이스가 성냥에도 그려져 있었고, 스리 에이스라는 빨간 글씨의 스티커가 성냥 위쪽에 붙어 있었다. 바텐더는 좀처럼 대답을 하지 않았다.

그가 마침내 입을 열었다. "그렇소."

"이 성냥은 언제부터 있었습니까?" 윌리스가 물었다.

"왜요?"

"경찰이오." 하빌랜드가 지친 듯이 말했다. 그는 배지를 꺼내기 위해 주머니 안으로 손을 뻗었다.

"됐소. 경찰 냄새는 멀리서도 맡을 수 있으니까."

"그래서 당신 코가 부러진 거요?" 하빌랜드가 바 위에서 주먹을 꽉 쥐며 물었다.

바텐더가 코를 만졌다. "권투를 좀 했지." 그가 말했다. "이 성냥은 뭡니까?"

"이 성냥이 언제부터 있었소?"

"석 달쯤 됐소. 싸게 팔더군. 근처에 크리스마스카드랑 이런저런 것들을 팔면서 다니는 애들이 있는데 그 애들 말로는 성냥이 가게의 격을 높여 줄 거라나. 그래서 그 말에 넘어갔지. 큰 묶음 두어 개를 주문했소." 바텐더가 어깨를 으쓱했다. "내가 알기론 아무 해도 끼치지 않았는데, 뭣 때문에 그러쇼?"

"아무것도." 월리스가 말했다. "일상적인 확인이지."

"뭐에 대해서? 종이 성냥에 대해서?"

"그래요." 하빌랜드가 말했다. "종이 성냥에 대한 확인이오. 담배도 팝니까?"

"자판기로만." 바텐더가 문가의 모퉁이에 있는 자동판매기를 가리켰다.

"자판기에 이 성냥도 들어 있습니까?"

"아니요. 바 위에 있는 작은 상자에 넣어 둡니다. 여기 오는 사람들은 누구나 갖다 쓰지. 왜요? 그 성냥이 그렇게 중요합니까?"

"질문은 우리가 합니다." 하빌랜드가 말했다.

"나는 도와 드리려고 한 것뿐이오, 경관 나리." 바텐더의 목소리에는 하빌랜드의 주둥이를 한 대 쥐어박고 싶다는 마음이 담겨 있었다.

"그럼 여기에 한잔하러 온 사람이라면 누구나 바로 걸어와서 마음대로 가져갈 수 있다는 말입니까, 맞아요?" 월리스가 물었다.

"그래요." 바텐더가 말했다. "그런 점이 이 바를 제집처럼 편하게 만드는 거 아니겠소?"

"선생." 하빌랜드가 차분히 말했다. "이죽거리는 건 그만두는 게 좋을 거요. 그렇지 않으면 정말 집에만 있게 해 줄 테니까."

"경찰은 언제나 나에게 겁을 줘 왔지." 바텐더가 건조하게 대답했다. "내가 꼬마였을 때부터."

"어이, 친구. 싸움을 하고 싶다면," 하빌랜드가 말했다. "당신은 제대로 된 경찰을 골랐어."

"관심 없소."

"공무 집행 방해라는 말만큼 싫은 것도 없지." 하빌랜드가 물고 늘어졌다.

"나는 싸우고 싶지도 않고 방해할 것도 없소." 바텐더가 대답했다. "진정해요. 맥주 들겠소?"

"스카치로 하지." 하빌랜드가 말했다.

"그럴 줄 알았소." 바텐더가 느릿느릿하게 말했다. "당신은?" 그가 윌리스에게 물었다.

"됐어요." 윌리스가 말했다.

"자, 어서." 바텐더가 부추겼다. "과일 가게에서 사과 하나 집는 거나 같은 거요."

"싸움을 하고 싶다면," 윌리스가 말했다. "나도 상대해 주지."

"나는 싸울 때마다 돈을 받았지. 공짜 경기는 좋아하지 않소."

"특히 당신이 엉덩방아를 찧고 대자로 뻗었다는 걸 알게 될 때는 말이지." 하빌랜드가 말했다.

"물론이오." 바텐더가 그렇게 대답하며 스카치를 따른 잔을 하빌랜드에게 밀었다.

"손님은 대부분 압니까?"

"그야 단골은 압니다."

문이 열리고 바랜 녹색 스웨터를 입은 여자가 바 안으로 들어오더니 주위를 둘러본 다음 문가의 테이블에 앉았다. 바텐더가 그녀를 흘끗 쳐다보았다.

"알코올에 절어 사는 여자요." 그가 말했다. "누군가가 술을 살 때까지 저기에 앉아 있을 거요. 그녀를 쫓아내곤 하지만 일요일 정도면 크리스천이라도 된 기분이라서 말이오."

"당신이 크리스천이란 건 한눈에 알 수 있지." 로저 하빌랜드가 말했다.

"좌우지간 용건이 뭡니까? 저번 싸움 때문에 온 거요? 그것 때문이오?"

"싸움이라니?" 윌리스가 물었다.

"일주일쯤 전에 여기서 싸움이 있었소. 이봐요, 시치미는 그만 떼쇼. 소매 안에 감추고 있는 게 뭐요? 영업 방해? 면허라도 뺏을 생각이오?"

"혼자 다 해 먹는군." 윌리스가 말했다.

바텐더가 지쳤다는 듯 한숨을 내쉬었다. "좋소. 얼마면 되겠소?"

"오, 이 양반 위험한 삶을 사는구먼." 하빌랜드가 말했다. "우리한테 뇌물을 주시겠다?"

"나는 신형 링컨 콘티넨털에 대해서 말하고 있었소." 바텐더가 말했다. "그게 얼마면 되는지 물은 거지." 그가 잠시 말을 끊었다. "백, 이백? 얼마요?"

"내가 이백 달러짜리 경찰 같소?" 하빌랜드가 물었다.

"난 이백 달러짜리 바텐더요." 바텐더가 말했다. "그게 상한선이오. 그 빌어먹을 싸움은 이 초만에 끝났소."

"무슨 싸움?" 윌리스가 물었다.

"모른다는 거요?"

"돈은 당신 양말 안에 다시 챙겨 두쇼." 윌리스가 말했다. "돈을 바라고 온 게 아니니까. 싸움에 대해서 말해 봐요."

바텐더는 안심하는 것 같았다. "정말 한잔 안 할 거요, 경찰 양반?"

"싸움 이야기나 해요."

"아무것도 아니었소. 성마른 두 친구가 있었지. 그리고 쾅! 한 친구가 다른 친구에게 주먹을 날리자 다른 친구가 되받아쳤고 내가 가서 말렸소. 그게 다요."

"누가 누구를 때렸는데?" 윌리스가 물었다.

"두 등장인물이지 누구겠소. 그 조그만 친구들의 이름을 물은 거요? 잘 모르겠소. 조금 더 큰 친구는 잭이라고 했소. 그 친구는 여기에 자주 왔지."

"잭이라고?"

"그래요. 약간 이상한 점을 빼면 괜찮은 친구요. 어쨌든 그와 작은 친구는 티브이로 레슬링을 보고 있었는데 잭이 그 작은 친구의 마음에 들지 않는 말을 했던 것 같소. 레슬러 중 한 명의 악담을 했던가, 뭐 그런 비슷한 말을. 그러자 작은 친구가 잭에게 한 방 날렸지. 그래서 잭이 작은 친구에게 주먹을 휘둘렀고. 그때 내가 얼굴을 디밀었지. 대단한 싸움이었소."

"그래서 당신이 말렸나?"

"물론이오. 그 소동에서 재미있었던 건 작은 친구가 잭보다 셌다는 점이오." 바텐더가 빙그레 웃었다. "그 친구가 제대로 잭에게 한 방 날렸소. 정말이오. 당신은 작은 친구가 그런 강펀치를 날렸다면 못 믿을 거요."

"잭이 놀랐겠군." 윌리스가 흥미를 잃은 듯 말했다.

"물론 놀랐고말고. 특히 잭이 거울을 봤을 때는 말이지. 그 작은 녀석이 잭의 눈을 시퍼렇게 만들었소. 내 평생 그렇게 시퍼렇게 멍든 눈은 처음 봤다니까."

"잭한테는 굴욕이었겠군." 윌리스가 말했다. "다른 손님들은 어때요. 그들 중 누군가 그 일에 대해서 말하는 것을 들은 적이 있······."

"이봐요, 그 멍은 대단했소! 맙소사, 잭은 그 후로 일주일 동안 선글라스를 써야 했지."

문가 테이블에 앉아 있던 알코올에 전 여자가 기침을 했다. 윌리스가 바텐더를 뚫어지게 쳐다보았다.

"방금 뭐라고 했습니까?"

"잭이 선글라스를 써야 했다고 했소. 알겠지만 멍을 숨기기 위해서 말이오. 대단히 아름다운 멍이었으니까. 그렇고말고. 무지개 같았지."

"그 잭이라는 친구는," 옆에 앉은 하빌랜드가 긴장하는 것을 느끼며 윌리스가 말했다. "담배를 피웠습니까?"

"잭? 그럼요. 피우고말고. 그 친구는 담배를 피우지."

"어떤 담배를 피웠어요?"

"상표를 말하는 거요? 그러니까…… 빨간 갑에 든 건데. 빨간 갑에 든 담배가 뭐요?"

"팰맬?"

"맞소. 그게 그 친구가 피우는 상표지."

"확실합니까?"

"그럴 거요. 내가 돌아다니면서 그 친구가 뭘 피우는지 사진을 찍은 것도 아니고. 난 그게 팰맬 같소. 왜요?"

"그 친구 이름이 잭이 확실한 거요?" 하빌랜드가 물었다. "뭔가 다른 이름이 아니고?"

"잭이오." 바텐더가 고개를 끄덕이며 대답했다.

"다시 생각해 봐요. 확실히 잭이오?"

"틀림없소. 이봐요, 내가 그를 모를 것 같소? 젠장, 그 친구는 몇 년째 여기 단골이오. 내가 잭 클리퍼드를 모른다고?"

잭 클리퍼드는 그날 오후 3시 15분에 스리 에이스에 왔다. 녹색 스웨터를 입은 여자는 여전히 문가 테이블에 앉아 있었다. 그가 들어왔을 때 바텐더가 고개를 끄덕였고 윌리스와 하빌랜드가 의자를 박차고 일어나 그가 바를 향해 걸어올 때 그의 앞을 가로막고 섰다.

"잭 클리퍼드?" 윌리스가 물었다.

"그런데요?"

"경찰이야." 하빌랜드가 말했다. "같이 가지."

"헤이, 뭣 때문에?" 그는 하빌랜드에게 잡힌 팔을 빼내며 말했다.

"폭행 및 살인 혐의로." 윌리스가 잘라 말하며 클리퍼드의 몸을 재빠르고 효과적으로 수색했다.

"깨끗하……," 그가 입을 떼기 무섭게 클리퍼드가 문을 향해 돌진했다.

"잡아!" 윌리스가 소리쳤다. 하빌랜드는 총을 향해 손을 뻗었다. 클리퍼드는 돌아보지 않았다. 그는 시선을 출입문에 고정한 채 쏜살같이 달렸다. 그러다가 다음 순간, 엎어졌다.

그는 바닥에서 순간적으로 위를 올려다보고 깜짝 놀랐다. 여전히 테이블에 앉아 있는 그 알코올에 전 여자가 자신의 앞으로 한쪽 다리를 쭉 뻗고 있었다. 클리퍼드는 자신을 넘어뜨린 그 다리를 보았고, 마치 엉덩이에서부터 그 다리를 잘라 버릴 듯이 노려보았다. 하빌랜드가 그에게 이르렀을 때야 그는 허둥지둥 일어났다. 그가 하빌랜드를 걷어찼지만 하빌랜드는 큰 손을 가진 경찰이었고, 하빌랜드는 그 큰 손을 사용하길 즐겼다. 그는 클리퍼드를 바닥에서 들어올려 그의 얼굴에 주먹을 박아 넣었다. 클리퍼드는 문을 등지고 휘청거리다가 바닥에 무너지듯 주저앉아 하빌랜드가 수갑을 채우는 동안 머리를 흔들고 있었다.

"그동안의 여정은 재미있었나?" 하빌랜드가 유쾌한 목소리로 물었다.

"꺼져." 클리퍼드가 말했다. "저 술독에 빠진 늙은 년만 아니었으면 너 같은 건 절대 날 못 잡아."

"어, 그러셔. 그런데 잡았잖아." 하빌랜드가 말했다. "일어나!"

클리퍼드가 일어섰다.

윌리스가 다가와 그의 팔을 잡았다. 그는 바텐더를 향해 몸을 돌리며 말했다. "고맙소."

세 남자는 함께 바 밖으로 향했다. 하빌랜드가 알코올에 전 여자가 앉아 있는 문가 테이블 앞에서 멈췄다. 그 여자는 고개를 들고 알코올에 전 눈으로 그를 바라보았다.

하빌랜드는 미소를 짓고 허리를 숙이며 고릴라 같은 팔을 허리에 갖다 대고 말했다.

"하빌랜드가 감사를 전합니다, 마담."

그는 지난 1년 동안, 길거리에서 총 서른네 번의 강도짓을 저질렀다고 인정했다. 그중 열네 명이 경찰에 신고했다. 그의 마지막 피해자는 하필이면, 빌어먹게도, 여경인 것으로 밝혀졌다.

그는 지니 페이지를 폭행하고 살해했다는 점에 대해서는 완강히 부인했다.

형사들은 그를 입건하여 사진을 찍고 지문을 떴다. 그러고 나서

87분서 내 취조실에서 그와 함께 앉아 그의 이야기에서 허점을 찾으려고 애썼다. 그 방에는 네 명의 형사가 있었다. 윌리스, 하빌랜드, 마이어와 번스 반장. 반장이 자리에 없었다면 하빌랜드는 자신이 가장 좋아하는 실내 스포츠를 즐겼을 터였다. 그랬더라면 그의 질문 세례는 말로 국한되지 않았을 것이었다.

"구월 십사일 밤에 대해서 이야기해 볼까. 그날은 목요일이었지. 자, 생각을 떠올려 봐, 클리퍼드." 마이어가 말했다.

"생각 중이에요. 그날 밤 내 알리바이는 차고 넘칩니다."

"뭘 했지?" 윌리스가 물었다.

"밤새도록 아픈 친구를 돌봤어요."

"건방 떨지 마!" 번스가 말했다.

"하늘에 맹세코 진실이에요. 이봐요, 댁들은 나한테 팔천 건의 폭행 혐의를 씌웠잖아요. 뭣 때문에 나한테 살인 혐의까지 씌우려는 겁니까?"

"주둥이 닥치고 질문에나 대답해." 하빌랜드가 모순되게 말했다.

"나는 질문에 답하고 있는 겁니다. 아픈 친구랑 같이 있었다니까. 그 녀석은 식중독인가 뭔가에 걸렸어요. 밤새 그놈과 같이 있었다니까."

"그게 며칠 밤이었어?"

"구월 십사일."

"어째서 그날을 기억하지?"

"볼링을 치러 가기로 되어 있었으니까."

"누구와?"

"친구."

"어떤 친구?"

"친구 이름이 뭐야?"

"어디로 갔지?"

"데이비라는 친구예요."

"데이비, 뭐?"

"데이비 크로킷디트로이트에서 활약한 메이저리거, 클리퍼드? 확실히 말해, 클리퍼드."

"데이비 로웬스타인이오. 유대인이지. 그걸로 내 목을 죌 작정입니까?"

"그는 어디 사나?"

"베이스 가."

"베이스 가 어디?"

"칠 번가 근처요."

"이름이 뭐지?"

"데이비 로웬스타인. 아까 말했잖아요."

"볼링을 치러 어디로 갔다고?"

"코지 앨리에."

"시내에 있나?"

"그래요."

"시내 어디?"

"나를 혼동에 빠뜨릴 작정이군."

"네놈 친구가 먹은 게 뭐야?"

"그는 의사한테 갔나?"

"그가 어디에 산다고 했지?"

"그가 식중독에 걸렸다고 누가 그러던가?"

"그 녀석은 베이스 가에 산다고 말했잖아요. 칠 번가 근처에."

"체크해 보게, 마이어." 번스 반장이 말했다.

마이어가 서둘러 취조실에서 나갔다.

"그는 의사에게 갔나?"

"아니요."

"그럼 식중독이라는 걸 어떻게 알았지?"

"녀석이 식중독 같다고 했어요."

"그 친구하고 얼마나 같이 있었지?"

"녀석을 보러 여덟 시쯤 갔습니다. 그 시간이 내가 그 녀석을 태우러 가기로 한 시간이었어요. 볼링장은 디비전 가에 있어요."

"그는 아파서 침대에 누워 있었나?"

"그래요."

"누가 문을 열어 주었지?"

"그 녀석이 열어 줬어요."

"그는 아파서 침대에 누워 있었다며?"

"그랬죠. 문을 열어 주려고 침대에서 나온 거지."

"그때가 몇 시야?"

"여덟 시."

"여덟 시 반이라며?"

"아니요, 여덟 시였어요. 여덟 시. 내가 그렇게 말했잖아요."

"그 다음엔?"

"그 녀석이 아프다고 했어요. 식중독에 걸렸다고. 그래서 같이 갈 수 없다고. 그러니까 볼링장에 말입니다."

"그다음엔?"

"녀석이 혼자 가라고 했어요."

"그랬나?"

"아니요. 밤새도록 그 녀석이랑 있었어요."

"언제까지?"

"다음 날 아침까지. 밤새도록 말입니다. 그 녀석과 같이 있었다고요."

"몇 시까지?"

"밤새도록."

"몇 시냐니까?"

"아침 아홉 시쯤. 우리는 스크램블드에그를 먹었어요."

"식중독은 어쩌고?"

"아침에는 괜찮아졌어요."

"그 친구는 잠을 잤나?"

"뭐라고요?"

"친구가 밤새 잠을 잤느냐고?"

"아니요."

"넌 뭘 했지?"

"우리는 체스를 뒀어요."

"누구?"

"나하고 데이비."

"체스를 몇 시까지 뒀나?"

"새벽 네 시."

"끝나고 그 친구는 잠을 잤나?"

"아니요."

"그럼 뭘 했는데?"

"농담 따먹기를 했죠. 나는 녀석의 관심을 식중독에서 다른 데로 돌리려고 애썼습니다."

"다음 날 아침 아홉 시까지 농담 따먹기를 했다고?"

"아니, 여덟 시까지. 여덟 시에 아침을 먹었습니다."

"뭘 먹었지?"

"스크램블드에그."

"볼링장 이름이 뭐라고 했지?"

"코지······."

"그게 어디에 있다고?"

"디비전 가에."

"데이비의 집에 몇 시에 갔다고?"

"여덟 시."

"지니 페이지를 왜 죽였지?"

"안 죽였어요. 제발, 신문이 나를 죽이고 있다고요! 나는 해밀턴 다리 근처에 가지도 않았단 말입니다."

"네놈 말은 그날 밤에는 가지 않았다는 건가?"

"그날 밤이든 어떤 날 밤이든. 난 신문에서 써 놓은 절벽이 어딘지 알지도 못해요. 난 그 절벽이 서쪽에 있는 줄 알았단 말이에요."

"어느 절벽?"

"그 여자가 발견된 곳 말입니다."

"어떤 여자?"

"지니 페이지."

"그녀가 비명을 질렀나? 그래서 그녀를 죽였나?"

"그 애는 비명을 지르지 않았어요."

"그 애가 뭘 했지?"

"그녀는 아무것도 하지 않았어요! 나는 거기에 없었다고요! 그 애가 뭘 했는지 내가 어떻게 안단 말입니까?"

"하지만 네놈은 네놈의 먹잇감을 두들겨 팼잖아. 그렇지 않나?"

"그래요. 그건 인정하지, 오케이."

"이 개자식아, 우리는 네놈이 떨어뜨린 선글라스에서 엄지손가락 지문을 채취했어. 네놈 지문과 비교해 보면 바로 알 수 있는 일이야. 왜 자백하지 않는 거야?"

"말할 게 있어야지. 내 친구가 아팠다고 하지 않았습니까. 난 지니 페이지를 몰라요. 난 그 절벽도 몰라. 날 폭행죄로 감방에 처넣으라고. 나는 그 애를 안 죽였어!"

"누가 그랬나?"

"몰라."

"네놈이잖아!"

"아니야."

"그녀를 왜 죽였지?"

"난 안 죽였어!"

문이 열리고 마이어가 취조실로 들어오며 말했다. "이 로웬스타인이라는 친구와 통화했습니다."

"그래?"

"이놈 이야기는 진짭니다. 이놈은 밤새도록 그와 있었습니다."

클리퍼드의 엄지손가락 지문과 선글라스에서 발견된 지문의 비교 검사가 끝나자 더 이상 의심의 여지가 없었다. 지문은 일치하지 않았다.

클리퍼드가 어떤 짓을 했든 그는 지니 페이지를 죽이지 않았다.

18

 몰리 벨에게 전화하는 일만 남았다.
 그 일만 끝나면 그는 양심에 거리낌 없이 지니 페이지 건에서 손을 뗄 수 있었다. 그는 노력했다. 정말로 노력했다. 그런 그의 노력이 그를 밥그릇을 뺏기지 않으려는 북부 살인과로 이끌었고, 거기서 그는 배지와 제복을 거의 뺏길 뻔했다.
 그래서 그는 지금 그녀에게 전화를 걸려 하고 있고, 자신이 어떻게 그 일에서 빠지게 됐는지 설명하려 하고, 사과할 것이다. 그러면 그것으로 모든 일이 끝이었다.
 클링은 안락의자에 앉아서 자기 쪽으로 전화기를 끌어당긴 다음 뒷주머니에서 지갑을 꺼내 전에 벨이 주소와 전화번호를 적어 준 쪽지를 찾기 위해 지갑 안의 내용물을 살펴보았다. 그는 작은 테이블 위에 지갑의 내용물을 꺼내 펼쳐 놓았다. 맙소사, 쓰레기가 따로 없군…….

그는 복권에 쓰인 날짜를 보았다. 이미 석 달 전에 추첨이 끝난 복권이었다. 여자의 이름과 전화번호가 적힌 성냥갑도 있었다. 그는 그 여자가 전혀 기억이 나지 않았다. 할인점 입장권도 있었고 지니의 아이 같은 필체를 설명하기 위하여 클레어가 자신에게 준 흰색 카드도 있었다. '클라우스너 가 1812번지, 템포 클럽'이라고 쓰인 카드의 뒷면이 보이도록 그 카드를 테이블 위에 놓았다.

그리고 피터 벨이 자신에게 건넨 종잇조각을 찾아 흰색 카드 옆에 나란히 놓고 수화기에 손을 뻗으며 전화번호를 응시했다.

그리고 그 순간, 지니의 발자취를 더듬어 기차를 탔던 밤, 첫 번째 지하철역에서 내려 거리에서 본 것이 떠올랐다. 그는 수화기를 떨어뜨렸다.

그는 모든 카드와 종잇조각을 주워 지갑 안에 챙겨 넣었다.

그러고 나서 코트를 입었다.

그는 살인자를 기다리고 있었다.

그는 시 외곽으로 가는 기차를 탔다. 그리고 저번 주에 그가 찾아갔던 첫 번째 역에서 내렸다. 그는 이제 경찰이 지정한 표지판 옆에 서서 지니 페이지를 죽인 살인자를 기다리고 있었다.

밤이 되자 쌀쌀해졌고, 거리에는 사람들이 자취를 감추었다. 옷 가게는 문을 닫았고, 중국 레스토랑은 건물 옆 환기구를 통해 공기

중으로 증기를 내뿜었다. 몇몇 사람들이 영화관을 향해 종종걸음을 쳤다.

그는 기다렸다. 그리고 차 한 대가 멈춰섰을 때 자신의 옆에 있는 표지판 위에 손을 올리고 차의 문이 열리길 기다렸다.

차에서 내린 남자가 연석 쪽으로 걸어왔다. 인상이 나쁘지 않은 사내. 하얀 이와 누구나 선망하는 끝이 움푹 팬 턱, 근육질 몸에 키가 큰 남자다. 사내의 얼굴에는 못생긴 구석이 한 군데 있었다.

"안녕." 클링이 말했다.

사내가 놀라서 쳐다보았다. 그의 시선이 클링의 얼굴을 지나 클링 옆의 표지판으로 달렸다.

표지판에는 이렇게 쓰여 있었다.

택시 승강장
주차 금지
택시 세 대만 허용

피터 벨이 말했다. "버트? 너야, 버트?"

클링이 불빛이 있는 곳으로 걸음을 옮겼다. "나야, 피터."

벨은 혼란스러워 보였다. "안녕." 그가 말했다. "여, 여기까지 웬일이야?"

"피터, 너 때문에."

"오, 그래. 친구를 만난다는 건 언제나 기쁜 일이……," 그가 말을 멈췄다. "이봐, 커피 한잔할래? 따뜻한 걸로?"

"아니, 피터."

"음…… 어…… 무슨 일이야?"

"너를 데려가려고 왔어, 피터. 관할서로."

"관할서? 경찰서를 말하는 거야?" 벨의 눈썹이 처졌다. "뭣 때문에? 왜 그래 버트?"

"네 처제 지니 페이지를 살해한 혐의로."

벨이 클링을 응시하더니 겁먹은 미소를 지었다. "농담 마."

"농담 따윈 하지 않아, 피터."

"아니, 농담이겠지! 난 그런 바보 같은 농담을 들어 본 적이……."

"너는 개새끼야." 클링이 분노를 담아 말했다. "너는 나한테 죽도록 맞은 다음에……."

"이것 봐, 잠깐. 잠깐만……."

"허튼소리는 집어치워." 클링이 소리쳤다. "이 이기적인 개새끼야. 내가 바보 천치로 보였나? 애초에 왜 나를 골랐지? 아무것도 모르는 신참 경찰이라서? 몰리를 달래기 위해서? 경찰을 데려와서 네가 꾄 어린 여자를 보여 주고 나면 아무 일도 없을 줄 알았나? 네 놈이 뭐라고 그랬지, 피터? '그러면, 몰리가 기뻐할 거야. 만약 내가 경찰을 데려오면 기뻐할 거야'. 그게 네가 한 말 아닌가, 이 개새끼야?"

"그래, 하지만……."

"넌 하루에 여섯 종류의 신문을 읽지! 그리고 병원에서 퇴원해 쉬고 있는 옛 친구 버트 클링에 대한 기사를 우연히 보고 완벽한 얼간이를 발견했다고 생각했겠지. 그놈을 데리고 가서 몰리에게 보이고 난 후 자유롭게……."

"이봐, 버트, 너는 지금 오해하는 거야. 넌……."

"오해 따윈 하지 않아, 피터! 내가 네놈의 집에 갔을 때만 해도 그걸로 됐다고 생각했겠지. 하지만 생각지도 못한 일이 생겼어. 그렇지 않나? 지니의 임신 사실을 알았던 거지. 네놈의 애를 뱄다는 말을 들었던 거야!"

"아니야. 이봐……."

"나한테 '아니'라는 말은 집어치워, 피터! 그게 아니라고? 내가 그 애와 이야기를 나눈 날 밤, 그 애는 약속이 있다고 했어. 네놈과의 약속 아닌가? 그 애가 그날 네놈에게 폭탄선언을 하지 않았나? 그 사실을 전하고 나서 네놈한테 다음 날까지 시간을 줬겠지. 네놈이 그 애를 죽일 시간을."

벨은 오랫동안 침묵하더니 입을 뗐다. "나는 그 수요일 밤 그 애를 보지 못했어. 나와의 약속이 아니었어."

"그럼 누군가?"

"의사." 벨이 침을 삼켰다. "나는 그 애와 목요일에 만났어. 여기, 택시 승강장에서. 그 애와 항상 만났던 곳이지. 버트, 네가 생각하는 그런 게 아니야, 날 믿어 줘. 나는 그 애를 사랑했어, 그 애를 사랑했다고."

"분명히 그랬겠지. 분명히 미쳐 있었겠지, 피터. 분명히 네놈은……."

"결혼 생활은 왜 시들해지는 거지?" 벨이 구슬픈 목소리로 말했다. "왜 시들해져야 하는 거냐고, 버트? 왜 몰리는 예전의 몰리로 남아 있지 않는 걸까? 젊고 싱싱하고 예쁜…… 그런……."

"지니처럼? '그 애는 몰리가 그 애 나이였을 때와 똑같아.' 그게 네가 한 말이지, 피터. 기억 안 나나?"

"그래! 그 애는 몰리의 판박이였어. 지니는 점점 성장했고, 그리고 난…… 난 그 애와 사랑에 빠졌어. 그걸 이해 못 하겠어? 남자가 사랑에 빠지는 게 그렇게 빌어먹게 이해하기 힘드냐고?"

"그런 게 이해하기 힘든 게 아냐, 피터."

"그럼 뭐지? 뭐냐고? 네가 이해한다는 건 대체……."

"자신이 사랑하는 누군가를 죽이지 않는 거지."

"그 애는 히스테리 상태였어! 나는 그 애를 여기서 만나 차에 태웠고 그 애는 의사에게서 임신이라는 말을 들었다고 했어. 몰리에게 그 사실을 말할 생각이라더군! 내가 그 애에게 어떻게 그러라고 하겠나!"

"그래서 그 애를 죽였군."

"나는…… 리버 고속도로에 차를 세웠지. 그 애는 내 앞에서 절벽 꼭대기를 향해 걸었어. 나는…… 나는 멍키렌치를 갖고 있었어. 택시에 넣고 다녔던 거야. 강도에 대비해서. 강도에."

"피터, 넌 그러지 말았어야 했어……."

벨은 클링의 말을 듣고 있지 않았다. 벨은 9월 14일 밤으로 돌아가 있었다. "나는…… 나는 그 애를 두 번 내리쳤어. 그 애는 뒤로 넘어지더니 구르고 또 구르더군. 그러다가 덤불에 걸려 망가진 인형처럼 거기에 너부러졌어. 난…… 난 택시로 돌아갔지. 떠날 준비를 하고 있을 때 클리퍼드에 대한 기사가 생각났고, 나는 글러브 박스 안에 싸구려 선글라스를 넣어 두고 다녔어. 나는…… 나는 몸싸움 중에 떨어져 깨진 것처럼 보이게 하기 위해서 택시 안에서 한쪽 렌즈를 깨뜨리고 그것을 갖고 다시 벼랑으로 돌아갔어. 그 애는 여전히 거기에 너부러져 있더군. 피투성이인 채로. 나는 거기에다 그 선글라스를 던졌어. 그리고 차를 타고 떠났네."

"북부 살인과에 나를 찌른 사람이 너였나, 피터?"

"그래." 벨의 목소리는 매우 낮았다. "난…… 난 네가 얼마나 알고 있는지 몰랐어. 난 운에 맡길 수 없었어."

"아니." 클링이 사이를 두었다. "너는 이미 나를 처음 만난 날 밤 도박을 한 거야, 피터."

"뭐?"

"넌 나한테 네놈의 집 주소와 전화번호를 적어 줬지. 그리고 그 필체는 지니가 템포 클럽으로 가져간 카드의 필체와 같았어."

"그 클럽은 내가 아이였을 때부터 알던 클럽이지." 벨이 말했다. "지니가 클럽에 간다고 말하면 몰리를 속일 수 있다고 생각했어. 버트, 나는……," 그가 말을 끊었다. "그 필적으로는 아무것도 증명하지 못할 거야. 내가 만일……,"

"우리는 모든 증거를 갖고 있어, 피터."

"빌어먹을 증거 따윈……."

"선글라스에 네 지문이 남았어."

벨은 다시 침묵하더니 갑자기 소리쳤다. "난 그 애를 사랑했다고!" 찢어질 듯한 한 마디 한 마디가 그의 생살을 드러내는 듯했다.

"그 애도 네놈을 사랑했지. 그리고 그 불쌍한 애는 도둑놈처럼 자신의 첫사랑을 숨겨야 했어. 도둑놈처럼 말이야, 피터. 네놈은 그 애의 삶을 훔쳤어. 영원히 말이야. 너는 개새끼야."

"버트, 이것 봐, 그 애는 이제 죽었어. 이런다고 뭐가 달라지겠어? 네가 아무 말도……."

"아니."

"버트, 내가 어떻게 몰리에게 이런 말을 할 수 있겠어? 이 말이 그녀에게 어떤 영향을 미칠지 알아? 버트, 내가 어떻게 그녀에게 그 말을 할 수 있겠느냐고? 버트, 모른 척해 줘, 제발. 몰리에게 어떻게 그 말을 하느냐고?"

버트 클링은 매서운 눈으로 벨을 쳐다보았다. "네놈이 자초한 일이야." 그가 마침내 말했다. "가자."

19

9월 25일 월요일 오전에 스티브 카렐라가 형사실의 문을 박차고 들어섰다.

"대체 모두 어디 간 거야? 내 환영위원회는 어디 있나?"

"워, 워." 하빌랜드가 말했다. "이게 누구야."

"트로이 전쟁에서 개선장군이 돌아오다." 마이어 마이어가 농담을 던졌다.

"신혼여행은 어땠어, 친구?" 템플이 물었다.

"멋졌지." 카렐라가 말했다. "포코노스는 이맘때가 최고더군."

"구석구석 다 멋졌겠지." 마이어가 말했다. "몰랐어?"

"음탕한 친구들하고는." 카렐라가 말했다. "전부터 알기는 했지만 이번에 확실히 알았지."

"자네도 우리와 마찬가지야." 마이어가 말했다. "우린 자네 형제 잖아."

"형제!" 카렐라가 말했다. "그래서 지난 한 달 동안 뭘 했어? 의자에 궁둥이를 붙이고 앉아서 월급 도둑질만 한 건가?"

"오." 마이어가 말했다. "몇몇 건들이 있었지."

"저 친구한테 고양이 사건을 얘기해 줘." 템플이 말했다.

"고양이라니?"

"이따 얘기해 줄게." 마이어가 진득하게 말했다.

"살인 사건이 있었지." 하빌랜드가 말했다.

"그래?"

"그래." 템플이 말했다. "그리고 우리는 삼급 형사를 새 식구로 맞았네."

"그래?" 카렐라가 말했다. "전근 온 거야?"

"아니. 승진이야. 순찰 경관에서 진급한 거지."

"누군데?"

"버트 클링. 그 친구를 아나?"

"물론 알지. 잘 됐군. 그 친구가 뭘 했는데? 경찰국장 사모님의 목숨이라도 구한 거야?"

"오, 별거 아니야." 마이어가 말했다. "그냥 의자에 궁둥이를 붙이고 앉아서 월급을 도둑질한 것뿐일세."

"그래, 신혼 재미는 어때?" 하빌랜드가 물었다.

"말할 것도 없지."

"조지가 말한 고양이 건 말이야." 마이어가 말했다.

"고양이?"

"대단한 건이었어. 진짜야. 삼십삼 분서에서 겪었던 사건 중에 가장 골치 아픈 건이었네."

"진짜야?" 카렐라가 그렇게 말하며 하빌랜드의 책상으로 걸어가서 그 위에 놓인 커피포트의 커피를 잔에 따랐다. 형사실 분위기는 매우 따뜻하고 매우 친밀했다. 그는 문득, 다시 일터로 돌아온 것이 유감스럽게 느껴지지 않았다.

"정말 터무니없는 사건이었어." 마이어가 참을성 있게 말했다. "삼십삼 분서 친구들이 그놈을 잡았네. 자네도 알겠지만 고양이를 훔치고 다니는 놈들 말이야."

카렐라가 커피를 한 모금 마셨다. 창살이 있는 창문을 통해 햇빛이 흘러들었다. 창문 밖 도시는 일상을 맞는 중이었다.

새로운 날이 시작되고 있었다.

| 저자의 말 |

기억도 가물가물할 만큼 오래전 『맨헌트』라는 잡지에 아내의 정부를 향해 총을 휘두르다 총기 면허가 취소되고, 바워리 가에서 술에 절어 지내며 옛 친구가 들고 오는 사건을 마지못해 해결하며 살아가는 맷 코델이라는 탐정 이야기를 쓴 적 있다. 나는 늘 탐정 면허를 박탈당한 그에 대한 이야기를 생각했었다. '존 매클라우드'라는 필명의 『맨헌트』 편집장은(나는 그의 본명을 알지만 그의 무시무시한 위협 때문에 밝히지 않을 생각이다) 맷 코델의 단편들에 끌려 그 이야기 중 여섯 편을 나에게서 샀다. 그중에는 '네가 뿌린 씨는 네가 거둬라$^{\text{You made your bed, now lie in it}}$.'라는 말장난에서 따온 「네가 거둬라$^{\text{Now Die In It}}$」라는 단편이 있었다. 매클라우드―'그는 매클라우드처럼 쓸쓸히 거닐었네$^{\text{윌리엄 워즈워스의 시 I Wandered Lonely as a Cloud의 제목을 바꾼 농담}}$' 같은 정감 어

린 농담을 주고받던-는 1953년에 그 단편을 『맨헌트』에 실었다. 그때의 내 필명은 에반 헌터였다.

지금쯤이면 지금까지 한 이야기가 본 작품 『노상강도』와 무슨 관계가 있는지 의아할 것이다. 그러니까, 그때 나는 자리를 잡고 앉아 87분서 두 번째 작품에서 몇몇 가지들을 이뤄 내길 바라고 있었다.

첫째, 『경찰 혐오자』는 시리즈를 시작하는 도입 단계로서, 피해자를 경찰로 설정하여 경찰에 대한 원한 살인으로 보이게 하는 고전적인 연막 피우기 플롯을 사용했다. 나는 (그때) 경찰로서, 잠재적 피해자로서 작품 내의 모든 경찰이 등장하는 방식을 취했다. 그렇게 시리즈 대부분에서 활약할 캐릭터들을 설정한 뒤 내 이론을 실험하고 싶었다. 형사반 자체가 '영웅'으로서의 기능을 할 수 있는지, 각각의 작품마다 새로운 인물이 스포트라이트를 받을 수 있는지에 대해서. 첫 번째 작품에서 주인공으로 활약한 카렐라는 이번 작품에서는 신혼여행을 떠나 사실상 등장하지 않는다. 『경찰 혐오자』에서 잠깐 등장했던 순찰 경관이 본 작품에서는 사건에 말려들게 되고 그 결과 승진 자격을 얻어 신참 형사로서 형사반에 합류한다. 이것을 이뤄 내기 위해 나는 아주 강한 줄거리가 필요했다. 순찰 경관의 지위를 승격시키는 것과 이미 『경찰 혐오자』에 등장했던 형사들을 죽이지 않고 살려 두는, 두 가지 강한 줄거리가 필요했다(제발 끝까지 읽어 주길 바란다. 거의 다 왔다).

둘째, 그 줄거리는 '노상강도'라는 제목에서 파생된 형사들의 활약을 포함하고(오늘날까지도 나는 종종 일단 제목을 정해 놓고 그 제목에서부터 이야기를 구상해 나간다) 살인 사건의 중심에 서 있는 순찰 경관—그를 승진시켜야 할 만큼 심각한 사건이어야 했다—에 관한 이야기를 포함해야 했다. 그리고 그 구상은 완벽하게 맞아떨어지는 것처럼 보였으며 그렇게 확고한 살인 플롯은 내 초기 작품인(이미 짐작하고 있었겠지만) 「네가 거둬라」라는 단편에서 사용했었다.

나는 그때까지만 해도 자신의 작품을 발전시켜 새로이 쓰는 법칙이란 게 존재하는지 몰랐다. 그런 법칙들은 내 이전의 많은 선배 작가들이 그랬듯 단편을 장편이나 단막극, 시나리오로 늘리곤 했던 작법이었다. 어쨌든 나는 '수고를 아끼지 말고 낭비를 줄여라.'라는 말의 신봉자다. 게다가, 나의 순찰 경관(당연히, 버트 클링)은 여자에게 주먹을 날리기가 무섭게 키스를 날리는 맷 코델—오늘날 하드보일드 사립 탐정이라고 부르는—과는 거리가 멀었다. 새로운 캐릭터는 이미 써먹었던 플롯에 중요성을 더하는 요소처럼 보였다. 맷 코델의 사건을 클링의 눈을 통해 보니 그 모든 것이 새롭고 또, 달라 보였다.

책이 완성되었을 때, 나는 이 작품을 언제 쓰기 시작했는지, 그 두 줄기 이야기가 어떻게 합쳐지게 됐는지—혹은 합쳐진 것처럼 보였는지—도 몰랐다. 더 이상의 언급은 그만두자. 그러지 않으면 내용 언급이 될 테니까. 그 조화는 내게 있어서 전체적으로 통일된 작업처럼 보였다는 것만 말해 두겠다. 나는 내가 한 그 작업이 독자들에게도 여전히 그렇게 받아들여지길 바라며 싸구려 와인병을 들고 시궁창 어딘가에 누워 있을 맷 코델이 나의 좀도둑질을 용서하길 바란다.

　좀도둑질을 했는지는 모르지만 어쨌든 나는 그의 이름만은 훔치지 않았다.

에드 맥베인

| 편집자의 말 |

 기억도 가물가물할 만큼 오래전 에반 헌터의 『주정꾼 탐정』(자유시대사/김영선 역/1986)이라는 단편집을 읽었다(에반 헌터가 에드 맥베인의 필명이라는 것은 저자가 '저자의 말'에서 이미 밝혔다). 그 책을 읽고 꽤 오랜 시간이 지난 후에 이태원의 한 헌책방에서 너덜너덜한 표지의 『노상강도』 원서를 구해서 읽게 되었다. 구한 원서는 1962년판이었고 이번에 번역 작업한 원서는 2003년판이다. 이미 눈치챈 독자가 있는지 모르겠지만 '저자의 말'은 본디 원서에서는 서문으로 쓰였다. 내용 중에 버트 클링이 순찰 경관에서 형사로 승진한다든가 카렐라가 신혼여행을 떠나서 본 작품에서는 사실상 등장하지 않는다든가 하는 본문 내용이 언급되기 때문에 편집자의 지나친 노파심이라는 핀잔을 감수하고 본서에서는 발문으로 옮긴 점에 대해서

독자와 저자에게 정중한 양해를 구한다.

왜 난데없이 『주정꾼 탐정』에 대한 이야기를 하는지 '저자의 말'을 읽으셨다면 눈치챘을 것이다. 『노상강도』를 읽고 난 다음 『주정꾼 탐정』에 실린 단편 하나가 바로 떠올랐기 때문이다. 1962년 판 원서에는 저자의 서문이 (당연히) 없었고(맥베인의 서문은 2002년 판에 추가되었다) 이번에 작업하게 된 2003년 판본의 서문을 읽고, 역시 그런 사정이 있었다는 것을 알게 되어 혼자 뿌듯해했다. 이제는 희귀본이 된 『주정꾼 탐정』을 소지하고 계신 독자나 앞으로 읽게 될지도 모를 독자를 위하여 원서와 다르게 번역된 단편의 제목은 밝히지 않을 생각이다. 궁금하다면 서재로 달려가시라(번역본에는 원제가 명기되어 있다).

1953년부터 『맨헌트』에 연재된 여섯 편의 단편은 1958년도에 단행본으로 묶여서 『I Like 'em Tough』라는 제목으로 출간되었다. 단행본은 에반 헌터가 아닌 커트 캐넌이라는 필명으로 출간되었고 주인공의 이름도 맷 코델에서, 이름에서부터 터프함이 물씬 풍기는 커트 캐넌curt cannon으로 바뀌었다. 국내에 번역된 『주정꾼 탐정』에는 두 편이 더 추가된 여덟 편의 단편이 실렸으며 커트 캐넌이 아닌 에반 헌터라는 필명으로 출간되었다.

맥베인이 서술한 바와 같이 한때 뉴욕에서 잘나가던 사립 탐정 맷 코델은 아내와 눈이 맞은 정부에게 권총을 휘두르다가 모든 것을 잃고, 빈민가의 싸구려 호텔을 전전하면서 밑바닥 친구들의 부탁을 간간이 들어 주며 싸구려 위스키에 절어 지낸다. 하드보일드 소설들을 꼼꼼히 챙겨 읽는 독자라면 이 대목에서 떠오르는 탐정이 있을 법하다. 로렌스 블록의 알코올중독자 탐정 매튜 스커더로 이름 역시 맷 코델과 같으며, 로렌스 블록은 에드 맥베인을 가리켜 오랫동안 나의 롤모델이라고 공공연하게 말했다.

맥베인이 이러한 루저 탐정에 '조화로운 상호 작용을 중재하고 도덕적 질서를 유지하는 자'로 평가받는 버트 클링을 대비시킨 것은 아이러니하다. 버트 클링은 시리즈 첫 작품인 『경찰 혐오자』 9장에서 스티브 카렐라와 경찰차를 타고 메이슨 가로 출동할 때 운전을 했던 신참 경관이었다. 그날 저녁 그는 동네 소년 갱에게 신문기자로 오인 받고 어깨에 총상을 입는다. 애초에 삼부작으로 기획되었던 87분서 시리즈가 50편이 넘는 대하 시리즈로 발전하리라고는 맥베인도 예상하지 못했으리라. 순수한 영혼의 소유자인 버트 클링이 시리즈가 발전해 갈수록 맷 코델과 같은 사랑의 상처를 되풀이하여 겪어야 하는 것은 어쩔 수 없는 운명이 아니었을까. 버트 클링의 행보를 주목하며 87분서 시리즈를 읽는 맛은 또 새로우리라 생각한다.

87분서 시리즈 리스트

1) **Cop Hater** (1956) (『경찰혐오자』 해문출판사(2001), 동서문화사(2003), 황금가지(2004) 출간)
2) **The Mugger** (1956) (『노상강도』 피니스아프리카에(2013) 출간)
3) **The Pusher** (1956)
4) **The Con Man** (1957)
5) **Killer's Choice** (1958) (『살인자의 선택』 수목출판사(1993) 출간)
6) **Killer's Payoff** (1958)
7) **Lady Killer** (1958) (『레이디 킬러』 삼중당(1978) 출간)
8) **Killer's Wedge** (1959) (『살의의 쐐기』 동서추리문고(1979), 피니스아프리카에(2013) 출간)
9) **'Till Death** (1959)
10) **King's Ransom** (1959) (『킹의 몸값』 피니스아프리카에(2013) 출간)
11) **Give the Boys a Great Big Hand** (1960)
12) **The Heckler** (1960)
13) **See Them Die** (1960)
14) **Lady, Lady, I Did It** (1961)
15) **The Empty Hours** (단편집) (1962) (『한밤중의 공허한 시간』 리더스다이제스트(1992) 3편 중 표제 작품만 출간)
16) **Like Love** (1962)
17) **Ten Plus One** (1963) (『10 플러스 1』 해문출판사(2004) 출간)

18) Ax (1964)

19) He Who Hesitates (1965)

20) Doll (1965)

21) Eighty Million Eyes (1966)

22) Fuzz (1968)

23) Shotgun (1969)

24) Jigsaw (1970) (『찢겨진 사진』 삼중당(1979), 『조각맞추기』 피니스아프리카에(2013) 출간)

25) Hail, Hail, the Gang's All Here (1971)

26) Sadie When She Died (1972)

27) Let's Hear It for the Deaf Man (1973)

28) Hail to the Chief (1973)

29) Bread (1974) (『백색의 늪』 ICI(1992) 출간)

30) Blood Relatives (1975) (『소녀와 야수/알리바이』 문학관(1992) 출간)

31) So Long As You Both Shall Live (1975)

32) Long Time No See (1977) (『잃어버린 시간』 화평사(1994) 출간)

33) Calypso (1979)

34) Ghosts (1980)

35) Heat (1981)

36) Ice (1983) (『아이스』 시공사(2013) 출간)

37) Lightning (1984)

38) Eight Black Horses (1985)

39) Poison (1986) (『포이즌』 화평사(1993) 출간)

40) Tricks (1987)

41) Lullaby (1989)

42) Vespers (1990)

43) Widows (1991)

44) Kiss (1992)

45) Misschief (1993)

46) And All Through the House (1994)

47) Romance (1995)

48) Nocturne (1997)

49) The Big Bad City (1999)

50) The Last Dance (2000)

51) Money, Money, Money (2001)

52) Fat Ollie's Book (2003)

53) The Frumious Bandersnatch (2004)

54) Hark! (2004)

55) Fiddlers (2005)

McBain's Ladies: The Women of the 87th (1988)

McBain's Ladies Too (1989)

노상강도
THE MUGGER

초판1쇄 발행 2013년 12월 28일

지은이 | 에드 맥베인
옮긴이 | 박진세
발행인 | 박세진
편 집 | 이도훈
교 정 | 박은영, 양은희, 윤숙영, 이형일
감 수 | 유기원
표지디자인 | 허은정
용 지 | 두송지업
인 쇄 | 대덕문화사
제 본 | 자현제책사

펴낸곳 | 피니스 아프리카에
출판등록 | 2010년 10월 12일 제25100-2010-000041호
주소 | 137-040 서울시 서초구 반포동 47-5 낙강빌딩 2층
전화 | 02-3436-8813
팩스 | 02-6442-8814
블로그 | www.finisafricae.co.kr
메일 | finisaf@naver.com

책값은 뒤표지에 있습니다.
파본은 구입하신 곳에서 교환해 드립니다.